Massimo Angelo Tonani

Rinascere insieme

Romanzo

In prima copertina:
"La primavera"
Disegno realizzato da Arstudium - Annicco (Cremona)

In quarta copertina:
"Scorcio di Domaine de Lokobe" (Madagascar)
Fotografia di Massimo Angelo Tonani

Deposito SIAE n. 00000000

Finito di stampare nel mese di Giugno 2020
da Àncora Arti Grafiche - Milano

Agli innamorati di oggi, di ieri e di domani

Il vero amore comincia quando siamo pronti a dare tutto senza chiedere nulla.

A. de Saint-Exupéry

La primavera incomincia con il primo fiore,
il giorno con il primo barlume,
la notte con la prima stella,
il torrente con la prima goccia,
il fuoco con la prima scintilla,
l'amore con il primo sogno.

Don Primo Mazzolari

Una storia d'amore, anche la più bella, ha i suoi momenti tristi. Infatti, il legame di coppia è spesso minacciato da incomprensioni, difficoltà relazionali ed oggettive. L'amore forte, attraverso il perdono vicendevole e la donazione di se stessi, resiste agli inverni più rigidi. L'essere felici dell'esistenza della persona che si ama rende la sua vita più bella e più preziosa e, al contempo, favorisce la visione di sé in un modo nuovo di riceversi e accettarsi. L'amore, che a tutto resiste, fa sì che il nero sipario della notte non impedisca al sole di albeggiare, fino a scaldare nuovamente con i suoi raggi.

L'Autore

PRIMA PARTE

1

Novara, maggio 1972

La primavera era tornata, offrendo il suo tripudio di colori e profumi. Era il verde, colore dell'amore, a dominare la scena facendo da sfondo alle mille sfumature cromatiche ed elevando la mente verso la dimensione spirituale. Si avvertiva, quasi con prepotenza, la necessità di una rinascita interiore, capace di ridare slancio e smalto all'esistenza. Era una forza inarrestabile, che rendeva l'essere umano leggero, radioso, disposto ad abbandonare la negatività a favore di un pensiero positivo, ricco di bontà e amore. Era la rinascita della gioia, della speranza in un domani migliore, dove ogni petalo di fiore pareva contenere un potenziale umano: cambiamento, fiducia in se stessi e nel bene, perseveranza, nuova vita. Anche gli alberi rinnovavano la loro livrea, alcuni con fiori prima delle foglie, invitando l'uomo al sorriso vero che, come il chiacchierio di un ruscello, sgorgava dal cuore. Era la stagione dell'amore, dove la freschezza di sentimenti e colori invitavano i giovani a credere e sperare nel mito dell'eterna giovinezza. Ad affascinare il pensiero giovanile era quel senso di novità che, unito al desiderio di voler evadere dagli schemi quotidiani, diveniva una forza dirompente, capace di soffocare anche l'innato egoismo.

Fragranze ed essenze naturali saturavano l'aria, rendendola piacevole da odorare e gustare. Erano l'anima della primavera...

Sui cancelli delle case, gli esuberanti grappoli di glicine si rincorrevano festosi, profumando l'etere e lasciando che, tra le foglie, lo sguardo fosse ulteriormente rapito dall'azzurro del cielo. Spiritualità dell'infinito... Era bello immergersi in quel mare di luce che un ridente sole offriva con la molteplicità dei suoi raggi. Il giallo brillante di un cespuglio di forsizia era il più simile alla luce solare e, con orgoglio, la pianta pareva farne vanto. E, così, circondato da tanta bellezza, l'intimo umano ne usciva appagato, rappacificato con se stesso. Il Creato invitava l'uomo alla contemplazione, dove meraviglia e stupore gli avrebbero ridato speranza e una rinnovata voglia di vivere. Il suo incedere d'ogni giorno ne avrebbe giovato a lungo.

La primavera, inoltre, era la stagione che maggiormente si prestava ai giochi del destino, alla nascita di nuovi amori che emulando il risvegliarsi della natura, sbocciavano nei giovani cuori, facendoli palpitare. Questi giorni particolari, destinati a cambiare per sempre la vita di due persone, erano parte integrante di quell'anelito d'amore che, albergando in ogni cuore, aspettava di divenire realtà. Erano il sogno di una giovane donna che, con l'arrivo del principe, viveva la sua fiaba da protagonista, rapita dall'estasi. Era la conferma che anche il più grande dei desideri poteva essere esaudito da quello che chiamiamo "volere divino" o più semplicemente un destino benevolo.

In quel lunedì, 8 maggio, nella piccola stazione di Novara, il treno per Torino arrivò senza essere annunciato.

Il capostazione, preda del mancato riposo notturno, dove la figlia neonata aveva pianto a lungo, si era perso in un momentaneo vuoto di mente. Accortosi subito dell'errore, aveva preso a correre sotto la pensilina, dispensando sorrisi ai viaggiatori. «Buona giornata» ripeteva in continuazione, palesando la sua presenza.

«Ma si può sapere che cavolo ha, oggi, quel nanetto dal cappello rosso per agitarsi così tanto?» disse tra sé Stefano che, attratto dalla voce alta di quell'uomo, si era prontamente affacciato al finestrino dello scompartimento. La ragazza, che era seduta di fronte a lui, scoppiò in una sonora risata. Poi, con molta naturalezza, volle esprimersi a favore di quella persona: «Povero... da quando è diventato papà ha perso l'uso del sonno e, durante il giorno, è un po' rintronato...».

«Non pensavo che mettere al mondo un figlio fosse così dura... ma tu come lo sai?... A proposito... io sono Stefano».

«Ed io... Camilla... beh... lui e sua moglie sono amici dei miei da tanti anni. Sono delle gran brave persone».

«Non ho dubbi... ma è la prima volta che lo vedo così poco serio... di solito è sempre impeccabile» rispose Stefano, sorridendo.

«Già... sarà perché siamo un po' tutti propensi a pensare ai fatti nostri che, facciamo fatica a credere che anche gli altri possano avere dei problemi». Poi, dopo che il treno aveva lasciato la stazione e nessun altro aveva preso posto nello scompartimento, Camilla riprese a parlare.

«Il treno è proprio la testimonianza che ognuno pensa ai cavoli propri... in tanto tempo non sono mai riuscita a dialogare con nessuno. Ci sono persone che viaggiano insieme da anni e neanche si conoscono... alcuni, poi, si ritrovano sullo stesso convoglio anche la sera e fingono di non vedersi. Ma come si fa? E poi ci lamentiamo che c'è tanta solitudine… ma non facciamo nulla per cambiare. Che roba!».

«Vero! Dà fastidio anche a me, che non sono loquace come te… forse è la monotonia d'ogni giorno a far stagnare la gente che, oltre ad essere assonnata, vorrebbe tanto cambiare vita… invece, non vede l'ora che venga venerdì».

«Sì, però, questa non è vita… voler accelerare il tempo… e poi cosa ti restano? Solo i sabati e le domeniche?».

Stefano annuì e, dopo qualche minuto di silenzio, volle cambiare argomento.

«Allora, Camilla, anche tu a Torino… cosa fai di bello, se non sono indiscreto?».

«Studio architettura in Università… sono al terzo anno».

«Anch'io sono al terzo anno d'ingegneria civile… ho il pallino delle gallerie e vorrei tanto specializzarmi in questo settore. Ma… non sono sicuro di averti già visto su questo treno…».

«In genere prendo quello dopo ma, oggi, mio padre mi ha dato un passaggio in macchina e sono arrivata prima del solito».

«In che zona di Novara abiti?».

«Sono fuori città, in una delle cascine di Garbagna Novarese».

«Cavoli e… gli altri giorni come arrivi in stazione?».

«Con il pullman di linea, sempre se arrivo in tempo a prenderlo…».

«E… quanto ci mette ad arrivare in stazione?».

«Venti, venticinque minuti, traffico permettendo. Certo che in macchina è un'altra cosa ma, quando io esco da casa, mio padre è già in risaia a lavorare da un pò. Lui e mia madre si alzano all'alba… è dura la vita in campagna, ma nessuno di noi potrebbe immaginare la vita lontani da qui... dove siamo nati. La natura è meravigliosa e poi... questi spazi aperti che sembrano non avere confini, dove lo sguardo si perde quasi a rincorrere l'infinito».

«È molto bello ciò che dici, Camilla... si sente che la ami tanto e ne sei profondamente rapita».

«Sì, fatico molto a lasciarla durante il giorno... e quando, poi, arriva la primavera mi sento rinascere... i colori, i profumi... ho una gran voglia di correre per i prati, per poi cadere sfinita nell'erba. Sono momenti impagabili, dove mi sento parte integrante di ciò che mi circonda».

Stefano le sorrise, ammirato da tanto entusiasmo che, come un raggio di sole, irradiava il suo volto acqua e sapone, rendendolo ancora più luminoso. Camilla era veramente il tipo di ragazza che piaceva a Stefano. Quella che non aveva paura di rivelarsi autentica, che si dimostrava matura proprio perché non aveva bisogno di nascondersi dietro ad una maschera. Inoltre, sapeva apprezzare il bello di ogni persona, non fermandosi alle apparenze. Quella ragazza, accettandosi senza compromessi, era in pace con se stessa e non c'era niente di più bello per una donna.

«Vivere in campagna o in città ha i suoi pregi e difetti. In campagna la vita è calma... mi posso riposare, calmarmi, ma non vorrei viverci perché questo è troppo noioso. Preferisco vivere in città, forse perché offre più emozioni, oltre che più opportunità di lavoro. In campagna mi piace andarci durante il fine settimana, ma poi torno volentieri in città. E poi Novara non è certo una metropoli... lì avrei dei dubbi... troppo dispersiva e caotica».

«Un cittadino e una campagnola s'incontrano... due mondi differenti» rispose Camilla, con la solarità che le era congeniale.

«Già, però, siamo studenti e questo è un punto in comune. Ma... come ti è venuto in mente di scegliere architettura?» chiese il ragazzo.

«Fino alla terza media ho cambiato idea mille volte, come la maggior parte dei ragazzi: ballerina, medico, psicologo, addirittura chirurgo. Fino alla terza liceo ero più confusa che mai... le materie mi piacevano e non pensavo a ciò che avrei fatto. Poi, da quell'anno è scattato qualcosa e ho capito che il mio desiderio era essere un architetto, di iscrivermi in Università, anche se non sapevo bene a cosa andavo incontro. I miei avrebbero voluto che io diventassi un medico o un'infermiera. Il mio carattere non mi ha permesso di assecondare il parere di altri, ma solo il mio. Quella che ho scelto è una delle facoltà in cui si impara da zero e ci si mette continuamente alla prova, soprattutto per la parte pratica degli studi. Ci sono dei programmi specifici del computer per imparare a disegnare. S'impara ad accettare con umiltà le critiche e gli insegnamenti dei professori che ti aiutano a crescere. Più di qualsiasi critica di chi ti sta intorno, è importante la qualità del tuo lavoro. Sono molto soddisfatta di come stanno andando le cose...».

«Brava, sono contento per te. Anche nel mio caso, chi decide di iscriversi a questa facoltà, deve essere pronto ad accettare gli insuccessi fin dall'inizio. Gli esami sono pesanti e complessi e non facili da capire. Difficile superarli al primo colpo, ma se riesci a non mollare e arrivare alla fine degli studi non te ne penti... parola di chi si è laureato in ingegneria... sono felici del traguardo raggiunto, perché il lavoro dà parecchie soddisfazioni. Io, avendo fatto la scuola per Geometri, ho trovato un po' di difficoltà iniziale in Analisi matematica e chimica, ma ho superato tutto con tanto impegno. L'ingegneria tocca tanti campi, ma io ho scelto quella Civile che cura la progettazione, la costruzione, l'esercizio, la manutenzione e la riabilitazione di strutture e infrastrutture fondamentali, quali edifici, ponti, gallerie, dighe, strutture civili. Fin da bambino, sono sempre stato attratto dalle gallerie...».

Quella piacevole conversazione tra i due giovani continuò toccando altri temi, interrotta solo dall'arrivo del treno a Torino. Quell'ora e poco più di viaggio era volata, mentre anche l'aria pareva aver beneficiato di quell'atmosfera carica di un rinnovato ottimismo, tipicamente giovanile.

«Caspita... siamo già arrivati» sbottò Stefano «e pensare che gli altri giorni sembra di non arrivare mai...».

«È vero. Allora ti saluto e... tanti successi per i tuoi studi» disse Camilla, sottovoce, quasi a non voler porre fine a quell'incontro.

«Anch'io ti faccio i migliori auguri, ma conto di rivederti presto... è stato bello parlare con te... sei tanto diversa dalle altre ragazze...».

«Grazie, accetto il complimento, ma non sono proprio uno stinco di santo... anch'io sono fatta alla mia maniera... un po' testona, come dicono i miei».

«Anche su di me se ne dicono tante... ma li lascio parlare... questi genitori vorrebbero sempre dei figli perfetti... quelli che forse avrebbero dovuto essere loro».

Stefano sorrise a Camilla, pienamente ricambiato.

«Allora, ragazza di campagna, potrei avere il suo numero di telefono? Pensa di fidarsi di un giovinastro cittadino?».

La donna si lasciò andare ad una sonora risata. Poi, frugando nella borsetta, ne ritrasse un piccolo quaderno dove, su una pagina, scrisse il telefono di casa. Nel porgerla a Stefano, si raccomandò: «Sei fortunato se ti risponde mia madre... mio padre, invece, è un po' così... potrebbe farti un po' di domande. Lui vuol sempre sapere».

«Incrocerò le dita per non trovarlo... intanto, però, potrei accompagnarti in Università... in quale sei? Bernini o Via Verdi?».

«In Via Bernini e tu?».

«In Via Verdi... accidentaccio, ma non ti libererai tanto facilmente di me... ti chiamo nel fine settimana e magari potrei venire a trovarti in campagna, così mi rilasso un po'. Che ne dici?».

«Se vuoi... prova a chiamarmi... e, magari, se non ho altri impegni... ora, però, ti devo salutare altrimenti perdo l'autobus. Ciao!».

Camilla si allontanò dalla stazione a passo deciso, mentre Stefano si era impietrito vedendola andare via. La sua mente aveva preso a fantasticare, galoppando nel tempo fino a quando l'avrebbe rivista.

Fin dal primo sguardo, quel giovane studente aveva sentito nascere qualcosa dentro di sé, il cuore accelerare i suoi battiti e la razionalità sparire per lasciare campo a un viaggiare nell'etere. Si sentiva leggero e felice. Aveva incontrato una ragazza che rispecchiava la sua felicità, capace di farlo sorridere e sognare. La sua vicinanza gli faceva tremare le gambe e i suoi occhi sconvolgevano i suoi pensieri. Per tutto quel giorno, Stefano ebbe l'impressione di poter sfiorare il cielo con un dito. Vagò per la città senza una meta, sperando di poterla incontrare nuovamente in stazione, dopo l'Università. Dopo tanta attesa, però, la fortuna non l'assistette e, suo malgrado, dovette far rientro a casa con l'ultimo treno.

I due si rividero nel fine settimana alla "Cascina Belvedere" dove Camilla abitava con i suoi genitori. Le insistenze di Stefano erano state premiate ed egli visse quei giorni di attesa in preda all'agitazione e a un insolito batticuore.

Poi, il sorriso solare di quella ragazza lo ripagò di tutto, fino a polverizzare il distacco che si era concretato in un'interminabile attesa. Lei mostrò una grande gioia nel vederlo, anche se, in cuor suo, si era ripromessa di non esternarlo in modo così evidente. L'emozione, però, si era manifestata attraverso le sue guance che, in un attimo, erano diventate rosse e in un'insolita sudorazione delle mani. L'innamoramento si era già impossessato di lei e gli ormoni impazziti ne erano la conferma. Era la prima volta che provava un'emozione così intensa, capace di sconvolgerla nel profondo. Stefano le sorrise mentre, impacciato nei movimenti, iniziò a parlare.

«Sai, Camilla, ti confesso che l'altro giorno, dopo che ci siamo visti, ho girovagato in città in preda a una strana sensazione... era come se quel tempo sul treno non mi fosse bastato... desideravo ancora parlare, ridere e scherzare con te. In Università ci sono stato poco, anche perché non ho capito molto di ciò che hanno spiegato... ero via con la testa... e mi sa che la colpa è un po' tua... forse perché mi è piaciuto tanto stare con te».

«È piaciuto tanto anche a me» rispose la ragazza, mentre il suo dolce sguardo era divenuto una carezza sul volto di Stefano. Rinvigorito da quel tacito assenso, lui la prese per mano, avvicinandola a sé. Poi, quasi di sorpresa, le sfiorò le labbra con un bacio. Lei, dapprima, indietreggiò. Poi, lasciando che gli sguardi si fondessero, offrì la sua bocca con tanta dolcezza.

In quei magici istanti tutto pareva essere cambiato, per dare corpo a una realtà diversa, dove le menti, all'unisono, viaggiavano nel paese delle meraviglie. Era il desiderio di condividere con la persona giusta il proprio tempo, i pensieri, la propria vivacità ma, soprattutto, una gran voglia di essere felici a prescindere dal mondo fuori.

Lui si chinò a raccogliere alcuni piccoli fiori di campo e, dopo averli uniti con un robusto filo d'erba, li porse a lei con tanta tenerezza.

«Sono i primi fiori che ricevo da un uomo... allora... posso esprimere un desiderio...».

«Importante che sia uguale al mio...» rispose Stefano, preda di una gioia incontenibile. Le parole erano diventate inutili, sostituite dagli sguardi sempre più eloquenti e da un rincorrersi di emozioni, pregne di una dolce euforia.

Era iniziata la stagione dell'amore, dove non c'era un momento prestabilito per innamorarsi, ma solo l'incontro destinato di due anime che si cercavano ardentemente. Due nuvole che, dopo lungo girovagare per il cielo, si univano fino a formarne una sola a forma di cuore.

Stefano e Camilla sperimentavano il desiderio irrefrenabile di correre, di volare, mano nella mano, fino a desiderare di librarsi nel cielo nella grande libertà degli spazi aperti. E, mentre i corpi correvano nei verdi prati, per poi, esausti, accasciarsi a terra, le anime volteggiavano rincorrendosi nell'etere, cullate dalle correnti ascensionali che, con forza, le spingevano sempre più in alto. La sensazione dei due innamorati era di possedere un'energia inesauribile, qualcosa di mai sperimentato prima.

«Camilla, amore mio, non so descrivere l'emozione che provo sentendoti vicino a me... sono tanto felice e vorrei che questo tempo non finisse mai».

«Anch'io lo sono tanto... sento una grande voglia di rinascere con te, di starti accanto e farmi coccolare... finalmente so cosa vuol dire innamorarsi e cosa si prova... è bellissimo».

«Meraviglioso» sussurrò il ragazzo, mentre, abbracciandola di lato, la invitava dolcemente a sdraiarsi accanto a lui nell'erba. Egli la strinse a sé, trasmettendole tutta l'euforia che si era spinta a lambire ogni parte del suo corpo. Camilla la percepì insieme ad uno stimolo di passione, subito soffocato dalla tenerezza. Il fuoco, dentro di loro, aveva iniziato ad ardere, irradiando luce e calore. Era la bramosia e l'ardore dei vent'anni, dove il corpo non cercava minimamente di difendersi da questa nuova malattia sconosciuta e pregna di stimoli emozionali, che avrebbero caratterizzato ogni momento della loro giornata.

Ben presto Camilla e Stefano sperimentarono che innamorarsi voleva dire sentirsi completamente presi dall'altra persona, preoccuparsi per lei ed essere eccitati al solo pensiero di starle accanto. L'altro sarebbe divenuto l'unico pensiero, fino a sentirsi travolti da un vortice di sensazioni particolari. La persona non era più vista per quella che era realmente, ma si tendeva a costruire un'immagine che andava al di là dell'aspetto esteriore. Una serie di sintomi psicologici sarebbero emersi, destinati ad affievolirsi solo dopo i primi sei mesi. Ad ogni incontro, la coppia ne rendeva testimonianza.

«Sai, Camilla, non smetto di pensarti e ho un desiderio costante di starti vicino. Accanto a te mi sento invincibile e vorrei fare follie...».

«È così anche per me... e le ansie che non mi davano tregua sono passate in secondo piano. Sono meno stressata... sento che l'amore mi fa bene... un po' meno allo studio, ma mi devo impegnare di più».

«Anch'io... ma se voglio stare con te per sempre, devo finire gli esami e trovarmi un posto di lavoro... altrimenti non possiamo far sì che il nostro sogno diventi realtà».

«Sì, non vedo l'ora di averti tutto per me. Anche le cose più semplici che fai sono straordinarie... sai essere romantico come piace a me e... quando mi baci non mi fai capire più niente».

«Già... io ho sempre una gran voglia di intimità... sento il cuore che, ogni volta che stiamo insieme, batte forte... lo sento accelerare. Ti amo da morire, amore mio».

«Io di più» rispose Camilla, stringendolo a sé con forza. «L'amore ti fa bene... sei ogni giorno più bella ed io non posso nasconderti la mia gelosia...».

«Non serve... io sono tua e lo sai! Un po' di gelosia mi piace... mi fa sentire desiderata, ma non di più, non la reggerei».

«Colpito» esclamò Stefano, scoppiando in una sonora risata. Poi, riprese:

«Ho letto da qualche parte che l'amore ci rende intraprendenti, energici, facendoci sentire capaci di poter fare tutto. Ciò avviene anche grazie alla dopamina che è un vero e proprio stimolante e contribuisce a farci sentire più felici e ottimisti».

«Ehi, vedo che ti sei preparato bene sull'argomento... pare proprio che ti interessi!» rispose Camilla, sfiorandogli la guancia con un bacio.

«Altroché... ogni giorno scopro di essere sempre più cotto di te... sono cambiato... tanto che, a volte, mi ritrovo a sorridere senza motivo, anche se sono solo... mi sorprendo a canticchiare allegramente canzoni sdolcinate e faccio cose che non avevo mai fatto prima. Ogni giorno di più mi riscopro ossessivo nei tuoi confronti e vorrei che mi appartenessi per sempre».

«È così anche per me... anche mia madre se n'é accorta, ma per il momento si limita a sorridermi e non mi chiede nulla...».

«Anche la mia... però lei mi ha già detto che prima vengono gli studi... del resto non posso biasimarla dopo che, rimasta vedova quando ero ancora piccolo, ha dovuto darsi da fare per crescermi e pagare la scuola».

«E noi faremo il possibile per non deludere i nostri genitori, anche se le tentazioni non mancano... ma noi siamo forti, vero amore mio?».

«Sì, anche se non sarà facile...» rispose Stefano. Entrambi erano coscienti di cominciare a pensare, quasi senza accorgersene, al futuro da trascorrere insieme, alle cose da fare in seguito. Parlare di un evento o di un concerto che si sarebbe svolto tra qualche mese o sognare di fare un viaggio tanto desiderato. Presto avrebbero sentito la mancanza l'uno dell'altro, anche solo dopo un giorno di lontananza. Un dolore che si sarebbe acuito nel sentire che quella persona cominciava a far parte della propria vita.

Era necessario pazientare e, con serenità, essere disposti a fare piccoli sacrifici. Poi, sarebbe arrivato il momento anche per loro di poter gridare a tutti il loro amore. Innamorarsi voleva dire mettere il cuore nelle mani di un'altra persona, rischiando addirittura di amarla per tutta la vita.

La fase di innamoramento di Stefano e Camilla durò per qualche anno, per permettere al loro sentimento di maturare, trasformandosi in qualcosa di importante. L'enfasi degli inizi svanì lentamente, lasciando spazio all'affetto e alla fiducia. La ricerca dell'intimità iniziata nella fase precedente divenne fondamentale per consolidare e rafforzare il legame emotivo e lo sviluppo dei progetti di coppia. In quella fase di attaccamento, il legame di impegno, intimità e passione divenne quasi indissolubile. Ognuno dei due era un porto sicuro per l'altro e ciò era, per entrambi, fonte di emozioni profonde in ogni momento vissuto. Questa interdipendenza mostrava, a volte, anche il suo lato negativo, creando

23

tristezza e sgomento per la prolungata separazione. Era iniziata la costruzione di un legame sicuro, con le caratteristiche di un amore in grado di durare tutta la vita. In questa consapevolezza, entrambi si impegnavano negli studi, ottenendo risultati soddisfacenti. Questi brillanti esiti ingigantivano la loro pazienza, divenendo una sorta di trofeo che mostravano con vanto ai genitori e a quanti li circondavano. Camilla e Stefano erano più che mai determinati ad affrettare, ogni giorno di più, il cammino per dare corpo alla felicità di un'unione duratura, che avrebbe coronato il sogno del loro amore.

Era quello il tempo delle serate in pizzeria, dei cinema che si riempivano la domenica e delle discoteche. Alcune di queste aprivano il pomeriggio con musica della hit del momento, molte altre la sera con musica dal vivo, pur chiudendo ad un orario decente. Il suono era alto, ma accettabile. In quegli anni settanta, erano i nonni ad insegnare ai nipoti a giocare a carte, mentre i padri trasmettevano l'arte del biliardo ai figli. I giovani rimanevano lontani da alcol e birra e rincasavano prima della mezzanotte. La lettura, le ricerche in biblioteca, dove c'era la possibilità di un incontro o di rivedere una persona, sostituivano la mancanza della televisione. In quegli anni di austerity, alcune case erano ancora prive di corrente, mentre le auto non potevano circolare la domenica, permettendo a gruppi di amici di allenarsi, occupando tutta la carreggiata. Era un ulteriore momento di ritrovo e aggregazione per tutti, giovani e persone più attempate, che si prendevano particolarmente cura del proprio corpo, combattendo obesità e diabete.

In quel periodo non c'erano supermercati e si poteva fare la spesa dal fornaio locale, ben rifornito di ogni cosa, dal fruttivendolo e dal macellaio che vendeva anche i salumi. Dal lattaio si formano spesso lunghe code, ma nessuno si permetteva di lamentarsi. Tra le figure più carismatiche dei negozianti, emergeva lo "scapolino", un artigiano che fabbricava o riparava calzature di qualsiasi tipo. Attraverso il rifacimento del tacco o della suola, si dava lunga vita alle scarpe, decisamente molto costose. Era il periodo del Loden, ma i nonni usavano ancora il tabarro. I jeans arrivarono dall'America alla fine degli anni settanta, mentre la moda del momento, apprezzata dai giovani, erano i calzoni a zampa d'elefante. I più agiati potevano permettersi i veri Ray-Ban firmati, considerati ineguagliabili. Stefano, dopo aver guadagnato qualche soldo attraverso ripetizioni private a studenti delle scuole medie e superiori, aveva acquistato un vecchio motorino che gli permetteva di andare da Camilla la domenica e una sera durante la settimana. Nel piccolo paese di Garbagna Novarese, dove la ragazza abitava, c'era la possibilità di vedere un film in canonica ed il biglietto aveva un costo nettamente inferiore a quello di una sala cinematografica. Durante l'anno non mancavano le fiere e le sagre locali particolarmente gradite a Camilla che, tra profumi e sapori, lasciava emergere e volteggiare nell'etere il suo spirito agreste. In quei momenti, sul suo volto radioso, traspariva tutta la gioia contenuta nel cuore. Tra quelle bancarelle, dove non mancavano manufatti di cesti e ghirlande, lei riviveva la sua infanzia, osservando e sfiorando gli utensili di un tempo che, ormai, nella sua casa, erano divenuti ornamento alle pareti. Stefano sorrideva nel vederla felice ma, pur mostrando interesse alla manifestazione, difficilmente riusciva a partecipare alle sue sensazioni.

«È bello vederti felice, amore mio… queste feste di paese hanno il potere di coinvolgerti in un'emozione unica».

«Sì, è così... tutto questo mi fa stare bene e vorrei che durasse tanto... però mi dispiace per te che non riesci a provare ciò che sento io... dai... domenica prossima andremo in città, così potrai mostrarmi i posti che più ti piacciono».

«Già... così sarai tu ad annoiarti... allora meglio in discoteca... ne conosco una che apre di pomeriggio... possiamo provare».

«Sì, dai, anche se a ballare sono uno schianto... sono anni che i miei vanno a ballare e, ogni volta, vorrebbero che imparassi a ballare il liscio».

«In discoteca ballano tutti, ma proprio tutti, te l'assicuro... basta muoversi un po' e lasciarsi trasportare dalla musica. Nessuno è maestro, ma è un bel momento per ridere, scherzare e lasciarsi andare senza pensare a niente. Poi, se vuoi, possiamo andare da me... domenica prossima mia madre ha già detto che va a Torino a trovare mia zia, sua sorella».

«Sicuro? No, perché non devo starle molto simpatica. Così mi è parso di capire quando me l'hai presentata l'anno scorso. Non vorrei mai...».

«Tranquilla... penso che, come tutte le madri rimaste vedove, abbia una gran paura di restare sola... ne abbiamo parlato più volte, ma non può impedirmi di fare la mia vita. Sono certo, invece, che tu le piaci tanto ed è molto contenta che stiamo insieme... solo che, al momento, è quella sua paura a vincere, impedendole di aprirsi. Cambierà, vedrai, ha solo bisogno di tempo per farsene una ragione...».

«Lo spero tanto...» concluse Camilla, visibilmente rinfrancata dalle parole di Stefano.

«Comincerà ad abituarsi quando andrò a militare... finiti gli studi... non posso rimandare in eterno... prima o poi mi tocca».

«Io spero tanto che non ti prendano alla visita di selezione dei tre giorni... qualcuno, in Università, è stato scartato... non è un disonore... anzi... tutto tempo perso... preferisco averti qui, così possiamo sposarci prima».

«Vedremo... intanto gli esami in facoltà sono sempre più pesanti, tanto che a volte perdo un po' di fiducia in me stesso. Ce la farò? Mi chiedo spesso...».

«Ma certo... tu sei una roccia! E poi non puoi demordere proprio adesso... pensa a noi... è faticoso aspettare anche per me. Dobbiamo finire gli studi, per poterci trovare un posto di lavoro».

«Sì, se penso a te, trovo la forza per non lasciarmi andare... ti amo tanto, cucciola mia».

Camilla gli sorrise e lo premiò con un bacio ripieno di dolcezza.

Intanto, la stagione della contestazione giovanile era ormai dilagata, toccando ogni punto della società. Tra le generazioni che vivevano da qualche tempo nelle grandi città industriali qualcosa stava cambiando per effetto del crescente livello di istruzione. Si era arrivati a superare il livello medio scolastico dei genitori, che non erano più nelle condizioni di competere con i figli. I più giovani sperimentavano un forte senso di indipendenza e superiorità, avvertendo la possibilità, attraverso la scuola, di migliorare la loro condizione socio-economica. Il notevole prolungamento degli studi nelle scuole superiori e poi in Università furono la fucina per la formazione di un "movimento giovanile" in grado di elaborare una propria "cultura".

L'urbanizzazione e l'industrializzazione generarono un imponente fenomeno migratorio esterno ed interno. La contestazione giovanile arrivò a serpeggiare anche tra i giovani immigrati di seconda generazione, sperimentando un vero e proprio scarto con le generazioni dei loro padri e madri. Tutto questo per la maggiore istruzione che ricevevano e per il loro plasmarsi al cosiddetto modo di vivere urbano e moderno.

Era ormai tramontata l'idea che i giovani dovessero imitare i modelli culturali dei genitori, fino alla clamorosa contestazione studentesca che, se pur minimamente, anche Camilla e Stefano avevano vissuto. Un fenomeno tanto forte, proprio perché non era stato previsto, che scaturiva dalla massiccia polemica contro l'autoritarismo ed il formalismo della società adulta, colpevole di voler imporre modelli di comportamento, stili di vita, valori retorici e falsi. A fronte di ciò, erano messi in discussione i principi della delega e della gerarchia, delegittimando ogni autorità costituita ed ogni funzione di comando in nome dell'egualitarismo e della democrazia diretta. Alla fine di quegli anni settanta fu ridotta anche l'età per andare a votare, passando dai ventuno ai diciotto anni. Per questa vittoria giovanile, all'interno dei movimenti studenteschi erano nati i decreti delegati con cui si eleggevano i rappresentanti, per cercare di disciplinare e rinnovare un "movimento" che si trascinava dalla fine degli anni sessanta. Con grande sorpresa, Stefano giunse secondo per il numero di voti ricevuti. Lui, pur nella sua giovane età, era considerato dai compagni un saggio, un "nato vecchio" nel linguaggio corrente. Stefano s'imponeva per le proprie idee che, proprio per essere cresciuto senza la figura paterna, erano decisamente più responsabili della media giovanile. Nel disordine maturato dalla ribellione studentesca, c'era un gran bisogno di discernimento e certezze sulla strada da intraprendere.

Negli studenti universitari e in quelli delle scuole medie superiori degli anni settanta, la contestazione lasciò un solco profondo capace di far destabilizzare le certezze morali, ideologiche e religiose venutesi a creare durante gli anni della ricostruzione post-bellica. Nella seconda metà degli anni settanta l'opinione pubblica rimase sorpresa con l'esplosione della disco-music. Questo fenomeno coincise con il generale ritiro dei giovani dalla partecipazione pubblica e la loro concentrazione sulla ricerca di felicità privata. Il successo delle discoteche faceva parte di una rivoluzione più profonda di quella del sessantotto che portava a valorizzare l'espressività, la comunicazione, le gratificazioni immediate. Le discoteche divennero uno spazio di espressione ed aggregazione.

Stefano e Camilla si erano isolati dalle nuove correnti di pensiero e, con grande determinazione, perseguivano l'intento del loro progetto d'amore. Erano pochi i momenti a due, dove la passionalità sempre più intensa si limitava ancora al petting, anche se avrebbe preteso un rapporto, se pur limitato. Dopo quattro anni dal loro primo incontro, diveniva difficile soffocare la bramosia d'amore che imponeva il contatto dei corpi. Ogni volta, però, Camilla rifiutava di andare oltre, convinta di voler portare in dono la propria verginità alla persona che, sposandola, avrebbe condiviso la vita con lei. Stefano cercava di rispettare la sua volontà, anche se, ogni volta, era costretto a reprimere il suo istinto, fino a sperimentare dolore ai genitali. Lei lo accarezzava, mostrandosi dispiaciuta e lasciava che lui si beasse tra i suoi prosperosi seni. Stefano li palpava delicatamente, mentre percepiva una leggera scossa attraversargli il corpo. Poi, superato il momento, il suo pensiero andava alla constatazione che, nonostante il loro rapporto continuasse da parecchio tempo, non c'era ancora un legame di vera fiducia. Era convinto che una costruzione attiva, pur fatta di alti e bassi, di crisi e conflitti, se accompagnata da volontà e motivazione avrebbe rinvigorito e fatto crescere il loro legame di coppia. Camilla, invece, nella sua visione d'insieme, percepiva il disagio del compagno e temeva che il loro rapporto andasse in crisi per quel suo rifiuto e per quel "buttarsi" a capofitto solo nello studio. Presto ci sarebbe stata la possibilità che Stefano sentisse l'esigenza di ricercare nuove amicizie femminili e questo la spaventava molto.

Camilla ne parlò a Sandra, l'amica del cuore che, vivendo in cascina con lei, era divenuta, con il passare degli anni, come una sorella maggiore.

«Vedi, amica mia, dovresti consigliare al tuo ragazzo di impegnarsi in attività che piacciano ad entrambi e che vi permettano di ritagliare del tempo per voi stessi. Insomma... fare insieme ciò che si desidera... e, quando non si trovano dei punti d'incontro, scendere a compromessi: uno dei due deve rinunciare... ma non sempre lo stesso. Ormai state ultimando gli studi e, ben presto, dopo aver trovato un posto di lavoro, potrete cercare casa e sposarvi... non manca molto».

«A volte penso che l'amore stia finendo e che non ha più senso stare insieme... forse è troppo che siamo fidanzati senza concludere... è nato troppo presto il nostro amore...».

«L'amore arriva quando vuole, non si assoggetta al tempo come ci piacerebbe pensare... e poi l'amore non è finito se tutti e due provate ancora l'ansia quando siete lontani e state male...».

«Di questo ne sono certa...».

«E... allora, cosa vai a pensare? Ci sono le condizioni affinché il vostro innamoramento si trasformi in una dimensione più profonda dell'amore: quella dell'attaccamento, una sorta di sigillo permanente. Devi solo avere fiducia e tornare a sorridere, anche se l'amore spesso fa soffrire...».

«Grazie Sandra... sei grande!».

«No, sono solo più vecchia di te e ci sono già passata... ora io e Tommaso abbiamo la necessità di rinverdire il nostro amore... vogliamo fare un viaggio... lontano da tutto e da tutti... soli con tutta la natura possibile».

«Buona idea... avete già scelto dove andare?».

«Siamo ancora indecisi, ma la più bella natura è in Madagascar... abbiamo letto qualcosa e poi... dopo aver visti i lemuri... bellissimi!».

«Chissà che meraviglia... poi mi racconti... anche a Stefano piacciono molto gli animali, la natura... ha in casa una marea di libri e gli piacciono i documentari che ogni tanto fanno al cinema».

«Anche a Tommaso... vedo che hanno gli stessi gusti... in genere, chi ama gli animali ha un cuore sensibile».

«È vero, l'ho notato anch'io... ora ti devo lasciare, domani ho un altro esame, uno degli ultimi se Dio vuole...».

«Allora... in bocca al lupo».

«Grazie» concluse Camilla, puntando verso casa. Ad attenderla, trovò suo padre Antonio, desideroso di parlarle.

«Ciao, ha telefonato Stefano, ci ho parlato io... ha detto che sabato sera non può venire a cena da noi... tu sai niente?».

«No, non mi ha detto nulla».

«È strano... quando la mamma lo invita viene sempre... è successo qualcosa tra di voi, di cui non siamo al corrente?» chiese il padre, con aria pensierosa.

«Non lo so... ma lo vedo più distaccato... forse è troppo che siamo insieme e si sarà un po' rotto».

«Ma cosa dici? Stefano non è il tipo… lui ti vuole veramente bene, ma sarà solo tanto stanco… è quasi alla fine e poi dovrà preparare la tesi. E, poi, può capitare a tutti un momento di stanca, di sconforto, visto che lui è un ragazzo molto emotivo. Ormai lo conosciamo…».

«Spero che tu abbia ragione, pa'».

«E dai… non vedere sempre nero, sii positiva… abbi fede» concluse Antonio abbracciandola e facendole sentire tutto il suo affetto.

Tra Stefano e Antonio si era creato un bel rapporto. Tra i due, dopo una prima fase di conoscenza, era subentrata una sorta di legame affettivo che li faceva stare bene insieme. Stefano aveva trovato nel futuro suocero la figura di quel padre che gli era mancato per troppi anni. Antonio, invece, si era legato a lui realizzando il sogno del mancato figlio maschio. Durante il pranzo o la cena erano soliti toccare i più svariati argomenti, fino ad arricchirsi interiormente a vicenda. Il distacco culturale con i genitori, che nella contestazione giovanile dava adito a una superiorità nei loro confronti, non aveva trovato seguito in Stefano e tanto meno in Camilla.

Il dialogo tra i due uomini proseguiva anche dopo il momento conviviale e, spesso, fino a tardi. Allora, era Camilla a far notare al padre che avrebbe voluto che il fidanzato si dedicasse anche a lei.

«Ma, sai, ragazza mia, tra uomini…» rispondeva il padre, schernendosi.

«Siete peggio delle donne, altro che storie e poi… cosa avete sempre da ciacolare? Io e mamma abbiamo fatto in tempo a sparecchiare, a lavare i piatti e a rassettare in giro e voi siete ancora lì!».

Stefano si limitava a sorriderle, ma non poteva negare a se stesso che la presenza di quell'uomo lo faceva stare bene. Ad un certo momento della loro conoscenza sentì forte il desiderio di chiamarlo "papà", tanto che, durante una cena, lo fece senza accorgersene.

«Sai, Stefano, ho pensato che, più avanti, potresti progettare una nuova stalla, moderna e con tanto di mungitura elettrica. Cosa ne dici, ragazzo?».

«Si può fare, pa', è una buona idea».

Camilla lo guardò allibita, mentre Antonio provò una grande gioia, sentendo il cuore salirgli in gola. Sentirsi chiamare "papà" da un figlio maschio era sempre stato il suo desiderio più grande, considerato irrealizzabile. La moglie Maria intuì il suo stato d'animo e, con una ventata di allegria, invitò tutti ad un brindisi. Poi, dopo un sottile sguardo d'intesa con Antonio, lasciò che il marito, visibilmente emozionato, esprimesse la propria esultanza.

«Benvenuto nella nostra famiglia, caro Stefano, come futuro genero e anche come figlio» disse l'uomo, sorridendo al ragazzo che, attraverso gli occhi, palesava a tutti la sua contentezza. Camilla, ancora stupita, accennò a un sorriso, ma il pensiero fu rapito dall'egoismo che, con durezza, le imponeva di avere solo per sé l'innamorato. Una sgradevole gelosia tornava a far male al suo cuore, anche se, proprio per merito di quell'accadimento, si dispose a pensare che il carattere aperto di Stefano necessitava di sentirsi libero all'accoglienza e all'aiuto verso il prossimo. Tante volte, in più circostanze, lui le aveva parlato del suo star bene con gli altri, fino a ricavarne un arricchimento interiore, necessario alla sua psiche. Lei, però, lo aveva sempre ascoltato senza riflettere.

«Camilla dove sei? Ti sento lontana...» le disse Stefano sottovoce, dopo essersi avvicinato a lei.

«A volte la gioia lascia senza parole...» si scusò, facendosi perdonare con un sorriso. "Siamo sempre noi a rovinarci l'esistenza" pensò tra sé, mentre, alzatasi dalla sedia, si stringeva a suo padre, abbracciandolo di spalle. Antonio, guardando Stefano, s'inventò un'ulteriore battuta per stemperare quell'atmosfera formale, anche se ricca di emozione.

«Ehi, ragazzo, non ti illudere troppo... il brindisi è solo perché hai detto che mi farai il progetto della stalla... l'interesse prima di tutto. Cosa hai capito?».

La risata collettiva scaturita dopo queste parole fece un gran bene a tutti.

I mesi si erano rincorsi freneticamente, fino alla conclusione degli studi da parte di Camilla. La splendida festa di laurea premiò il brillante risultato conseguito.

Gli ultimi tempi erano stati i più impegnativi per lei, ma anche per Stefano, che avanzava a fatica tra gli esami più difficili, quelli che gli avrebbero permesso di diventare ingegnere. La resilienza pareva aver perso la propria fonte di sostentamento e arrancava appellandosi alla sola forza della disperazione. Poi, quando tutto si sarebbe concluso, un profondo senso di liberazione avrebbe fatto eco ad una sorta di svuotamento interiore, dove la mente era finalmente libera di spaziare in una nuova dimensione quasi irreale. Camilla era entrata in questa fase e ne percepiva l'emozione.

«Che strana sensazione, amore mio... mi sento leggera e tanto felice, ma sarà vero?».

«Certo che lo è... presto, quando anch'io avrò concluso gli studi, potremo pensare alla nostra vita, ai progetti d'amore che vogliamo fare. Manca pochissimo, ormai, cucciola mia».

Intanto, Stefano, ricevette la chiamata alle armi tramite la cartolina-precetto.

Si presentò al distretto militare competente di Novara, dove fu sottoposto alla visita medica di leva insieme a tanti altri ragazzi, anche più giovani di lui. Se dichiarati idonei, dopo un anno circa, si svolgeva il servizio obbligatorio nella Marina Militare, nell'Esercito Italiano o nell'Aeronautica Militare, solitamente con incarichi di impiego nei servizi di approvvigionamento, logistica o di servizio in una determinata Arma. Chi era in possesso di un diploma o di una laurea poteva fare il corso per allievi ufficiali di complemento (AUC) e ricevere uno stipendio mensile.

Stefano, come si era augurata Camilla, fu esonerato dal servizio per "scarsità toracica" e congedato definitivamente. Per qualche altro giovane ciò avrebbe rappresentato una sorta di onta, con la componente dello scarto fisico, ma il futuro ingegnere la giudicò positivamente. Non era mai stato convinto dell'utilità del servizio militare ed, inoltre, accorciava il tempo di attesa al matrimonio. Solo con il passare degli anni, incontrando tanti giovani sbandati, ne avrebbe capito il beneficio fisico e di formazione individuale.

Antonio, ricevendo la notizia, rimase deluso, anche se cercò di non palesarlo mai al "figlio". Era sua convinzione, dopo aver vissuto gli anni della guerra, che fare il soldato avrebbe aiutato a rinforzare la tempra di un giovane a superare i travagli che, certamente, avrebbe incontrato sul proprio cammino. Si augurò, in cuor suo, che il duro regime scolastico e la conseguente disciplina avrebbero sopperito a questa mancanza.

Graziella, la madre di Stefano, era di tutt'altro pensiero. Infatti, era oltremodo felice che il suo unico uomo di casa potesse continuare a starle vicino, con la sua insostituibile presenza. Aveva pregato a lungo il Buon Dio affinché non le venisse tolto quel sostegno e, con sua grande gioia, era stata esaudita. Dopo solo due anni dal mancato arruolamento di Stefano, il Ministero della

Difesa decise, visto il gran numero di reclute, che i figli delle vedove non avrebbero dovuto assolvere al precetto militare. La contentezza delle mamme era stata grande, soprattutto di quelle che, da tempo, avevano affollato le piazze per chiedere che venisse attuata questa riforma. Evitato questo obbligo, Stefano si concentrò maggiormente nello studio, concedendosi pochissime soste, nonostante le lamentele della ragazza.

«Ma, insomma, non ti si vede più... ti ricordi che hai una ragazza? Mi sento proprio messa da parte... capisco che fai tutto questo per noi, però mi sembra che stai esagerando e, non ultima, è la tua salute a farne le spese. Ti vedo male... sei sempre più tirato, amore mio».

«Sono momenti duri, gli ultimi esami prima della tesi sono molto difficili e alquanto impegnativi. Devo applicarmi giorno e notte se voglio riuscire a superarli. Poi, avremo tutto il tempo... dobbiamo stringere i denti, cucciola mia».

«Sì, va bene... vorrà dire che, a furia di stringere per anni, dovrò mettere la dentiera... sono ancora giovane... che dici?».

«E, dai, quanto la fai difficile... tanto hai il tuo bel da fare a trovarti un posto di lavoro».

«Già... sto passando tutto il mio tempo a rispondere alle inserzioni e a inviare curriculum. Mi sto dando da fare, ma ancora niente...».

«Abbi fede, sei appena partita e poi gli architetti sono richiesti in questo periodo. Ho saputo che stanno nascendo parecchie ditte di design d'arredo, una sorta di progettistica di interni. Non ti piacerebbe?».

«Certamente, purché non sia molto lontano da casa...».

«Beh, questo è pretendere un po' troppo, al primo impiego dobbiamo prendere quello che c'è... poi, con un po' di esperienza, si può cercare altrove. In questo, riconosco di essere più privilegiato di te, in quanto, se passo con una media alta, sarò convocato da alcune ditte, proprio nello stesso giorno che esporranno i tabelloni. Funziona cosi ed è per questo che devo darmi da fare!».

E così, Stefano s'impose una sorta di ritiro, impegnandosi il giorno e, spesso, la notte, con il massimo della concentrazione. Quando, sfinito, si sdraiava sul divano, era la madre a coprirlo con un plaid e a spegnere la luce. Questi sacrifici gli valsero di essere uno dei migliori laureati del suo corso, con una votazione molto alta. Le imprese di costruzioni fecero a gara per averlo tra i propri dipendenti, cercando di offrire al giovane qualcosa in più di altre. Stefano approfittò di quel gioco al rialzo per accaparrarsi una delle migliori soluzioni lavorative del momento. Avrebbe dovuto iniziare da subito, ma ottenne uno slittamento di dieci giorni, per concedersi un periodo di riposo. Anche questa pausa rappresentava un successo e Stefano lo visse come tale, coinvolgendo Camilla nella sua soddisfazione. Poi, iniziò a lavorare in una piccola impresa di costruzioni alla periferia di Vercelli, dove, in poco tempo, ci sarebbe stata la possibilità di imparare tanto. Il giovane ingegnere si sentiva appagato da quel tirocinio, che gli avrebbe fruttato l'esperienza necessaria a spiccare il volo più avanti. Ogni giorno, lui non demandava nulla agli altri e, nel frattempo, cercava di carpire i loro segreti. In anni di studio, si era personalizzato un metodo per imparare e memorizzare.

Intanto, anche l'architetto aveva trovato un impiego nel centro di Novara. All'inizio ebbe una posizione di ripiego, fungendo un po' da jolly tra i vari uffici che si occupavano di design d'arredo. Lei avrebbe dovuto elaborare graficamente il pensiero di altri, ma, appena poteva, ci metteva del suo, lasciando che i colleghi si stupissero della sua inventiva. Inoltre, il carattere solare e quel suo spargere positività risultò, ben presto, vincente, conquistando buona parte dei compagni di lavoro. Ben presto, molti si rivolsero a lei, per avere un contatto, ma soprattutto per assistere alla sua esplosione di entusiasmo al termine di ogni lavoro di gruppo. Faceva un gran bene a quell'ambiente lavorativo, spesso taciturno e dove l'invidia non mancava di serpeggiare tra i tecnigrafi, avere una ragazza che sapesse seminare energia vitale, capace di spezzare l'incessante monotonia di ogni giorno. Buona parte della carica emotiva le veniva dal pensiero, quasi incessante, che presto avrebbe coronato il sogno d'amore, vivendo la sua fiaba da protagonista. Rapita dall'estasi di quella primavera della vita, sperimentava ogni giorno nuove emozioni, vere e proprie iniezioni di felicità. La sera, quando finalmente poteva abbracciare il suo innamorato, era pervasa da un senso di leggerezza, capace di far volteggiare la sua anima nell'etere, fino a raggiungere gli strati più alti del cielo.

«Che bello vederti amore mio! Ogni giorno faccio sempre più fatica ad aspettare fino a sera... forse è arrivato il momento di cercare casa».

«Sì, dobbiamo farlo in fretta... ma qui si apre un divario... tu che vorresti vivere in campagna ed io che preferirei la città».

«Nessuno problema... potremmo cercare a metà strada...vicino alla città, ma appena fuori. Cosa ne dici, amore mio?».

«Non sarà facile, cucciola mia, ma diamoci da fare».

«Se riuscissimo a trovare... potremmo sposarci a maggio dell'anno prossimo, sarà la nostra sesta primavera, quella meravigliosa stagione che ci ha fatto conoscere...».

«Sarebbe bellissimo, Camilla, io ci sto... certo che siamo già a settembre e dobbiamo muoverci» rispose Stefano, abbracciandola e baciandola con passione. I suoi baci avevano il potere di rapirgli i sensi, fino a desiderare di non staccarsi da lei. Camilla, dal canto suo, era sempre più innamorata del suo principe azzurro. Le piaceva impersonare, ogni giorno, la figura di Biancaneve, per ricevere nuovamente quel primo bacio del suo risveglio d'amore.

«Amore mio, mi stavo quasi dimenticando di dirti che domenica a pranzo siamo invitati dai miei. Sarà una piacevole occasione per festeggiare la nostra laurea e il nuovo lavoro. Mio padre vorrebbe che venisse anche tua madre... ha detto, anche, che vuole parlarci».

«Cosa gira per la testa di Antonio, non lo sai?».

«Proprio per niente... sai che quell'uomo è imprevedibile».

Ormai l'autunno stava allungando la sua ombra sull'estate trascorsa. Le giornate si accorciavano e il tramonto del sole alle sette di sera, lasciava libera la notte di calare in anticipo il suo nero sipario su ogni cosa. Gli uccelli notturni cercavano di regolare il proprio orologio interno, preferendo non prolungare di molto i loro gorgheggi. Intanto, i primi venti freddi avevano iniziato a sibilare tra le fronde degli alberi, facendo traslocare i piccoli pennuti, che, ancora, non si erano arresi al cambio di stagione. In lontananza, la luna dava sfoggio della sua sottile falce argentata, facendo sognare chi, da poco, aveva conosciuto l'amore e chi, da sempre, era innamorato della vita.

Nascosto tra le bianche nuvole, il Creatore rimirava con compiacimento la Sua opera, dove la Sua creatura preferita aveva trovato dimora.

39

In quella domenica di fine settembre, alla Cascina Belvedere, si respirava aria di festa. I coniugi Giraudo, genitori di Camilla, si erano dati un gran da fare perché tutto si svolgesse al meglio, pur mantenendo la semplicità di sempre. Graziella era felice di essere stata invitata e, al suo arrivo con il figlio, aveva donato alla futura consuocera uno splendido bouquet di dalie, uno dei fiori simbolo della femminilità. Le splendide e luminose corolle rosse erano perfette per colorare la casa ed, inoltre, si sposavano molto bene con la raffinata tovaglia di bianco antico, finemente lavorata. Maria aveva gradito molto quel dono ed aveva abbracciato Graziella, facendola sentire a proprio agio. Di quell'allegra tavolata facevano parte anche le due nonne di Camilla, Teresa e Carlotta, rimaste vedove da poco che, naturalmente, ammiravano ed amavano moltissimo l'unica nipote. Avevano per lei una sorta di venerazione e la corteggiavano con le loro premure, per il piacere di averla vicino.

«Ragazza mia, è quasi ora di pensare al tuo matrimonio. Ormai, con il ricamo del corredo sono a buon punto… voglio che, per tanti anni, ti resti un bel ricordo di me».

«Grazie, nonna Teresa, ti voglio un mondo di bene» rispose Camilla, abbracciando l'anziana donna.

Carlotta, dopo aver assistito a quella effusione, era sbottata in un'ironica sceneggiata di gelosia.

«E io? Dopo che da mesi ti sto facendo a maglia la coperta per il letto?».

«Ma… nonna Carlotta, sei la solita gelosona… lo sai che voglio tanto bene anche a te» rispose la ragazza, stringendola forte a sé.

Poi, Carlotta, dopo un sottile sguardo d'intesa con la "rivale", redarguì bonariamente la nipote.

«Certo che per sentirsi dire da te un "ti voglio bene"

dobbiamo fare i salti mortali... accipicchia, cosa si deve fare per sentirsi amate, vero Teresa?».

«Ah, sì, è sempre più difficile stare al mondo... povere vecchiette».

Camilla le guardò, scoppiando in una sonora risata. Poi, ponendosi al centro tra di loro, le prese per mano e le accompagnò a sedere intorno al grande tavolo della sala.

«Ora che ci siamo tutti, possiamo iniziare facendo un brindisi ai nostri ragazzi che, con tanto impegno, hanno concluso gli studi, ottenendo degli ottimi risultati... siamo tanto orgogliosi di voi e vi auguriamo un buon successo nel lavoro». Antonio, nel proferire quelle parole, palesò tutta la sua emozione, fino a balbettare più volte. L'applauso, che ne scaturì, riuscì a stemperare quell'atmosfera, decisamente formale.

Dopo l'ottimo pranzo, nel quale Maria aveva dato sfoggio della sua abilità culinaria, ricevendo il plauso degli invitati, Camilla prese la parola. La gioia di quello che stava per dire, fece aumentare ancor di più la sua solarità.

«Noi... saremmo tanto felici di sposarci a maggio del prossimo anno e, per questo, ci siamo messi a cercare casa».

«Grande notizia» disse Maria «ce l'aspettavamo... ma è sempre una bella emozione. Auguri, ragazzi! E dove vi piacerebbe abitare?».

«A metà tra la campagna e la città... vedremo cosa riusciremo a trovare» intervenne Stefano, cercando di incontrare lo sguardo di tutti.

«Se volete, per i primi tempi, potete sistemarvi in cascina, in una delle casette riservate ai contadini. Una, in particolare, la stiamo ristrutturando da poco, da quando la famiglia che l'abitava ha trovato lavoro altrove». Antonio, che da tempo aveva preparato quelle parole, aveva sorriso ai due innamorati.

«Grazie, pa', ci pensiamo… la tua disponibilità ci onora» rispose Stefano che, con molta naturalezza, mostrava, ancora una volta, la sua stima per quell'uomo che, sempre più, suppliva a quella figura paterna che gli era mancata. Un rapporto, il loro, che migliorava e si solidificava ogni giorno di più. Graziella, in cuor suo, aveva gioito nel sentire ancora il figlio pronunciare la parola "papà". Tante volte, a casa, le aveva parlato di Antonio, descrivendolo come una persona speciale, che lo aveva accolto in famiglia, proprio come avviene per un figlio. Era la seconda volta che Graziella presenziava in quella casa e, anche in quella circostanza, percepiva una gradevole atmosfera familiare. In quello spazio di tempo, aveva cercato di contenere la sua gelosia di madre verso il figlio, facendo di tutto per non lasciarla trapelare. Vinse, inoltre, il pensiero sulla sua pochezza finanziaria che, per qualche istante, l'aveva proiettata in cattiva luce, facendole provare un senso di inferiorità nei confronti dei genitori di Camilla. Poi, il pensiero di una vita densa di sacrifici, dove lei si era donata senza la minima sottrazione di se stessa, foraggiò nuovamente la sua autostima, demolendo il pensiero negativo sulla sua condizione. Il sorriso interno che ne era scaturito, raggiunse il suo volto, illuminandolo.

«Tutto bene, ma'?» le chiese Stefano, avvicinandosi a lei.

«Benissimo, non sono mai stata così bene e poi… sono tanto felice per te… sono proprio brava gente».

Il figlio sorrise alla madre, irradiandola di tenerezza. Per un attimo aveva intuito il silenzio della madre ma, conoscendola, aveva pensato di non chiederle nulla. Dalla sua fragilità, Graziella aveva sempre preferito uscirne da sola, come aveva sempre fatto nel corso della sua vita. Nei giorni che seguirono, Stefano e Camilla si diedero appuntamento dopo il lavoro, per cercare casa in alcune

42

zone, scelte in precedenza. Dopo lungo girovagare e aver visto parecchi appartamenti, optarono per aderire alla proposta di Antonio. La gioia della futura sposina era stata grande e non di meno quella dei suoi genitori che, da tempo, avevano rincorso quel sogno.

«Allora, pa', dopo esserci guardati intorno... siamo felici di accettare la vostra proposta... grazie mille... poi, più avanti, riusciremo a spiccare il volo... intanto, mettiamo da parte qualche soldo».

«Saggia decisione, ragazzi» aveva risposto Antonio, sorridendo compiaciuto. Poi, con esuberanza, riprese: «Allora... da oggi, quella casetta vi appartiene e potrete sistemarla come vorrete».

Stefano aveva abbracciato Antonio, stringendolo con forza, nell'intento di trasmettergli la propria gratitudine. Ugualmente, con grande tenerezza, aveva fatto con Maria, com'era solito fare con sua madre.

«Sarà un meraviglioso nido d'amore» disse Camilla, visibilmente eccitata.

«E... nessuno verrà mai a disturbarvi» aveva aggiunto la madre, mostrando la sua contentezza. Il sogno dei due innamorati stava, lentamente, divenendo realtà e, chi li circondava in quegli anni, riviveva, attraverso di loro, la propria storia d'amore. Ben presto, la primavera ritornò a dominare la scena con colori vivi e profumi inebrianti. La bontà e l'amore dei pensieri positivi allontanarono la negatività. Una nuova vita dava sfoggio di sé attraverso il desiderio di cambiare, dello stare bene con l'aumentata considerazione di se stessi. La rinascita interiore sfociava in una gioia irrefrenabile, nella fiducia in un domani migliore, che la speranza avrebbe potuto anticipare nel presente.

In quella stagione, dove la natura si risvegliava, anche la luce del giorno pareva più serena nella propria limpidezza, per poi divenire uno splendore dorato al tramonto. Una visione capace di fugare ogni dubbio, ogni piccola paura, ogni discordia a favore di una desiderata pace interiore. Anche il canto melodico di un piccolo uccello contribuiva a rasserenare l'atmosfera ed era un buon rimedio alla tristezza. Tante erano le note nell'estasi del nuovo pettirosso che, con tanto impegno, donava il suo inno alla vita. Presto, nuovi amori sarebbero sbocciati, facendo palpitare i cuori degli innamorati.

Camilla e Stefano avevano vissuto, nelle primavere precedenti, il cambiamento della loro vita ed, ora, quell'anelito d'amore che aveva soggiogato i loro cuori si apprestava a divenire realtà. Si sposarono nel ridente mese di maggio, coronando il loro sogno d'amore. La piccola chiesa di San Michele Arcangelo, a Garbagna Novarese, fu testimone del loro "sì" insieme a pochi parenti e tanti amici. La musica soave dell'organo e una molteplicità di fiori di campo, dislocati ai lati delle panche e in ogni angolo della cappella, contribuivano a quella atmosfera agreste, tanto desiderata e voluta da Camilla. Per l'altare, aveva scelto le calle, simbolo di bellezza e non di meno di quella purezza che lei, con orgoglio, portava in dono a chi le avrebbe donato e consacrato il suo amore per la vita. Sulle pareti della chiesa qualche ramo di glicine e lillà profumavano l'aria, rendendola piacevole da odorare. In quella atmosfera fiabesca, che pareva sublimarsi oltre la dimensione terrena, la giovane sposa visse il suo sogno, la sua favola da protagonista, rapita dall'estasi per l'arrivo del principe. Un'antica carrozza, trainata da due splendidi cavalli bianchi, contribuì a completare quell'aura d'incanto, dove un tocco di magia aveva pervaso ogni cuore, facendolo tornare bambino. In quel giorno, la gioia prevalse sulla tristezza che, proprio come avviene per la luna diafana, aveva occupato un piccolo angolo di cielo e fino a sera non sarebbe ritornata. Un'intensa pioggia di riso era caduta sugli sposi con l'augurio di una doppia fertilità, d'amore e di prole. Il pranzo in cascina fu allietato da tanta buona musica di paese, dove la tradizione di ieri si alternava alla moda del momento. Una notte d'amore, dove i due corpi si erano cercati a lungo, siglò l'inizio di una vita a due, dove il respiro dell'uno diveniva quello dell'altro.

L'unione di Stefano e Camilla coincise con il termine della stagione contestativa, in un arco di mesi tutti concentrati nel millenovecento settantasette e fu contrassegnata da due fenomeni di rilievo: la crisi della dimensione politica e la radicalizzazione di alcune forme spettacolari da parte dei cosiddetti "indiani metropolitani". Il movimento di quell'anno sanciva la fine del tempo dell'utopia e dei progetti totalizzanti. Nacquero nuove forme di aggregazione, pronte a manifestare tutta la loro insofferenza attraverso l'occupazione di spazi cittadini abbandonati. La parola era sostituita dal linguaggio del corpo, del travestimento, dell'apparenza. Gli anni delle parole gridate all'interno di proclami ideologici erano finiti, mentre si espandeva lo spazio delle espressioni corporee, musicali, emozionali. Intanto, si impoveriva il dialogo come capacità d'espressione dei propri sentimenti, desideri e pensieri. Le esperienze di gruppo erano molto più limitate e circoscritte e non più orientate a fare proseliti e seguaci. Le nuove mode giovanili erano legate agli "idoli" e ai "simboli" del mondo dello spettacolo musicale, calcistico, cinematografico, mentre furono del tutto abbandonati quelli legati ai rivoluzionari del secolo ventesimo. L'eterno conflitto tra generazioni tese ad allargarsi, in quanto i giovani degli anni ottanta avevano un modo diverso e, a tratti confuso, di rapportarsi con il mondo che li circondava. I loro codici di vita erano particolari e non comunicanti tra loro. La dimensione spettacolare dell'immagine aveva un suo peso e si configurò nell'orientamento dei *punk* e negli *skinhead*. Questi, rappresentavano un capovolgimento dell'ottimismo degli *hippy* (figli dei fiori), che volevano costruire comunità "naturali" in luoghi "non inquinati". In queste "tribù di stile" c'era il rifiuto del senso comune dominante, attraverso una sorta di emarginazione ed espiazione. Ne fu la riprova la violenza esercitata su di sé e sugli altri, sull'esempio dei "giustizieri della notte", la cinematografia nordamericana del momento. Queste "voci" furono catturate dai media e dall'industria dell'intrattenimento, a cominciare da quella musicale, che trasformò tutto in moda e consumo. Intenti esplicitamente controculturali, nati da espressioni artistiche, diedero luogo ad altrettante produzioni raffinate dell'*underground* metropolitano.

2

La gran voglia d'amore di Stefano e Camilla si univa a quella dell'evasione che, almeno in parte, li avrebbe ripagati di quel tempo trascorso a studiare. Un forte anelito di libertà diveniva tutt'uno con quello di vedere e conoscere insieme il mondo che li circondava. Decisero che il loro viaggio di nozze sarebbe stato all'insegna dell'avventura, in un paese lontano da tutto e da tutti. Per realizzare questo sogno, non esitarono a chiedere un regalo economico a parenti ed amici, contrariamente alla moda del momento che prevedeva oggettistica per la casa. Chi donava voleva essere certo di essere ricordato dagli sposi per quella particolare chincaglieria, che avrebbe dovuto essere il più possibile figurativa, con il minimo dispendio di spesa. In poco tempo, la casa sarebbe divenuta una sorta di negozio, dove ad ogni visita del parente, era mostrato l'oggetto donato. Questa usanza, che si era imposta per anni, stava lentamente scemando, a favore di un più concreto sostegno.

Gli sposi, con la cospicua somma raccolta, molto più alta del valore della minuteria, poterono realizzare il loro sogno in Madagascar. Un collega di lavoro di Stefano aveva effuso tutto il suo entusiasmo per quella Terra dove, l'anno precedente, aveva trascorso una splendida luna di miele.

Gli sposi partirono, iniziando la loro prima esperienza in volo. La compagnia Itavia, di stanza nell'aeroporto di Bologna, aveva noleggiato da due anni un Caravelle 6/R PH-TRX (*Transavia Holland*) per voli a domanda in Europa, Nord Africa e Madagascar. In questo modo avrebbe ampliato un servizio meramente nazionale. Con il passare del tempo, queste tratte a medio e lungo raggio avevano raccolto il favore di un pubblico facoltoso, che intendeva spingersi nei luoghi considerati, fino a poco tempo prima, inaccessibili. Stefano e Camilla erano a tutti gli effetti dei privilegiati. La raccolta "fondi", tra parenti ed amici, aveva fruttato molto bene ed ora potevano concedersi una luna di miele da nababbi.

Per un possibile "mal d'aereo", qualcuno li aveva consigliati di acquistare particolari pastiglie da assumere solo all'effettiva necessità. La tratta durò tredici ore, con più scali, di cui l'ultimo a Mombasa in Kenya. Fu notevolmente pesante, anche se favorita in parte dalla notte.

A risentirne di più fu Camilla che, parecchie volte, dovette ricorrere alle attenzioni di un'hostess. La donna, con molta gentilezza, cercò di tranquillizzarla, invitandola ad assopirsi, ma invano. Stefano, invece, ci riuscì, spezzando la monotonia del volo. Prima di appisolarsi, uno steward gli si avvicinò e, con molta professionalità, gli disse: «In tanti anni di volo... ho capito che il trucco per dormire in aereo sta tutto nel saper dominare se stessi. Certamente non è da tutti... ma ci si può provare» concluse, sorridendo a Stefano. Lui, di rimando, assentì con il capo.

Atterrarono a Nosy Be, meravigliosa isola a nord ovest del Madagascar. Proseguirono in pulmino verso il sud della stessa, fino alla città di Hell Ville, dove s'imbarcarono su un veloce motoscafo alla volta della Foresta di Lokobe, territorio protetto e ultima foresta originaria di quest'isola. Il viaggio avventura era iniziato e, dopo una ventina di minuti, arrivarono al *Domaine de Lokobe*, *lodge-resort* affacciato su un mare cristallino e circondato da palme di cocco. L'entrata era solo dall'acqua, tanto che, per raggiungere la riva, dovettero togliersi le scarpe. Ai loro occhi stralunati apparve un piccolo villaggio, con piscina, ristorante e bar con vista sull'Oceano Indiano. All'interno, la struttura era dotata di dieci bungalows, confinanti con un'intricata selva: una delle ultime riserve, rimasta intatta, che ancora resisteva alla bramosia dell'uomo. All'interno di quella foresta selvaggia, vivevano ancora alcune tribù indigene, alcune delle quali non ancora censite. La natura incontaminata, nella quale il villaggio era immerso, era caratterizzata dal profumo di "Ylang Ylang", di caffè e di spezie come il pepe e la vaniglia, e dalla sua spiaggia con tanti piccoli isolotti di sabbia fine che il sole rendeva accecanti. Stanchi, spaesati e con qualche perplessità su quel luogo fuori dal mondo, i nuovi arrivati, ai quali si erano uniti Stefano e Camilla, trovarono conforto nelle parole del direttore del villaggio che, nel dare loro il benvenuto, fece una breve ma efficace panoramica di quell'ambiente sperduto, dove era possibile ancora sperimentare la vera avventura. «Avete la possibilità di effettuare battute di pesca, passeggiate in piroga, escursioni in catamarano e barca a vela o fare immersioni nell'Oceano con il centro *Diving* convenzionato, che vi fornirà l'attrezzatura e ogni tipo di supporto. Vi piaceranno i lemuri che qui vivono allo stato selvaggio e... resterete stupiti dalla trasparenza del mare, dai suoi bellissimi colori che, ad ogni ora del giorno, cambiano con tonalità diverse... e poi... dalla sabbia corallina bianchissima, sulla quale potrete camminare senza scottarvi».

«E della foresta dietro i bungalows cosa ci dice?» chiese qualcuno.

«Beh... quella è la vera avventura che avrete modo di visitare con le nostre guide... indigeni del posto che collaborano con noi. Nulla da temere, purché seguiate alla lettera i consigli che vi saranno dati man mano. Alla spedizione potranno partecipare solo coloro che avranno portato scarponi e indumenti adatti ad addentrarsi nella boscaglia. Tutto queste informazioni vi sono state date prima della partenza dal vostro *Tour Operator*... si specificava, inoltre, che sarebbe stato un viaggio avventura... non adatto a tutti, ma, purtroppo, ci sono persone che, pur essendo arrivate fin qui, sono ignare di questo e si meravigliano... come avvenuto la scorsa settimana».

«Non è pericoloso soggiornare nei bungalows... e gli animali?» chiese Stefano, alquanto preoccupato.

«A questo... ci stavo arrivando... le casette sono sorvegliate sempre, soprattutto di notte da una decina di ragazzi tarchiati, armati di un robusto bastone e macete che, a turno, girano intorno all'abitato. Per la vostra sicurezza, però, è necessario che, la sera, vi ritiriate in camera non più tardi delle dieci... e che, soprattutto, non usciate per nessun motivo. Salvo effettiva necessità!... Inoltre, il generatore per l'aria condizionata funzionerà solo fino a mezzanotte. Spero che vi addormentiate prima... perché poi... il caldo si farà sentire. Ricordiamoci di essere un po' fuori dal mondo... e poi il villaggio è sorto da poco, ma ci stiamo attrezzando di ogni confort. Stiamo ancora aspettando che ci arrivino i materassi in sostituzione di quelli di gomma in via provvisoria. È l'unica pecca, ma si risolverà presto. Da metà maggio è iniziata la nuova stagione e non è improbabile l'arrivo di masse di aria fresca, che porteranno un po' di refrigerio notturno. In ogni caso, non esitate a contattarmi... e, se non ci sono altre domande, vi auguro una buona cena».

«Grazie, direttore» fu la risposta dei presenti, dei quali non pochi erano rimasti affascinati dal carisma di quella persona, molto preparata sui luoghi, dove aveva vissuto per anni. Si seppe, poi, che quell'uomo era una delle guide più esperte della zona, che conosceva perfettamente la lingua degli indigeni, con i quali era in grado di trattare serenamente.

Intanto, un tramonto ricco di luce e dai mille colori aveva infiammato la foresta, offrendo uno spettacolo mozzafiato. Strali di luce rossastra, simili a lingue di fuoco, serpeggiavano sulla fitta vegetazione, fino a voler bruciare le cime degli alberi. Il silenzio assordante non era l'assenza di qualcosa, ma la presenza del tutto in una dimensione naturale, primitiva e sconcertante. Chi, alzando gli occhi al cielo, osservava quello scenario incomparabile, era rimasto ammutolito. La mente lottava con il cuore che, balzando nel petto, rifiutava la logica e si lasciava soggiogare da emozioni di vibrante intensità.

Dopo cena, alcuni dei turisti, che erano già presenti nel villaggio da qualche giorno, uscirono a camminare sulla spiaggia. I nuovi arrivati, invece, preferirono conoscersi, scambiando qualche parola all'interno del ristorante. Ben presto, ogni coppia raggiunse la camera con l'aiuto di una torcia. Il buio era pressoché totale, mentre una piccola falce di luna nuova brillava nel cielo trapunto di stelle. La stanchezza, però, aveva preso il sopravvento sul romanticismo e nessuno alzò gli occhi a rimirare quello spettacolo. Quella prima notte furono graditi anche i materassini di gomma, ma nelle successive sarebbero divenuti un patimento per l'eccessivo calore che, durante il giorno, surriscaldava i bungalows. Stefano e Camilla dedicarono quel primo giorno alla conoscenza del resort, preferendo, poi, un sano relax in spiaggia. Giorgio, il direttore, offriva sorrisi e consulenza e, più d'uno, si era soffermato a parlare con lui per soddisfare qualche curiosità. Lui, con disponibilità e raffinatezza, offriva la sua esperienza con aneddoti e racconti avventurosi, piacevoli da ascoltare. Le coppie, formate prevalentemente da ragazzi giovani, erano affascinati dalle sue narrazioni, dove si respirava, fino a divenire palpabile, l'attesa ansiosa della scoperta. Era un brivido a pelle che s'irradiava nel corpo, fino a divenire un piacevole fremito. Anche Stefano sorseggiava con gusto quelle storie, capaci di fargli vivere emozioni intense, mai provate prima. Camilla, invece, le assoggettava con paura, tanto che, all'interno del villaggio, aveva preso a muoversi con circospezione.

«Eh, dai, Camilla, rilassati... sono solo storie e, poi, magari, neanche vere» le disse il marito, con una punta d'ironia.

«Sono troppo particolareggiate per non essere reali... sono incredibili!» rispose lei con convinzione.

«Ma come... non eri tu che volevi il viaggio avventura? Finora, però, è solo quella di un altro... abbiamo una settimana davanti... quindi non fasciamoci la testa prima di romperla... sarà un'esperienza unica, che ricorderemo per tanto tempo».

La ragazza preferì non controbattere e, avvicinatasi al marito per cercare sicurezza, lo baciò su una guancia. Lui le sorrise, prendendola per mano.

La gita in catamarano fu particolarmente bella e avventurosa. Ad ogni coppia fu data un'imbarcazione, priva di motore, dove ogni ragazzo poté esercitare nei remi tutta la sua forza. La traversata in piroga durò circa trenta minuti, fino ad arrivare su una grande spiaggia bianca al limitare della foresta. Qui, alcuni malgasci, avevano allestito dei tavoli con stuoie di palma intrecciate, dove facevano bella mostra dei grandi pesci, catturati solo qualche ora prima. Cucinati con un primitivo braciere, offrirono un delizioso pranzo per tutti, servito con piatti di plastica. Pochi si accorsero che il fumo del fuoco, piacevole da odorare, aveva attirato alcuni serpenti al margine della selva, dove sostavano senza avanzare. Con il dilagare della notizia, qualcuno fu preso dal panico, ma l'intervento dei malgasci riportò la calma.

Alzando la voce per essere ascoltati da tutti i presenti, spiegarono che quanto succedeva era normale, poiché quella foresta era la loro casa. Era perfettamente inutile cercare di cacciarli, perché, presto, ne sarebbero arrivati altri. Mai, però, si sarebbero avvicinati all'uomo, se non disturbati.

Alcuni dei presenti continuarono a mangiare, mentre altri preferirono allontanarsi dai tavoli, dirigendosi verso le piroghe. Camilla fu tra questi, mentre Stefano si avvicinava ai tavoli per chiedere ancora da mangiare.

«Che pesce è?» chiese al malgascio, sorridendo.

«In tua lingua... ombrina... difficile pescare... molto buono» gli rispose, mentre, con l'aiuto di due forchettoni, gli serviva un'abbondante porzione di pesce dalla carne bianchissima. Stefano lo ringraziò, visibilmente compiaciuto. Il sorriso di quel ragazzo di colore era stato limpido e solare, ma soprattutto vero, rispecchiando un'anima gentile, come la maggioranza delle persone di quel popolo. La loro tematica di vita li portava ad essere contenti pur avendo poco e il non aspettarsi niente, faceva lievitare la loro gioia quando ricevevano qualcosa. "Quanto c'è da imparare da loro... per noi occidentali, abituati a non saper rinunciare a nulla!" pensò Stefano, mentre gustava quella prelibatezza offerta dal mare.

Camilla, intanto, ripensando alle teste dei serpenti fare capolino tra i rami, aveva smesso di mangiare, preda di una forte nausea di stomaco. Seduta sul catamarano, rovesciò in acqua quel che restava del suo pranzo, riuscendo a non vomitare. Le parole di conforto del marito non ebbero alcuna valenza su di lei che, chiusa in se stessa, preferì non rispondere. Il suo disagio era palpabile e Stefano pensò bene di rispettare il suo silenzio. Al ritorno, uno splendido tramonto sul mare lasciò tutti esterrefatti. Il rosso caldo del cielo creò un'atmosfera rassicurante, facendo dimenticare ogni problema. Le nuvole si perdevano all'orizzonte mentre, tra gli ultimi raggi di sole, si potevano già ammirare i piccoli puntini luminosi delle stelle. Nella parte opposta era apparso un primo quarto di luna che, ben presto, avrebbe argentato il suo volto diafano, illuminando la sera. La luce del tramonto irraggiava lo specchio lacustre, che si prodigava in una tavolozza di colori dalle mille tonalità, mentre, in lontananza, mare e cielo si fondevano in un lungo bacio, divenendo tutt'uno. Con il passare dei minuti, mentre il sole dipingeva il cielo con sfumature rosa, rosso giallo e arancio, tutto diveniva un quadro di incomparabile bellezza. Il filamento di un bianco cirro fece la sua comparsa nella parte bassa del cielo. Forse, quel giorno, il Creatore aveva voluto firmare la Sua magica tela.

Ancora più emozionante e pregna di suspense fu l'esplorazione della foresta il giorno successivo. Partirono con la piroga in costume da bagno, con al seguito lo zaino contenente l'attrezzatura indispensabile per addentrar-

54

si poi nell'intricata savana. Poche miglia di mare particolarmente calmo e trasparente per poi arrivare su una piccola spiaggia ai piedi di un rilievo montagnoso, dove la vegetazione era fittissima. Il gruppo, composto da una decina di persone, si mosse preceduto da una guida indigena che, conoscendo discretamente l'italiano, si fermava a descrivere i vari punti di interesse. Un'altra guida era preposta a chiudere la fila, avendo cura che nessuno si perdesse o rimanesse indietro. Il terreno fangoso consentiva di camminare solo a piccoli passi, scivolando in continuazione, nonostante le scarpe pesanti che quasi tutti indossavano. L'umidità, pressoché totale, oltre a togliere il respiro, faceva sudare, appiccicando i vestiti al corpo.

Era importante che, per evitare punture d'insetti, la copertura di braccia e gambe fosse totale. Il controllo in tal senso delle guide era stato severo e una coppia era stata costretta a fermarsi sulla spiaggia di arrivo.

Tutti arrancavano a fatica e, quando qualcuno cadeva, innescava uno stridente sibilo di foglie e felci che, come lame taglienti, si richiudevano velocemente al passaggio dell'uomo. Le guide insistevano continuamente nel raccomandare la massima attenzione quando ci si avvicinava ad un essere vivente. Non solo per una questione di incolumità, ma anche di rispetto. Ciò che interessava ai serpenti era di essere lasciati in pace, ma, a quanto pare, non c'era luogo al mondo dove gli esseri umani rispettassero la loro aspettativa.

«Contrariamente a quanto si possa pensare e immaginare, nelle foreste del Madagascar non ci sono serpenti velenosi. Pur essendo la patria con più di ottanta specie di serpenti, straordinariamente nessuno è praticamente nocivo per l'uomo. Sull'isola non ci sono vipere, cobra, mamba, pitoni come nel vicino continente africano, ma solo boa e colubridi» erano state le parole del direttore, durante l'incontro prima della partenza dove, con molta calma, aveva cercato di rasserenare i componenti dell'escursione.

Ad un certo punto, tutti rimasero annichiliti all'avvistamento di un boa sui quattro metri, che si snodava sul terreno con molta lentezza. Era impressionante quella sua imponenza e, nello stesso tempo, l'agilità di movimento.

«Il boa è un costrittore che strangola le proprie prede... piccoli mammiferi o lemuri. Non toccatelo e lasciatelo passare, non vi farà nulla...» disse la guida, facendo in modo che tutti lo vedessero. Camminando oltre, altri tipi di serpenti fecero la loro comparsa, alcuni anche sui rami. Il più comune e particolare fu il serpente naso a foglia, una specie arboricola che viveva sulle ultime fronde degli alberi. Il maschio, come la guida tenne a precisare, aveva il dorso marrone ed il ventre giallo, assomigliando al pitone, mentre le femmine erano grigie con il muso a forma di foglia. Parecchie furono le rane incontrate, tutte endemiche, con diversi colori brillanti, dalle più svariate tonalità: verde, giallo, rosso, arancione, nero, grigio, marrone, ruggine, che sostavano sulle foglie. La più bella e la più famosa, anche se velenosa, era quella conosciuta con il nome di "rana pomodoro", di colore rosso sgargiante. La guida la descrisse come pericolosa e diffidò dall'avvicinarsi. In villaggio, poi, Giorgio avrebbe fornito una spiegazione più dettagliata: «Questo anfibio produce una secrezione appiccicosa, simile alla colla, con cui si protegge da serpenti colubridi, gatti e cani. Questa secrezione può provocare reazioni allergiche anche all'uomo».

Infine, ad entusiasmare Stefano fu l'avvistamento del "geco foglia". Era impressionante e straordinario il suo mimetismo, praticamente irriconoscibile, assumeva perfettamente le sembianze ed il colore della corteccia dell'albero sulla quale si trovava. Intanto, Camilla, continuava a camminare a fatica, senza guardarsi intorno, ma stando attenta a dove appoggiava i piedi. Ogni tanto, si abbarbicava alle gambe del marito, strattonandole. Per lei, e non solo, quel passaggio nella foresta era divenuto un incubo, che fortunatamente si risolse in un paio d'ore. L'uscita dalla savana fu una sorta di liberazione un po' per tutti. Si tornava a respirare senza affanno, liberi dal calore soffocante e dall'odore acre di salmastro.

Il successivo avvistamento di alcuni lemuri dalla coda ad anelli che saltavano tra i rami, contribuì a smorzare la tensione di quella particolare escursione. I brividi non erano mancati in quel arrancare nel fango, ma, per i più, era stata un'esperienza unica e indimenticabile. Quella mattinata si concluse con un'ultima emozione. Infatti, nell'intento di raggiungere la spiaggia, si transitò all'esterno di un cimitero malgascio. L'usanza era di seppellire le persone care insieme ad alcuni doni. Su alti pali erano appesi dei vestiti o dei monili, usati in vita dal defunto. I malgasci guardavano alla morte con gran rispetto, conferendo all'aldilà la stessa importanza che si dava al presente. Chi piangeva la morte di un proprio caro praticava elaborati riti funebri, nell'intento di soddisfarlo anche nel trapasso. La perdita della persona non era associata solo al dolore, ma alla gioia di poter partecipare a funzioni che mettevano in comunicazione con l'oltretomba. Queste notizie, fornite da uno degli indigeni, fecero riflettere. Durante il pranzo in villaggio, fu il silenzio a dominare la scena. Ognuno, come in un film, riviveva le emozioni provate durante l'escursione che, autentiche perle di vita, avrebbero ulteriormente arricchito il bagaglio della propria esperienza avventurosa.

Stefano e Camilla, con l'aiuto del direttore, pianificarono la visita di un giorno all'isola di Nosy Be. A loro si aggregarono una coppia di italiani attempati, Cosetta e Sergio, che, in resort, si erano fatti conoscere per essersi dichiarati proprietari di un campo volo privato alla periferia di Brescia. A Stefano non importava la loro ostentazione, ma solamente la condivisione della spesa inerente alla gita, molto costosa per i relativi passaggi che comportava: il motoscafo da e per il villaggio e un'auto con tanto di autista e guida esperta del luogo, che parlasse italiano. Per questo motivo, nessuna delle altre giovani coppie aveva accettato la sua proposta. Il mare calmo favorì il viaggio in motoscafo, senza troppi scossoni. Poi, viaggiando lungo la costa, la jeep prese ad addentrarsi all'interno dell'isola verso il Mont Passot, il principale rilievo di Nosy Be. Da qui, si poté contemplare il paesaggio dall'alto, che comprendeva alcuni laghi vulcanici. Il fascino del luogo aveva perso parte del suo smalto a causa delle molte bancarelle di souvenir presenti e dei tanti turisti, quasi tutti italiani. I laghi erano spesso oggetto di tour organizzati o di semplici escursione fai-da-te. Avevano nomi esotici come Anjavibe, Maintimaso, Antisihy, Bemapaza e meritavano senza dubbio una visita. La guida precisò che alcuni di questi erano molto pescosi, ma anche infestati da coccodrilli. A volte, poteva capitare che un malgascio, cercando di pescare per procurarsi qualcosa da mangiare, finisse preda del grosso alligatore. Il pesante animale era solito uscire di notte sulla terraferma e, a conferma, la guida fece notare le sue impronte sulla bianca strada sterrata che divideva i laghi. Si preferì andarsene in fretta e, visto che si avvicinava l'ora del pranzo, si decise di mangiare pesce in una sorta di capanna prospiciente il mare. Stefano, com'era nel suo stile, volle che l'autista e la guida

pranzassero con loro, ma l'altra coppia di viaggio rifiu-
tò, con palese disprezzo. «Noi dovremmo mangiare con dei malgasci e pagare
anche per loro? Stai scherzando, vero, ragazzo? Rifiu-
tiamo i negri e non gli facciamo certo beneficenza!». A
parlare era stato Sergio, mentre la moglie assentiva con
il movimento del capo. Stefano, incredulo, sbottò, inveendo con sdegno.
«E voi, vi considerate persone? Non ho parole per espri-
mervi tutta la mia schifezza. State pure alla larga, non
abbiamo bisogno dei vostri soldi e... cercate di trovarvi
un mezzo per tornare al villaggio. Per voi non c'è più
posto sulla jeep... andate al diavolo, italiani ricchi e
merdosi!».
Autista e guida, intimoriti dall'accaduto, si erano messi
in un angolo. Stefano li invitò ad unirsi a loro, ma solo
la guida accettò, mentre l'altro malgascio palesò a gesti
il suo desiderio di restare solo. Dopo qualche minuto,
mentre i tre ordinavano da mangiare, videro, con molta
sorpresa, riavvicinarsi i compagni di viaggio. Scusando-
si per quanto avevano proferito, sedettero al tavolo come
se nulla fosse accaduto. Stefano, a sua volta, riconobbe
di essere stato un po' duro e impulsivo. Cosetta si alzò
e si diresse dall'autista, che non aveva ancora iniziato a
mangiare. Gli parlò dolcemente e lo convinse ad unirsi
al gruppo. L'uomo palesò la sua gioia, mentre i muscoli del viso tornavano a distendersi. Una parvenza di
normalità si concretò in un breve lasso di tempo, rista-
bilendo il buonumore.
«Allora, dopo questa bella abbuffata di pesce, dove ci
portate, ragazzi?» chiese Stefano ai malgasci, dopo aver
diviso il conto del pranzo con Sergio.
«Ci sono ancora da vedere le piantagioni di "Ylang-
Ylang" e poi i parchi dei lemuri, importanti e interes-

santi da visitare» rispose la guida, con un sorriso. E così, dopo quel pranzo in riva al mare, che era piaciuto a tutti, la jeep si diresse verso l'estremità sud dell'isola. Il *Lokobe National Park* si estendeva su una superficie molto ampia, tra rilievi ed avvallamenti a perdita d'occhio. All'interno, erano indicati tre percorsi disponibili. La guida consigliò il trekking che portava alla vetta della montagna, oltre quattrocentocinquanta metri di quota in un solo chilometro di percorso. Salendo, si ebbe la possibilità di incontrare alcuni lemuri notturni, assonnati e appollaiati sugli alberi. Questi animali, non abituati ad avere un rapporto stretto con l'uomo, avevano notato la banana che Camilla aveva estratto dallo zaino. La guida, accortasi, pregò la ragazza di riporla nuovamente, diffidando il gruppo di dar loro da mangiare. Qualche lemure che, incuriosito, si era avvicinato, ritornò velocemente sulla pianta da dove era sceso. Intanto, la stanchezza per i mille gradini fatti per arrivare in cima, fu ripagata da un panorama unico e stupendo. I quattro compagni di viaggio manifestarono la loro gioia stringendosi le mani. La precedente diatriba era ormai cosa passata, a dimostrazione che tra persone intelligenti tutto poteva essere superato. Era sempre una questione di dialogo, di conoscenza.

A quel bellissimo parco, ne fece seguito un altro, a pochi chilometri dal primo, denominato *Lemuria Land*. Al primo impatto poteva sembrare un semplice zoo a cielo aperto e non si ebbe una buona impressione. Poi, però, la guida ci tenne a spiegare che i lemuri si vedevano solo in grandi gabbie perché erano prelevati da alcune zone del Madagascar e poi liberati dopo un periodo di adattamento. Quelli liberi non si vedevano perché, rilasciati, erano andati per la loro strada. Era questo lo scopo di questo progetto di ripopolamento. In tutto il Madagascar la presenza dei lemuri era a rischio e, quindi, erano stati creati centri come questo, con l'intento di ridistribuire in modo uniforme la presenza di questo simpatico animaletto su tutto il territorio nazionale.

All'interno del parco, ci fu la possibilità di visitare anche la distilleria dello "Ylang-Ylang", ovvero *langhi langhi*, un fiore di albero dal quale era estratto l'olio essenziale, necessario per la produzione del famoso profumo Chanel N. 5. Questa pianta era tipica del Madagascar ed era molto presente a Nosy Be. In un negozietto, all'uscita della piantagione, Camilla e Cosetta acquistarono l'essenza di questo olio ed alcuni granelli di pepe rosa che arricchivano un sottile cesto di legno intrecciato. Una donna del posto, molto minuta, mostrava con vanto alcuni parei dai mille colori. Uno, in particolare, raffigurante l'isola, i lemuri e altri animali, piacque alla sposina che, dopo averlo comprato, se lo annodò al collo. La giornata, densa di emozioni, volgeva al termine e, mentre la jeep raggiungeva il piccolo porticciolo, Stefano, imitato dagli altri, provvedeva a salutare e ringraziare le due persone che, con molta umiltà, erano stati gli artefici di quella bella escursione. Un bel sorriso fece brezza sul volto di Cosetta e Sergio, visibilmente soddisfatti della giornata. Qualche minuto più tardi, un ridente sole, prima di scomparire nel mare, si infrangeva contro lo schiumeggiare del motoscafo, nebulizzando l'aria di piccole gocce iridate. I novelli sposi immortalarono quegli istanti nella mente, ed ognuno, nel suo cuore, ringraziò il Buon Dio di tanta magnificenza.

Ad eccezione della prima notte, era diventato impossibile dormire nel bungalow. Senza poter uscire, un opprimente senso di prigionia saturava l'aria rendendola irrespirabile, ancor prima che il generatore principale si spegnesse. Poi, tutto era ghermito da un silenzio assordante e dall'oscurità più totale, che poteva contare solo del chiarore lunare. Ben presto, il caldo diveniva insopportabile, mentre i materassini di gomma facilitavano la sudorazione. Camilla, quella sera, si era addormentata quasi subito, mentre Stefano, a piccoli passi, misurava ogni spazio disponibile come una belva in gabbia. La sua mente era un concentrato di pensieri, alla ricerca di una possibile soluzione al problema. "Basta!", disse tra sé, mentre, con determinazione, apriva la porta del bungalow. Davanti a lui, comparve uno dei ragazzi neri che, armati di bastone e macete, facevano la guardia all'abitato. Stefano gli indirizzò un sorriso e, subito, fu contraccambiato.

«Molto caldo» disse Stefano, ventilando le mani sul viso. Il ragazzo assenti con il capo e, vedendo che l'italiano gli allungava una banconota da dieci dollari, gli si avvicinò. Ringraziando con un guizzo degli occhi, gli fece cenno di seguirlo. Con la potente pila in dotazione, lo fece arrivare fino alle prime piante, dove sui rami, alcuni lemuri si rincorrevano festosamente. La luce della torcia aveva il potere di bloccarli, mentre Stefano, estratta la sua vecchia Voigtlander, a lui molto cara perché appartenuta a suo padre, cercava di immortalarli.

Ebbe la fortuna di vedere alcuni tipi di questi curiosi animaletti. Dapprima il lemure Indri, il più grande della specie, che aveva il pelo esclusivamente bianco e nero e si cibava solo di foglie. Più avanti, il lemure Aye-Aye, considerato uno dei più strani che esistevano, a causa del suo aspetto. Infatti, pareva essere un mix di tanti altri animali, come il furetto e la donnola nel muso, il pipistrello nelle orecchie, i denti di un roditore o un semplice gatto domestico. Questa specie, come poi precisò Giorgio, rischiava l'estinzione e la perdita del suo habitat, poiché era considerato, dalla popolazione locale, come un bestia porta sfortuna e quindi da uccidere.

Singolare fu l'avvistamento del lemure topo, la cui caratteristica principale era quella di vivere di notte, alimentandosi con insetti, fiori e frutti. Il suo particolare verso ricordava il cinguettio di un uccello. Era tra i primati più piccoli del mondo. Fece la sua comparsa anche il lemure ballerino che non camminava sulle quattro zampe, ma solo su quelle posteriori. La sua andatura era molto buffa.

Il malgascio lo additò e rise di gusto dopo averlo visto danzare. Poi, il più conosciuto e comune dei lemuri, dalla coda ad anelli, si mostrò in tutta la sua bellezza mentre dormiva appollaiato su un albero. A differenza dei suoi simili, prediligeva la vita diurna e sarebbe stato già attivo alle prime luci dell'alba. Stefano era oltremodo felice di aver visto parecchie specie dell'animale simbolo del Madagascar.

Intanto, una leggera brezza si era alzata dal mare, portando refrigerio. I due ragazzi, visibilmente risollevati da quella ventata di fresco, continuarono la loro perlustrazione sugli alberi. Stefano era particolarmente euforico nel vivere quei momenti notturni, rassicurato dalla presenza del malgascio che, poi, seppe essere suo coetaneo. Due ore di emozioni intense che favorirono il suo rientro nel bungalow e il repentino addormentarsi.

Si svegliò al primo filtrare di luce dalla finestra, ma, richiudendo gli occhi, si riaddormentò.

Camilla, che aveva proseguito con il sonno profondo e non si era accorta della sua fuga notturna, preferì non svegliarlo. Prima di uscire per la colazione, volle lasciargli un messaggio. Lo scrisse con il rossetto sullo specchio del bagno: "Ti amo, amore mio... sono tanto felice". Al risveglio, Stefano se ne rallegrò. Un po' meno la donna malgascia addetta alla pulizia della camera che, pensando che lo specchio si fosse rovinato, andò a chiamare il direttore del villaggio. Lui arrivò e, sdrammatizzando con un gran sorriso, ordinò alla donna che, per nessun motivo, avrebbe dovuto cancellare la scritta. Quella, infatti, si affrettò a spiegarle, era una singolare dichiarazione d'amore tra occidentali. La malgascia, ancora incredula, lo guardò, abbozzando un timido sorriso. Poi, scrollando il capo, riprese a lavorare. Quando, più tardi, Camilla seppe dal marito della sua uscita notturna, si strinse nelle spalle, imitando il sussulto di un brivido a pelle. Lui palesò tutta la sua gioia per quell'avventura, dove, con l'aiuto della macchina fotografica, si era sentito l'unico protagonista di un safari notturno unico e di raro valore. Era suo desiderio ripeterlo, ma evitò di esternarlo alla moglie.

Qualche ora più tardi, al ritorno dalla spiaggia, furono raggiunti da Giorgio che volle condividere con loro la sorprendente macchietta del rossetto. Gli sposi, divertiti, non l'avrebbero mai dimenticata.

In quel penultimo giorno di permanenza in villaggio, Camilla e Stefano furono invitati da Cosetta a camminare insieme lungo la spiaggia. La bianca sabbia corallina, quasi impalpabile, invogliava al calpestio ed infondeva serenità. Il mare sulla battigia si divertiva a risucchiarla, per poi farla tornare dov'era. Lei, molto docile, si lasciava plasmare, divertita. Lo sciabordio del mare esortava a liberare i pensieri, per poi lasciarsi cullare dall'infinito, leggeri e liberi di volteggiare nel cielo, per poi scendere, fino a sfiorare l'acqua a gran velocità. Passeggiando e relazionando, raggiunsero le prime rientranze della costa, dove la vegetazione interna era più fitta. Ormai il resort era lontano e non più visibile.

Stefano, preoccupato, manifestò l'intenzione di rientrare. Si guardò intorno e, quando lo sguardo cadde verso la foresta, capì che erano entrati in un villaggio indigeno. Non fece in tempo ad avvisare le donne che, rivolte al mare, erano intente al loro chiacchierio. Un brivido gli corse lungo la schiena.

In pochi istanti, furono accerchiati da uomini dal volto imbiancato e segnato da vistose colorazioni sugli zigomi e intorno alla bocca. Gli aborigeni, con molta determinazione, imposero la loro volontà nel farsi seguire attraverso uno stretto sentiero, al centro di un'intricata selva. Raggiunsero un piccolo villaggio di capanne, dove furono lasciati alla presenza di un uomo minuto che, seduto a terra, era al centro del cerchio formato da tanti bambini che lo guardavano e lo ascoltavano con interesse. Tutt'intorno molta sporcizia, dove qualche magra capretta brucava, facendosi spazio con l'ossuto muso. Più in là, c'era un albero caduto, ormai rinsecchito. Sui suoi rami erano stati stesi dei panni ad asciugare. In quel luogo fuori dal mondo, si respirava un'aria familiare e di pace, quella che un tempo era presente sulle aie di campagna italiane, dove i contadini erano soliti trascorrere le serate insieme.

Il capo tribù, rimanendo a terra, fece cenno ai bambini di andarsene. Poi, sorridendo agli ospiti, li invitò, con molta gentilezza, a sedersi accanto a lui.

«Come mai qui... vi siete persi?» chiese l'uomo, utilizzando la lingua francese. Il volto, bruciato dal sole, raccontava la sua storia attraverso i solchi profondi delle rughe che, come pensieri di un diario, erano pronte per essere lette. Cosetta, che conosceva bene il francese, si affrettò a rispondere che, semplicemente, camminando sulla spiaggia, si erano spinti troppo oltre il loro villaggio.

«La nostra casa è la vostra casa... potete rimanere quanto volete» proseguì l'anziano uomo, mostrando le mani aperte in segno di amicizia.

La conversazione continuò piacevolmente, toccando vari temi. Cosetta traduceva ogni volta, coinvolgendo Stefano e Camilla che, incuriositi, formulavano domande a loro volta. Si toccò anche il tema dei medicinali e, in quel momento, Stefano dichiarò di averne parecchi in valigia. Il merito era di sua madre che lo aveva convinto a premunirsi contro le malattie più comuni. A questo punto, poiché la vacanza stava volgendo al termine, si offrì di donarli, il giorno successivo, al capo indigeno. L'uomo sorrise, mentre i suoi occhi si muovevano con un guizzo di gioia.

«Grazie, allora... vi aspetto domani» concluse il capo, ordinando ai suoi uomini di scortare gli ospiti fino alla spiaggia. Uno degli ultimi raggi di sole era entrato nel sorriso di quel vecchio che, alzatosi, continuava a salutare, agitando le mani. La sua gioia era palpabile nell'aria che, una leggera brezza, aveva reso piacevolmente fresca.

Rientrati al resort, i tre parlarono a lungo, ma pensarono bene di non divulgare quell'esperienza avventurosa. Pregarono, invece, Giorgio di diffondere la richiesta di medicinali per quegli indigeni e di andare lui, di persona, a spiegarne l'utilizzo. Il direttore accettò, piacevolmente colpito da tanto interessamento nei confronti degli aborigeni da parte di alcuni ospiti.

Il giorno seguente, Stefano, Camilla e Cosetta tornarono nel villaggio indigeno. A loro si era unito Sergio, incuriosito dal racconto della moglie.

Stefano aprì la sua borsa di medicinali e la mostrò al capo tribù che, estasiato, cominciò ad estrarne il contenuto. Si soffermava su ogni farmaco e, poi, con l'aiuto di Cosetta, lo classificava scrivendo sulla scatola. Quando anche l'ultima Tachipirina passò tra le sue mani, l'anziano capo alzò la testa e si complimentò con gli ospiti. Li strinse a sé, facendo sentire tutta la sua riconoscenza attraverso un forte abbraccio. Poi, staccatosi da ognuno di loro, prese a battere ripetutamente le mani, preda di una grande euforia.

«Anche quest'anno, grazie a voi, salveremo i nostri bambini e la nostra gente nella stagione delle piogge. Quella più lunga è molto difficile...».

Camilla lo guardò ammirata. "Quell'uomo" pensò tra sé "era proprio il capo migliore per quella gente, capace di gioire e soffrire per il suo popolo".

Alla fine del suo ragionamento, la ragazza vide l'anziano uomo allungare le braccia verso di lei. Le loro mani si unirono e lui, guardandola negli occhi, le sussurrò in pessimo italiano: «Tu, presto, madre...». Poi, con le dita, le sfiorò l'addome, divertito. La giovane donna gli sorrise e, con affetto, gli accarezzò il volto dalla pelle dura, ma tanto espressivo.

Prima che gli ospiti lasciassero il villaggio, il vecchio sahib donò loro tre manufatti realizzati con tre tipi di legno diversi, che ben rappresentavano la sua terra: una maschera malgascia raffigurante una tartaruga in palissandro, un basamento formato da un lemure e un camaleonte in teak ed, infine, una sottile maschera in ebano raffigurante un copricapo aborigeno. Tre doni di un popolo che stava scomparendo, incalzato da una civiltà che non dava spazio agli ultimi.

«Teneteli pure voi... noi ne abbiamo tanti di souvenir per il mondo» disse Sergio, guardando i manufatti. In realtà era perfettamente a conoscenza che, in dogana, quei pezzi di legno sarebbero stati sequestrati con tanto di multa da pagare. La sua povertà interiore era emersa nuovamente, mascherata dal falso atto di un dono. La moglie si limitò, con un sorriso, ad offrire la sua complicità al marito. La gioia di Stefano era stata grande e, nella sua fantasia, già vedeva quei ricordi indigeni fare bella mostra nella sua casa e, poi, il successivo piacere di raccontare a tutti quell'avventura particolare, dal grande fascino emotivo.

Al villaggio, intanto, erano stati esposti i piani di volo per il rientro. L'aereo sarebbe decollato alle cinque del mattino e la partenza in motoscafo dal resort era fissata per le due e trenta. Stefano e Camilla si guardarono, increduli. Lasciare quel posto era l'ultimo dei pensieri. Ora, però, avrebbero dovuto permettere che occupasse la loro mente, se pur controvoglia. Chiusero le valige prima di cenare, trovando posto anche per i manufatti che, tra il vestiario, si sarebbero conservati meglio. Decisero poi che, quella sera, non sarebbero rientrati nel bungalow, ma avrebbero passeggiato sulla spiaggia, godendosi le ultime ore di quel mare che, fin dal primo giorno, li aveva stregati. L'acqua era calma e un susseguirsi di piccole onde si infrangevano sulla battigia. La luna, già alta nel cielo, offriva lo spettacolo mozzafiato della sua grande palla argentata che, con tanta dolcezza, illuminava ogni cosa con una luce azzurrata. Lo sciabordio del mare faceva eco al canto di qualche uccello notturno che, volando a pelo d'acqua, emetteva un grido stridulo, ma pur sempre un inno alla vita e alla libertà della quale fruiva con gioia.

Intanto, la stanchezza del giorno, lievitata per effetto di tutte le emozioni provate, costrinse Stefano e Camilla a cercare un posto sulla spiaggia dove riposare. Il sonno li colse subito, mentre, abbracciati, si riparavano dalla brezza marina, particolarmente fresca.

Furono svegliati dalla luce di una torcia che aveva illuminato il loro viso.

«Ma dove siete finiti? È un bel po' che vi cerchiamo!» disse Giorgio, accompagnato da alcuni ragazzi malgasci. «Muovetevi a prendere la vostra roba, la barca vi sta aspettando!».

Gli sposini, senza proferire parola, corsero all'impazzata, cercando di far attendere il meno possibile gli altri compagni che già sostavano sul natante. Al loro arrivo qualcuno rise, cercando di sdrammatizzare, mentre Sergio e Cosetta esternarono il proprio disappunto, mugugnando sottovoce.

Il motoscafo partì facendo rombare i motori che, come un lamento, spezzarono il silenzio notturno. La realtà era ritornata dirompente, mentre quell'avventura, quasi fiabesca, svaniva senza lasciare traccia. Il ricordo, poi, l'avrebbe fatta rivivere in ogni momento della loro vita futura.

Gli sposini furono molto felici nel vedere Antonio accoglierli in aeroporto. Per averli accompagnati anche alla partenza, il genitore aveva preso un po' di dimestichezza della zona, mai frequentata prima.

«Allora, com'è andata, ragazzi?» chiese con un sorriso, cercando di frenare la sua gran curiosità.

«Bellissimo, qualcosa di straordinario... una vera avventura in un paradiso terrestre. Sai, pa', mi sono sentito in un altro mondo» esordì Stefano.

«Allora, chissà quante cose avrete da raccontare? Vorrà dire che organizzeremo una serata per ascoltarvi... così potremo immaginare i luoghi attraverso le vostre descrizioni... non vedo l'ora».

Camilla, rimasta stranamente in silenzio, osservava l'andirivieni degli aerei sulla pista. Il suo pensiero era ancora là, in quella terra di magia.

«E tu, ragazza mia, non dici nulla?» la sollecitò il padre.

«Io sono rimasta là... anche se le paure e gli spaventi

non sono mancati… ma non importa… sono ancora in quel sogno e non voglio tornare alla realtà. Forse con il passare del tempo… ma sarà dura».
«Caspita! Non ti ho mai sentita così, mi devo preoccupare?» intervenne Antonio, alquanto turbato da quelle parole.
«No… ma… penso che un uccello in gabbia, quando viene liberato nel bosco, abbia un certo sbandamento… troppo forte la differenza. Poi, però, finalmente conosce la libertà e la sua vita cambia. Così è stato per me, dopo tanti anni passati a studiare, senza sapere cosa fosse la vera evasione da tutto e da tutti. È difficile da descrivere, ma è così… mi devo riprendere».
Il silenzio che ne seguì si rivelò utile per glissare l'argomento.
«E voi a casa, tutto bene?» chiese Stefano.
«Sì, abbastanza… nonna Teresa ci ha fatto un po' preoccupare con i suoi attacchi d'asma. Un giorno, poi, è venuta a trovarci tua madre e si è fermata a pranzo con noi. Ho voluto riaccompagnarla e, così, ho potuto vedere la casa… carina e molto accogliente… bella anche la tua stanzetta, piena di fotografie di animali… devono piacerti proprio tanto, vero?».
«Sì, tantissimo, e poi in Madagascar ne ho visti di bellissimi».
Durante il viaggio di ritorno, Antonio ne approfittò per parlare del progetto della nuova stalla, che tanto gli stava a cuore.
«Sai, Stefano, prima che riprendi a lavorare, mi piacerebbe parlartene e metter giù qualcosa insieme. Poi lascio fare a te».
«Sì, dobbiamo parlarne subito, anche perché non so ancora dove sarà il prossimo cantiere di lavoro. Chissà dove mi manderanno… spero non all'estero, per il momento».

«Ah… che meraviglia, sai che bello a casa da sola ad aspettarti» brontolò Camilla, che da qualche tempo meditava sulla sua prossima solitudine.

«Ma, dai, non sappiamo ancora niente… e poi un ingegnere si deve muovere… a meno che decida di passare la sua vita a tavolino, ma non è il mio caso».

«E se fosse così anche per me, come architetto? Non credo che saresti contento… o è sempre la donna che deve cedere?».

«Non dico questo, ma se vogliamo dei figli…».

Camilla non rispose e prese a guardare il panorama dal finestrino.

«Dai, ragazzi, vedrete che tutto si sistema… all'inizio ci vuole solo un po' di pazienza» cercò di sdrammatizzare Antonio.

«E come no…» replicò Camilla, prima di chiudersi in un forzato mutismo.

Nei giorni che seguirono, il rientro dalla vacanza fece avvertire ad entrambi un naturale senso di spossatezza, causato dal caos di trasbordi, spostamenti, fuso orario e bagagli. Camilla, oltre a ciò, dopo qualche tempo, si sentì preda di un perdurante disagio. La qualità del sonno era minata da continui risvegli. La sua innata solarità, molto apprezzata anche nel contesto lavorativo, fu intaccata da una forma di apatia e demotivazione che andò a pizzicare il suo umore, rendendolo una sorta di malcontento post-vacanziero. Il lavoro cominciò ad essere vissuto come il più schiacciante degli impedimenti. Il vero problema del suo malumore era legato proprio al contrasto tra tempo libero e tempo lavorativo. Era come se il viaggio, idealizzato come "sogno di felicità" venisse ora infranto dal dovere. Questo pensiero l'aveva tratta in inganno, facendole credere che il tempo fosse un perenne spazio libero. Era importante, come poi le consigliò la psicologa alla quale dovette ricorrere, che per riprendersi una vita piena, riuscisse a distanziarsi da un'idea di felicità legata alla sua richiesta narcisistica, alimentata dal possesso di un tempo libero, che, però, si distaccava dalla complessa quotidianità. Dopo qualche seduta di psicologia, imparò a cercare l'avventura nella vita di ogni giorno, obbligandosi a fare qualcosa che si era concessa solo in vacanza. Apprezzò la lettura di qualche libro che la portasse lontano con l'immaginazione e a cominciare la giornata con la coccola di un bel cappuccino caldo al bar, prima di iniziare a lavorare. Imparò a viziarsi, proprio come avrebbe fatto nel tempo libero. Tutto ciò servì a ridurre la distanza tra i due spazi di vita che, altrimenti, sarebbero rimasti incolmabili. Ora aveva ripreso ad essere solare, con il brillante risultato di sentirsi contesa tra i colleghi di lavoro.

Lei e Stefano erano sempre più innamorati e il loro tempo lo trascorrevano facendo l'amore. Era un'esplorazione continua del corpo dell'altro fino a sentirlo parte di se stessi, ma mai completamente. Era un cercarsi affannosamente, bruciando i tempi che li separavano dal prossimo incontro.

Condividere momenti insieme, con un comune scambio di sensazioni fisiche ed emotive dava alla coppia la consapevolezza di essere una risorsa irrinunciabile per entrambi. Nell'unione sessuale, questo veniva percepito in forma diretta. Erano loro i veri protagonisti dell'amore che, attraverso la sintonia, gli permetteva di conoscere le esigenze dell'altro. Cercavano, spesso senza riuscirci, di modulare la sessualità in base a ritmi e consuetudini, che fosse in grado di appagare il fuoco d'amore di entrambi. Lentamente, cercavano di costruire il loro mondo di coppia, dove ognuno di loro avrebbe trovato la giusta dimensione. Questo percorso di maturazione di coppia, dove si sarebbe poi arrivati a condividere il proprio sentimento ed emozione con un trasporto anche mentale, si arenò con la notizia dell'attesa di un figlio. Il temporaneo mancato sviluppo del rapporto di coppia bloccava la crescita della propria autostima e la capacità di capire il senso della vita. Camilla rifiutava la realtà, anteponendo la sua voglia di libertà, per troppo tempo agognata. Iniziava ad accusare i malesseri tipici di una gravidanza, ma avrebbe voluto che sparissero come ricordi di un brutto sogno.

«Lo so, mi sento un mostro se penso che non vorrei essere incinta a distanza da un mese o poco più dal matrimonio, ma sto ancora aspettando di vivere la mia vita di coppia da sola con te, senza avere mamma, papà o altre persone che mi girino intorno. Capisci Stefano? Voglio fare un po' di vita da piccioncini e invece...».

«Sì, hai ragione, ma ti prometto che avremo occasioni di fare altri viaggi in questi mesi e goderci il primo periodo di matrimonio...».

«Siamo stati insieme una vita, ma finché non si vive insieme non ci si conosce mai veramente...» proseguì la ragazza.

«Sì, è vero ciò che dici, ma noi ora siamo insieme e viviamo il nostro amore ogni giorno».

Camilla, nei giorni successivi, parlandone con nonna Teresa, trovò conforto dalle sue parole, dopo che anche l'intervento di sua madre Maria sull'argomento era risultato vano.

«Pensa, piccola mia, quante persone aspettano anni per avere un figlio e non sanno quando potrà arrivare. Accettalo come un dono del Signore... è la Sua volontà, che diviene vita attraverso di te. È meraviglioso».

«Sì, nonna, ma io non mi sento ancora pronta...».

«Non sempre i Suoi piani coincidono con i nostri... anzi quasi mai. Poi, però, con il passare degli anni, capiremo che era stato meglio così» aveva concluso la nonna.

Camilla, però, persisteva con i suoi timori, con le insicurezze e paure che Stefano cercava in ogni modo di sdrammatizzare.

«La tua grande paura di perdere la libertà è ingiustificata, poiché basterà semplicemente organizzarsi per riuscire ancora ad avere dei momenti di intimità e relax... e poi per quella che hai di non essere all'altezza come madre... guarda che non esistono madri perfette o padri perfetti, ma l'importante è rimanere uniti e seguire una linea educativa coerente».

«Sì, ma... ci sono anche altre cose che mi preoccupano, ma non so se capiresti...».

«Provaci almeno a parlarmene, se poi non va... torna dalla psicologa, come hai fatto dopo il viaggio di nozze. Sono certo che ti potrà aiutare...».

«Vedi, oltre alla libertà, ho paura di perdere i miei spazi, di perdere il mio fascino di donna, la mia giovinezza ed inoltre sono terrorizzata che la nostra vita possa cambiare in peggio, dovendo dire addio a fine settimana romantici, cenette romantiche e a tutta la spensieratezza goduta finora».

«Amore mio... non perderemo nulla di tutto questo perché il nostro amore è grande e noi faremo in modo che si alimenti sempre con tanti spazi tutti per noi. Per questo fine settimana... ho prenotato a Venezia... avrei voluto dirtelo stasera con una mazzo di fiori... ma mi hai costretto ad anticipare... sei contenta?».

«Sì, tanto, Stefano... grazie».

«E poi... ci saranno altre uscite, cenette a lume di candela... noi prima di tutto e di tutti, amore mio».

Camilla lo abbracciò con slancio, stringendolo con forza, facendogli sentire tutto il suo bisogno d'amore. Lui la baciò con passione.

Quel non "sentirsi pronta" di Camilla celava qualcosa che non poteva essere svelato a nessuno: era il suo rifiuto di crescere. Avere un figlio voleva dire non essere più figlia, accettando di dover essere autonoma e autosufficiente psicologicamente. Per anni era stata abituata a dipendere dai genitori, che decidevano per lei, liberandola di conseguenza dalla responsabilità della scelta. Era sempre stata certa che, qualsiasi cosa avesse combinato, o fosse successa, i suoi genitori erano lì, pronti a tirarla fuori dai guai, a qualunque costo. Lei poteva permettersi anche di essere irriconoscente, antipatica, tanto i suoi genitori l'avrebbero sempre accolta e amata ugualmente. Era il venir meno di questa certezza, con una vita sua e responsabile, ad impedirle di spiccare il volo, divenendo autonoma. Diventare genitore, a sua volta, la spaventava, tarpandole le ali. Sì, i suoi l'avrebbero aiutata ancora materialmente, ma il rapporto sarebbe cambiato, mettendola sullo stesso piano con la madre, ora che anche lei lo sarebbe stata. Avere un figlio era una scelta di altruismo puro, ma di piena e conquistata maturità.

Camilla, sempre più oppressa da questi pensieri, decise di aprirsi con Stefano. Lui, che in parte aveva intuito la sua problematica, le parlò dolcemente, con molta tenerezza: «Ti capisco, amore mio... dopo essere cresciuto nella prova, senza la figura di un padre alla quale fare riferimento. Ciò che tu hai paura di perdere ti verrà dato in un'altra forma, più saggia, ma non meno intensa... ci coccoleremo a vicenda... qualche volta tu sarai per me come una madre ed io come un padre per te. Al nostro amore, si unisce anche questo aspetto, spesso sottile e non delineato che vagheggia intorno a noi, ma pur sempre presente».

«Grazie, è molto bello ciò che dici... di certo mi è di aiuto».

«Vedi... in questi anni mia madre ha lottato tanto per farmi crescere, a volte cercando di sdoppiarsi per sopperire a quel genitore, mancato troppo presto. Con il passare degli anni, sono divenuto io l'espressione maschile del marito ed ora mi prega di non lasciarla, per non subirne la perdita una seconda volta. A volte, nella complessità della vita, i ruoli si possono anche invertire. Ora lei è terrorizzata di restare sola, proprio come un bambino che ha paura di essere abbandonato. Questo dimostra che davanti alle difficoltà si reagisce, ma viene un momento che si arriva al cedimento, fino a disconoscere quel personaggio che si è costruito per far fronte alla vita. Tutto questo avviene... perché si è umani».

Camilla, lo guardò, basita. Quelle parole erano la testimonianza di una sofferenza che il tempo aveva trasformato in esperienza. Riaffiorò in lei tutta la debolezza dei suoi ragionamenti infantili e, in parte, se ne vergognò. Fu come se quel suo inconscio ribelle, assistesse al lievitare di un processo di maturazione interiore senza poterlo impedire. Un lento, ma graduale cambiamento, avrebbe rinnovato tutto il suo essere, fino a desiderare di essere madre di quel figlio che portava in grembo.

3

Nei primi giorni di marzo, del nuovo anno, nacque
Mattia. La primavera bussava alle porte del lungo inverno che, restio a lasciare la scena, si cimentava ancora
con folate d'aria gelida. Un sole pallido cercava di far
filtrare i propri raggi attraverso una spessa coltre grigia
che, come una morsa, attanagliava il cielo. Era una
monotonia senza limiti. Una graduale, ma costante
voglia di rivedere un cielo terso e un sole dai raggi luminosi, univa all'unisono le persone che, sempre più,
avvertivano la necessità di evadere da quel lungo letargo
invernale. C'era bisogno di uscire, dedicando più tempo
da passare all'aria aperta. L'esposizione alla luce naturale avrebbe risvegliato una nuova forza vitale interiore,
capace di migliorare anche la fisicità.
Una nuova primavera della vita, rinnovata nei colori e
nei profumi, era una forza inarrestabile, che rendeva
l'essere umano leggero, radioso, disposto ad abbandonare la negatività, dovuta al grigiore invernale, a favore
di un pensiero positivo, ricco di bontà e amore. Era la
rinascita della gioia, della speranza, della fiducia in un
domani migliore. Ancora qualche giorno e, poi, il teatro
invernale avrebbe chiuso la stagione, calando definitivamente il suo nero sipario. I protagonisti di quella

compagnia teatrale come il freddo, il vento, la nebbia e alcune comparse come la neve e il ghiaccio, si sarebbero riuniti in un'altra parte del mondo per la consueta recita. Il copione rimaneva invariato. Unica variante: maggior o minor freddo.

Intanto, poche ore prima del travaglio, Maria aveva cercato di trasmettere alla figlia tutta la carica necessaria attraverso il suo entusiasmo, accompagnato da un'iniezione di positività. La sua voce era, al contempo, persuasiva e carezzevole, pur manifestando a tratti una cadenza emotiva.

«Diventare mamma è qualcosa di magico, unico, profondo. Certamente comporta sacrifici che, senza sapere come, si trasformano in gioie quotidiane. Un bambino cambia la vita di una donna, il suo stile ed anche il modo di pensare e di vedere le cose».

«Sarò capace di fare la mamma?» chiese Camilla, con sguardo incerto verso la madre.

«Certamente, sarai bravissima e poi vedrai che il tuo bambino t'insegnerà... lui sa di cosa ha bisogno... e poi io ti sarò vicina nei primi tempi, quando potresti avere qualche difficoltà».

«Grazie, mamma, era quello che volevo sentirmi dire...».

Il travaglio andò bene, senza tante complicazioni. L'assistenza ospedaliera era stata ottima e Camilla aveva fruito anche di un aiuto psicologico da parte di un'ostetrica attempata che, al suo attivo, aveva centinaia di nascite. Stefano, che avrebbe voluto assistere al parto, era stato fatto uscire dalla sala per essersi sentito male quasi subito. Di questa sua fragilità ne aveva patito, ma, poi, si era rasserenato vedendo arrivare in corsia Camilla con il bimbo appoggiato sul seno. Si emozionò tantissimo nel vedere quel fagottino dalle mille smorfie, che cercava il calore della mamma. Poi, baciando Camilla, le aveva

sussurrato: «Sei stata bravissima, amore mio... grazie».
La voce si era spenta, interrotta da qualche lacrima di gioia che, luccicando, era scesa a solcargli il viso. Era diventato papà di una splendida creatura e, ancora, stentava a crederlo. Ricordò le parole della moglie, al momento della scelta del nome da dare al nascituro: «Se maschio lo chiamiamo Mattia, abbiamo deciso, ma se fosse femmina?».

«A me piacerebbe Rachele...» rispose Stefano, molto determinato.

«Sì, piace molto anche a me. Allora sarà lei la nuova donna di casa... così mi darà una mano» sentenziò Camilla, raggiante di gioia.

Il ritorno a casa di mamma e bambino era stata una festa grande per tutti che si alternavano a fargli visita. Le nonne, poi, erano letteralmente impazzite e, facendo vanto della loro esperienza di vita, si sfidavano sulla somiglianza del piccolo. Camilla percepiva il loro amore e sorrideva compiaciuta ad entrambe. Era un amore vederle civettare su quel dono del cielo, che le rendeva bisnonne felici e tanto orgogliose. Da sempre, erano innamorate della nipote che avevano visto crescere e che, ora, era divenuta mamma. La loro gioia incontenibile la proiettavano nell'aria, rendendola elettrizzante e, al contempo, satura di positività.

Con il passare dei giorni, Camilla si persuase di non aver mai provato un'emozione così forte, un amore incondizionato per un piccolo essere, meraviglioso e impaurito, che cercava protezione tra le sue braccia.

Si stupì, in poco tempo, di aver ricevuto gratuitamente dalla natura dei veri e propri poteri, mai posseduti prima, che miglioravano i sensi di cui disponeva. Un udito e un olfatto spiccati, molto utili per sentire e decifrare il respiro del bambino e l'eventuale febbre annusando l'alito. Un aumento della forza fisica e la capacità di resistenza soprattutto al poco dormire.

Ogni giorno era diverso, regalando scoperte meravigliose. La neo mamma viveva la magia d'ogni momento, conoscendo anche il timore che il neonato potesse soffrire. Non pensava più ai bisogni della sua persona, ma solo a quelli di Mattia, che la assorbiva completamente. Da quando era diventata mamma, aveva capito l'amore infinito dei genitori nei suoi confronti.

Maria offriva tutto il suo aiuto alla figlia, senza mai essere invadente. A sua volta, nel tempo, aveva sperimentato un eccessivo intervento da parte della madre che, forte della propria esperienza, si era sostituita in tutto alla figlia, quasi a volerla estromettere. Maria si era difesa e, purtroppo, il loro rapporto si era incrinato, fino a rimanere tale, pur con il perdurare del tempo. Era naturale, quindi, che stesse molto attenta a non commettere lo stesso errore con Camilla.

Stefano, dal canto suo, era stato felicissimo alla conferma che sarebbe arrivato un bimbo, anche se non sapeva bene cosa significasse. Poi, trovandosi in tre in famiglia, si era sentito responsabile della vita e delle necessità del figlio. Come avveniva per la madre, la natura faceva provare al padre un vissuto nuovo, diverso da qualsiasi altro sperimentato in precedenza. Ogni giorno era un'esperienza unica, dettata dal vederlo crescere, che regalava emozioni sempre nuove. Stefano era felice di tornare la sera e ritrovare il figlio, i suoi sorrisi e le grida di gioia. Erano un vero propellente per combattere la stanchezza e rigenerare il tessuto della sua interiorità, spesso sgualcito da invidie e beghe lavorative demotivanti. In quei primi mesi, fece di tutto per non allontanarsi da casa, cercando di non accettare progetti importanti in altre regioni. A beneficiarne furono altri colleghi, forse meno preparati di lui, che non si lasciarono sfuggire quella preziosa opportunità. Camilla era felice di averlo sempre vicino a sé e, in parte, aveva accantonato il pensiero che, un giorno, avrebbe potuto anche andare lontano. Quella meravigliosa realtà familiare durò fino al compimento del primo anno di Mattia. Il bambino cresceva sano, paffuto e straordinariamente bello. Era sempre pronto a rubare il cuore di chi lo circondava, attraverso i suoi sorrisi e gli occhi colore del cielo, dove era piacevole specchiarsi, fino a farsi rapire nel profondo.

Intanto, Stefano, di concerto con Antonio, aveva realizzato il progetto della nuova stalla, con modernità e tecnologie del momento.

«Ci tengo a precisare, caro Antonio, che ci vorrà del tempo prima che i ricercatori olandesi possano attuare l'automazione integrale di una stalla. Nel frattempo, anche nelle sale di mungitura convenzionali, come la nostra, le proposte di piccoli e grandi dispositivi automatici di gestione, sofisticati ed efficienti, unite ad una maggior disponibilità di manodopera abbastanza affidabile, rendono le soluzioni non meno attraenti ed interessanti. Poi... la ricerca della miglior cosa da fare può essere stabilita solo nella singola realtà aziendale. Ed è quello che ho cercato di fare».

«Ti sono grato, Stefano e... sono, altresì, convinto di ciò che dici... il tuo progetto è razionale e funzionale ed io non vedo l'ora di attuarlo. Spero di trovare una buona impresa che lo realizzi in breve tempo... anche perché devo considerare il disagio per gli animali... un centinaio di capi non sono uno scherzo da gestire nel frattempo».

«All'impresa ci penso io, lì a Vercelli, dove lavoro, c'è una ditta specializzata nelle ristrutturazioni agricole. Domani vado a parlarci e poi ti dico...».

«Non c'è bisogno... fai tu direttamente... tanto sai quanto possiamo spendere per il progetto. Prima vengono e prima si comincia».

«Va bene, ma poi non so per quanto tempo potrò ancora seguire i lavori... Camilla non lo sa ancora, ma mi hanno offerto un cantiere nel Lazio e, questa volta non intendo rinunciare. Ne va del prestigio e della mia carriera di ingegnere».

«Certamente, devi pensare al tuo lavoro... cercherò di arrangiarmi e, se ho bisogno, non esiterò a chiamarti».

«Ottimo, ci siamo capiti. Vedrai che diventerà la stalla più bella del Piemonte. L'unica cosa che, poi, avrai intere scolaresche a vederla... porta pazienza» disse Stefano, sorridendo soddisfatto.

«Ne sarò lusingato» concluse Antonio, visibilmente compiaciuto.

Camilla, che aveva fruito di una maternità prolungata, ora era ritornata al lavoro, con la sorpresa di vedersi ulteriormente accantonata anche nella funzione di jolly aziendale. Le era stata tolta anche la possibilità di elaborare graficamente il pensiero di altri, mettendoci del suo, come era stato in precedenza. Come da sempre accadeva in parecchie aziende, la maternità aveva un suo scotto da pagare in termini di ridotta considerazione, deprezzamento e riduzione delle mansioni. A fronte di ciò, la ragazza manifestò una personale forma di ribellione, adottando un comportamento ostile con i capi e divenendo a volte anche sgarbata. La positività, che l'aveva contraddistinta attraverso il suo sorriso solare, aveva ceduto il posto alla più grigia formalità. Le ore erano divenute interminabili ma, nonostante ciò, si rifiutava di mettersi a cercare una nuova realtà di lavoro. Era stanca e, a giorni, si trascinava, completamente priva di entusiasmo. L'unico collega che cercava di aiutarla era

Marco, un uomo affascinante sulla trentina, che le donne dell'ufficio cercavano di contendersi, anche se solo a parole. Lui, che difficilmente legava con le colleghe, aveva per Camilla una certa simpatia e si dispiaceva nel vederla affranta per quel demansionamento. «Vedrai, Camilla, che le cose cambieranno presto. Non gli conviene pagarti per farti fare il lavoro della ragazzina. Ci penseranno, stanne certa».

«Grazie, Marco, per la tua gentilezza. Tu non sei come gli altri... cafoni, arrivati e incazzati con la vita. È un brutto vivere il loro... da quando sono tornata non c'è stato nessuno che mi abbia chiesto del parto, del bambino, neanche le donne che, notoriamente, dovrebbero essere più interessate...».

«Fregatene, l'invidia si manifesta anche così. Tu fai il tuo e lascia perdere. Purtroppo, l'ignoranza... oltre a essere la madre dell'invidia, è un muro invalicabile. Torno a ripetere: fregatene!».

«Lo farò, anche se va contro il mio stile di vita. Fatico a essere diversa da quella che sono».

«Ti capisco, ma non c'è altra soluzione» aveva concluso Marco.

Iniziò così, per Camilla, una sorta di recita, dove avrebbe personificato l'impiegata apatica, dai falsi sorrisi di circostanza. Ogni giorno doveva controllarsi per fare in modo che la sua vera natura non avesse il sopravvento. Questa imposizione, difficile e stancante, ma soprattutto demotivante, non approdò a nulla, se non a farle perdere parte dell'autostima. L'intenzione della direzione aziendale era quella che lei lasciasse la ditta di sua iniziativa, facendo leva sul continuo depauperamento della dignità personale. Per un marchio di design così prestigioso, l'ombra di un licenziamento avrebbe scalfito l'immagine commerciale. Ogni giorno il cerchio si stringeva sempre più intorno a Camilla, con poco lavoro da sbrigare e tanto tempo libero da impiegare guardandosi intorno.

La neo mamma resistette prima di maturare una decisione, convinta di dover aspettare il ritorno del marito per prenderla di concerto.

Stefano, dopo essersi messo in luce per la sua meticolosità nel calcolo di rottura dei materiali, era riuscito a far parte della squadra di ingegneri impegnati a Roma nei lavori della Linea A della Metropolitana. Il tragitto da Stazione Termini in Via Ottaviano era uno dei più impegnativi. Il tratto costruito da Condotte consociata con la Metroroma era lungo 4.060 metri e comprendeva quattro stazioni in pieno centro storico: Piazza della Repubblica, Piazza Barberini, Piazza di Spagna e Piazzale Flaminio. La Stazione di Piazza di Spagna era collegata, mediante una galleria pedonale, al parcheggio di Villa Borghese. Stefano, che gli operai chiamavano con rispetto ingegner Barale, seguiva i lavori di scavo delle due gallerie di corsia dei treni, fra la Stazione Termini e la Stazione Flaminia, che richiedevano particolari cautele a causa delle zone archeologiche più o meno profonde. Era uno dei primi lavori ad essere eseguito con scudo rotante di perforazione e, per questo, era richiesta la massima precisione di calcolo, a fronte di un dettagliato esame del terreno. Il far parte di un'equipe così prestigiosa era fonte di orgoglio per Stefano. In questo, vedeva realizzarsi il sogno che, fin da bambino, lo aveva fatto fantasticare. Da tre settimane si era allontanato dalla famiglia, eppure avvertiva la percezione di essere stato via per molto più tempo. Era, altresì, perfettamente conscio che chi, come lui, era impegnato in quella professione, non avrebbe dovuto avere un legame familiare. Infatti, l'ingegnere, che volesse emergere, doveva essere libero di muoversi con facilità. La soluzione poteva essere quella che moglie e figlio lo seguissero nei vari spostamenti, ma Camilla come l'avrebbe presa?...

Erano questi i suoi pensieri, mentre a bordo della sua Fiat 127, nuova fiammante, ritornava verso casa.

«Allora come stai amore mio... e il piccolino?» chiese Stefano, abbracciando la moglie con forza, mitigata dalla tenerezza.

«Tutti bene, anche se mi sei mancato da morire... ho avuto un po' di problemi al lavoro... poi ti racconto e ne parliamo. E tu? Com'è andata questa lunga trasferta? Ti sei trovato bene?».

«Impegnativa, ma interessante... ho imparato tantissimo in questi giorni. Ho lavorato al centro di Roma, ma l'ho vista ben poco. Noi siamo come le talpe che scavano gallerie sotto terra... e, a volte, non sai quello che trovi. In città ci sono parecchie zone archeologiche e bisogna stare attenti...».

«Ti sei fatto qualche amico?... Non è bello restare soli».

«Sì, ho trovato la compagnia di bella gente, soprattutto tra gli operai... la sera si è cenato insieme tante volte. Poi, sai come sono io... lego un po' con tutti. Il dialogo mi arricchisce dentro e, credimi, ti cambia la vita, soprattutto quando devi convivere con gli altri per un certo periodo. Che monotonia sarebbe rimanere isolati... i giorni non passerebbero più».

«A chi lo dici! Ogni giorno per me al lavoro è un inferno!» così dicendo, Camilla scoppiò a piangere. Poi, lentamente, fece un quadro della sua posizione professionale, rimarcando la condizione della donna che, divenendo madre, doveva pagare uno scotto elevato.

«Ho cercato di fregarmene, ma non ci riesco... anzi sto ancora più male... non riesco a fingere, non sono capace» disse la donna, singhiozzando.

«Allora, per la tua salute, è meglio che te ne stai a casa a curare nostro figlio… non abbiamo bisogno della loro carità. Ora, guadagno abbastanza per tutti e problemi non ne abbiamo. Poi, dove siamo, non dobbiamo pagare neanche l'affitto e quindi? Chi se ne frega!».

«Sì, lo so, ma allora… tutto il mio studiare non è servito a nulla?».

«Ma cosa pensi? Aspetta che Mattia sia un po' più cresciuto e poi ti rimetti in pista… adesso, però, è meglio che te ne vieni via… non fa per te».

Camilla si convinse che l'idea del marito era la migliore soluzione da attuare, almeno per il momento. Il pensiero di dover tornare al lavoro, specie il lunedì, la faceva stare male. Nella giornata di domenica era costretta ad assumere ansiolitici, che il medico, dopo averla ascoltata, le aveva prescritto per cercare di arginare il problema. Prima di ripartire, Stefano si accertò che la moglie consegnasse le dimissioni in azienda. Intanto, in quei giorni di vacanza, fece di tutto per recuperare il rapporto con il figlio. Lo stringeva a sé e, parlandogli come fosse cresciuto, lo baciava in continuazione. Maria, che lo accudiva durante il giorno, aveva più volte ripreso il genero, ma sempre con molta dolcezza.

«Se lo tieni sempre in braccio… si vizia troppo e poi chi lo sente quando lo mettiamo giù… guarda che Mattia è un furbazzone… adesso ha imparato a dormire quando c'è rumore e a svegliarsi quando c'è silenzio». Stefano aveva sorriso alla suocera, ma non aveva mollato la presa, convinto che il figlio, in poco tempo, avrebbe memorizzato l'odore del padre. Poi, dedicò un po' di tempo alla madre Graziella, rendendola partecipe dei suoi successi professionali. Lei ne fu felice e, per qualche ora, accarezzò l'idea che il figlio non fosse mai andato via da quella casa. Questo servì per migliorare la sua condizione psicologica e quella tendenza ad intristirsi con estrema facilità.

«Sai, ragazzo mio, non riesco proprio a sopportare la solitudine... mi dispero e non ho più neanche voglia di farmi da mangiare».

«Dai mamma... non fare così, altrimenti mi fai stare in pensiero... e poi perché qualche volta non vai da Maria... te l'ha sempre detto, ma tu... ti fai sempre pregare... sono brava gente e poi, così, puoi fare la nonna con tuo nipote. Sai, diventa bello ogni giorno di più... poi quando ride... ti fa morire».

«Va bene... in questi giorni la chiamo e mi metto d'accordo... sì ma, poi, sono sempre un peso per il ritorno».

«Antonio è sempre felice di riaccompagnarti e tu lo sai, quindi non hai più scuse... chiamali presto e non farti sempre pregare, come al solito. Mi raccomando, mamma».

In quell'ultimo giorno di permanenza a casa, Stefano si trattenne con Antonio a parlare del suo lavoro a Roma e a visionare il rifacimento della stalla. I lavori erano progrediti velocemente e il suocero si mostrava particolarmente soddisfatto.

«Che ne dici, Stefano? Come vanno le migliorie del tuo progetto?».

L'ingegnere si guardò intorno, camminando in lungo e in largo per l'edificio.

«C'è da fare un plauso all'impresa... sta lavorando veramente bene. Puoi stare tranquillo... tutto procede per il meglio, ma non smettere mai di presenziare i lavori. In ogni caso, se hai bisogno, chiamami la sera in albergo... sarò felice di sentirti».

«Grazie, Stefano... quando riparti per Roma?».

«Domattina presto, così spero di evitare un po' di traffico».

«Se domani non ci incrociamo, auguri per il tuo lavoro e... sappi che sono molto orgoglioso di te».

«Grazie, pa'... anch'io...». Una forte emozione privò la voce del suono e la frase fu lasciata a metà. Non era facile allontanarsi dagli affetti più cari e Stefano, ogni volta, doveva far leva sul raziocinio che, con forza, si contrapponeva al sentimento.

Parte integrante dei lavori della Linea A della Metropolitana, fu la costruzione di un ponte sul Tevere diviso in tre vie di corsia: una al centro per la metropolitana e due laterali per il traffico ordinario di superficie. Il tutto richiese altri due anni d'impegno da parte di tutto lo staff, composto da quattro ingegneri e più di ottanta operai che si intervallavano in turni diurni e, qualche volta, notturni. La linea entrò in esercizio nel millenovecentottanta.

Stefano aveva concentrato le sue visite a casa sempre alla fine di ogni mese, dopo aver concordato con i colleghi che avevano la stessa necessità. Il lavoro lo assorbiva molto, tanto che i giorni passavano velocemente. Era dispiaciuto di quella lontananza da casa, ma cercava di combatterla pensando all'importanza di quella sua scelta professionale che, oltre a realizzarlo come persona, foraggiando la propria autostima, lo arricchiva anche psicologicamente nell'incontro con altre persone. L'indipendenza non lo sottraeva da paure ed ansie, ma lo fortificava nel tentativo di trovare sempre la soluzione ad ogni problema. Ogni giorno accresceva il proprio bagaglio di esperienza che, come uno zaino, era divenuto parte della sua persona. Saldamente ancorato alle sue spalle, offriva conforto, certezza e stabilità psicologica all'incedere di ogni giorno.

Ben diversa la posizione di Camilla che, ogni giorno di più, assisteva ad un peggioramento dell'umore che, sottraendo colore alla sua vita psichica, la pittava di un funesto grigiore. Spronata dalla madre che aveva notato il suo cambiamento, anche nei confronti del bambino, Camilla decise di tornare dalla stessa psicologa che l'aveva aiutata al ritorno dal viaggio di nozze. La terapeuta, fin dalla prima seduta, aveva affermato che il problema della sua insicurezza era associato all'infanzia, dove era stata mal gestita la separazione dalla madre. La cosa, non curata per tempo, si era trascinata nell'età adulta. Questo mancato taglio psicologico del cordone ombelicale, aveva innescato in lei il timore dell'abbandono che, dopo il matrimonio, era sfociato in ansia da separazione coniugale. Era questa la sensazione che lei, ogni volta, avvertiva alla partenza del marito per un nuovo cantiere di lavoro.

«Certamente, dovendo fare un percorso a ritroso nella sua vita, non sarà una terapia breve ma, attraverso il suo impegno costante, ci sono buone possibilità di un miglioramento. Insieme abbatteremo la resistenza di questo pensiero e lo ricostruiremo togliendo il giogo dell'ansia. L'importante è crederci... come in tutte le cose» furono le parole della psicologa.

Camilla iniziò questo cammino, dapprima determinata e poi con qualche flessione che, subito, la psicologa provvedeva a sostenere. Il quadro della vita si delineava con precisione, focalizzando le carenze del suo essere. A ventinove anni era una persona insicura in tutto, che ancora non si era sganciata dai genitori. La paura della solitudine si era accentuata ultimamente con manifestazioni di panico, capaci di intaccare anche il ragionamento. Usciva da casa solo se poteva percorrere tragitti che le davano sicurezza, rifiutando le strade nuove che non conosceva. La sua dipendenza dagli altri era pressoché totale. Anche nella breve attività lavorativa, era sempre stata supportata dalla figura del marito che, ogni volta, cercava di spronarla all'indipendenza, facendo leva sulla sua lodevole carriera studentesca: un architetto a pieni voti, che non avrebbe dovuto temere nulla. Lei era felice di questa vicinanza, ma, nei momenti di solitudine, pensava già al distacco e alle sensazioni che, dentro di lei, erano pronte a scatenarsi, seminando il panico. Quel sorriso solare innato nella sua persona, si spegneva come una luce non più alimentata dall'energia.

Stefano, al rientro a casa per qualche giorno, era stato informato della situazione dalla moglie che, con molta scioltezza, seppe esprimere bene le proprie sensazioni. Le prime sedute avevano già smosso qualcosa dentro di lei che, contrariamente a prima, ora accettava la sua condizione senza farne un dramma.

«Con la dottoressa mi trovo bene... siamo entrate in sintonia. Certo... lei scava ed io a volte ne soffro, ma penso al giovamento che la mia vita ne avrà. Devo imparare a non voler cercare a tutti i costi un capro espiatorio... e per questo sono già stata richiamata... non serve a nulla, se non a rimuginare l'accaduto, non aiuta... anzi... è il problema da risolvere e non un colpevole da punire».

«Mi piace questa tua determinazione a voler migliorare la tua persona... continua così e ti troverai contenta... ognuno di noi ha dei problemi... a volte non si possono eliminare del tutto, ma si può cercare di risolverli almeno in parte. Non credere che io non abbia niente perché mi vedi sicuro di me... anch'io ho le mie paure e le mie ansie... ma non ci penso».

«Grande, amore mio, ma... lì a Roma ti trovi bene?».

«Sì, molto bene, tanto che la settimana scorsa ho rifiutato un'offerta di lavoro. Pensa che mi hanno chiamato per ultimare la galleria stradale del San Gottardo... è la galleria più lunga del mondo che collega Basilea, in

Svizzera, a Chiasso. È stata iniziata quasi dieci anni fa e contano di finirla tra due anni. Uno degli ingegneri si è ammalato e la ditta di costruzioni ha chiesto espressamente di me... non ci posso credere... pensa che roba... sono felice e lusingato, ma non posso andarmene da Roma proprio adesso, non sarebbe corretto».

«Dai, che bello! Vedi come sei apprezzato... e poi sei salito molto in fretta e questo lo devi solo a te stesso... alla tua voglia di fare, di imparare, senza mai tirarti indietro. Una cosa è certa... è proprio il tuo lavoro... ce l'hai nel sangue. Bravo!».

«Grazie Camilla... ma conta molto anche la serenità familiare, che io ho per merito tuo. Sono tranquillo e questo mi aiuta tantissimo».

«Quando devi ripartire per la capitale?».

«Pensavo domani nel pomeriggio...».

«Se puoi fermarti un giorno in più, pensavo che potremmo farci un giro a Torino. Un giorno intero... soli... io e te, sarebbe bellissimo, cosa ne dici?».

«Ci sto, è una grande idea... posso rimandare la partenza».

Camilla lo strinse a sé e cercò, vogliosa, la sua bocca. Lui non si accontentò di quei baci e, colto dalla bramosia, prese a spogliarla in fretta, lasciando che il suo vestito cadesse a terra. Lei fece altrettanto con lui, strappandogli la camicia, senza sbottonarla. Si unirono dapprima con forza, dando libero sfogo alla pulsione erotica. Lui, steso sopra di lei, la baciava in ogni punto del corpo, dapprima famelico e poi con tanta tenerezza, ascoltando i suoi gridolii di gioia, che suonavano come una musica. Si allontanarono, sfiniti, tenendosi per mano.

«Questi momenti sono impagabili, tanto da non sembrare veri...» disse Stefano, abbracciando la moglie.

«Tu sei il mio amore grande e io... ti amo da morire» sussurrò Camilla.

«Io di più... io ti amo di più... tu sei la donna che ho sempre voluto... ricordi il nostro primo incontro sul treno? Ero già cotto dopo averti visto...».

«Sì, mi guardavi con certi occhi... come quelli che avevi prima mentre mi spogliavi... libidinoso... pazzo d'amore».

Stefano estrasse la lingua, imitando le fattezze di un maniaco sessuale.

Camilla rise di gusto e si rituffò nelle sue braccia, lasciando che i suoi seni sfiorassero il suo petto. E poi... nuovamente uniti, a cercare il godimento attraverso l'amore.

«Mi mancavano tanto questi momenti, amore mio...».

«Anche a me... tanto... saranno un bel ricordo quando sarò lontano».

«Sì... ma poi torni e allora...» sussurrò Camilla, con tanta dolcezza.

I corpi furono pervasi da una piacevole spossatezza. Fare all'amore era da sempre un buon soporifero e i due innamorati si assopirono, voltandosi le spalle.

Due anni erano passati velocemente e Stefano era ritornato da Roma, dopo aver assistito all'inaugurazione della Metropolitana. Una grande emozione aveva pervaso i cuori di quanti si erano prodigati per anni, con impegno e maestria, alla realizzazione di un'opera così importante. Ancora una volta, la sinergia tra le persone aveva prodotto un ottimo risultato. Intanto, in Italia e all'estero, le gallerie stradali erano sempre più usate per attraversare barriere naturali come catene montuose, fiumi, stretti o baie. Esse rappresentavano anche una soluzione, a volte l'unica, ai vincoli ambientali e spaziali del territorio urbano, dove in futuro avrebbero vissuto i tre quarti della popolazione mondiale. In queste condizioni, la costruzione e la manutenzione delle gallerie costituivano sempre una sfida e la loro realizzazione richiedeva l'utilizzo di tecniche e strumenti sempre più sofisticati e complessi.

Una grande opera, che già dagli anni sessanta era all'avanguardia con rinnovati sistemi di costruzione, era il Traforo del Gran Sasso che avrebbe consentito il collegamento tra il Tirreno e l'Adriatico. Ingenti investimenti, centinaia di uomini, tonnellate di esplosivo e macchinari erano già stati impegnati per gli scavi del tunnel, dove alcune persone avevano già perso la vita. Era la galleria a doppia canna più lunga d'Europa. Ogni tunnel avrebbe avuto due corsie a senso unico di marcia. A fine lavori sarebbe diventata una delle principali arterie di collegamento per automobili e trasportatori che, quotidianamente, viaggiavano tra Lazio e Abruzzo.

Nel 1982, parallelamente alla costruzione della seconda galleria in direzione L'Aquila, cominciarono i lavori per la realizzazione dei laboratori sotterranei dell'Istituto Nazionale di Fisica Nucleare, in pratica la seconda canna del traforo che sarebbe stata aperta nel 1993. La collocazione di questi laboratori, situati in quota dell'Autostrada A24, a circa 1.400 metri sotto il massiccio del Gran Sasso, consentiva di beneficiare di un accesso direttamente dall'arteria stradale, tramite uno svincolo sotterraneo.

La meraviglia di Stefano fu tanta quando, rispondendo al telefono, si sentì invitare per un colloquio, niente meno che dal Sovrintendente ai lavori del grande Traforo. La competenza e meticolosità dimostrata a Roma avevano dato i suoi frutti ed, ora, la sua professionalità era contesa da più aziende, alcune delle quali operavano all'estero. Lui, per il momento, aveva accantonato la possibile esperienza in Terra straniera, anche se lo stipendio percepito sarebbe stato molto più elevato. Alcuni dei suoi colleghi, in soli tre anni, avevano guadagnato una piccola fortuna ed, ora, ritornati in Italia, si erano permessi l'acquisto di una bella casa. In ogni caso, rimaneva pur sempre una scelta difficile, poco indicata a chi aveva una famiglia.

Stefano era ritornato proprio a Roma per il colloquio preliminare che, dopo mezz'ora di dialogo, era già divenuto definitivo. La retribuzione era ottima, anche se le condizioni di lavoro non erano delle più rosee, dovendo operare senza orari, in assenza di luce solare e con improvvisi cambiamenti climatici. Lui, a fronte delle sue recenti esperienze, aveva imparato che ogni rifiuto era un'occasione persa, non più riproponibile. L'ingegnere chiese ed ottenne di presentarsi in cantiere dopo quindici giorni, nei quali avrebbe dovuto preparare la moglie alla sua nuova trasferta professionale.

Camilla, che aveva portato a termine la sua terapia, era mutata profondamente, in antitesi a com'era prima, passando dalle paure alla sfrontatezza, dal timore, quasi castrante, all'essere spregiudicata e libera da condizionamenti e preconcetti. La psicologa, ascoltandola dopo un mese dalla fine della terapia, era rimasta basita e, nel contempo, preoccupata per questa trasformazione che non aveva una logica psicologica. Era incredibile come la paziente manifestasse atteggiamenti anticonformisti, mancanza di scrupoli, una libertà di costumi impensabile e licenza verbale. Ripercorse l'iter di quei due anni, per cercare di capire cosa avesse potuto scatenare il cambiamento. Si consultò con alcuni colleghi dei quali, più d'uno, riconobbe essere un disturbo bipolare o bipolarismo, una condizione mentale in cui una persona viveva sbalzi d'umore e cambiamenti emotivi da un momento all'altro. Chi soffriva di bipolarismo passava da un momento di felicità assoluta all'improvvisa tristezza, arrivando quasi alla depressione, che provocava apatia, perdita di appetito, di memoria e insonnia. Dopodiché si passava alla fase ipomaniacale, dove ci si sentiva invincibili e onnipotenti. L'esatto contrario della fase depressiva. La psicologa, però, non si convinse di questa diagnosi, che prevedeva una cura a base di stabilizzanti dell'umore, e optò per nuovo dialogo con la ragazza, che si rivelò importante e chiarificatore.

«Capisco la sua perplessità, dottoressa... è strano anche per me. Non mi sento più in ombra, ma alla ricerca della luce delle cose... tutto rappresenta una novità per me che, da sempre, ero chiusa in un castello dorato, ma privo di uscita. Ora sento la voglia, quasi incontrollata, di andare in qualsiasi direzione, di vedere, di conoscere, di sperimentare nuove sensazioni che prima ritenevo proibite. Riesce a capirmi?».

«Sì, ma... vedo, in tutto questo, un disorientamento che potrebbe costarle caro... alcuni potrebbero approfittarne di questa sua fase di assestamento. Questo suo non voler perdere neanche un secondo della sua vita, potrebbe portarla ad una perdita di riflessione, affrontando le cose con troppa leggerezza... parliamone e, intanto, lei prenda nota, ogni giorno, dell'evolversi delle sensazioni, delle emozioni che questa "uscita" genera in lei».

«Lo farò... vorrà dire che cercherò di uscire gradatamente, senza voler strafare... sono talmente piena di cose che vorrei fare che mi sento un vulcano in eruzione».

«Calma... lei mi insegna che nella vita, come nella scuola, si apprende gradatamente... nessuno nasce "imparato", come si suol dire... sentiamoci». Una nuova stagione della vita era pronta per essere vissuta e Camilla era desiderosa di sperimentarla, anche se le parole della terapeuta erano divenute una sorta di monito a non strafare. Chiamò qualche amica ed organizzò degli incontri in città che, subito, la fecero sentire viva. Relazionare le era di grande aiuto. In questa fase, era più disposta ad ascoltare che non a parlare ma, con il passare del tempo, riuscì anche a confidare i suoi piccoli segreti di moglie e di mamma. Mattia, con i suoi quattro anni appena compiuti, era il coccolo della famiglia, amato e vezzeggiato da tutti, tanto che, a volte, se lo contendevano vivacemente. Maria era sempre stata vigile con la figlia e, nei momenti bui, era intervenuta a curare il piccolo, senza mai volersi sostituire alla madre. Questa accortezza era stata molto apprezzata da Camilla che, ogni giorno di più, imparava a conoscerla meglio e ad apprezzare la sua interiorità. Le figure troppo diverse di madre e figlia si univano in quelle di due mamme simili, disposte a tutto per la loro creatura. La gioia della maternità le univa con un filo all'unisono, sgretolando il muro degli anni dei precedenti ruoli. L'amore, ancora una volta, era vincente e l'essere umano cedeva all'amore, ammaliato dalla sua forza.

Poi, un giorno, Giulia, l'amica più cara che aveva condiviso con lei parte del corso di studi, le parlò seriamente. La voce era persuasiva e, al contempo, rassicurante.

«Allora, Camilla, adesso che il bambino è cresciuto, potresti tornare a fare il tuo lavoro, quello per cui hai studiato tanto... sono certa che ti aiuterebbe molto, e poi sarebbe proprio la miglior realizzazione del tuo percorso psicologico».

«Sì, Giulia, ci ho pensato anch'io, ma... il tempo è passato e non so cosa saprei ancora fare».

«Figurati, proprio tu, che sei stata una delle migliori laureate in architettura».

«Sì, ma ho ben visto che strazio è stata la prima esperienza di lavoro... ho dovuto andarmene per non crepare di rabbia».

«E va bene... all'inizio si sa che bisogna ingoiare dei bocconi amari, ma poi la cosa cambia. Dove sono ora mi trovo bene... sì, vado in treno a Torino, ma è come se andassi ancora in Università. Pur essendo l'unica donna dello studio, sono trattata bene e poi... con gli uomini si lavora meglio, che non con tante galline che ogni giorno si beccano».

«Questo è vero... ci sono passata... non me ne parlare».

«Proprio l'altro giorno, parlando con il mio capo, ho saputo che cercano un architetto nella nostra consociata di Milano. È sempre C&R, costruzioni e ricostruzioni, che opera in città e Hinterland. A quanto so, sono tutti uomini... potresti provare. Il treno è comodo e, poi, la ditta è abbastanza vicina alla stazione... ci sono stata l'anno scorso, a portare un progetto... la sede è bella, l'hanno rifatta da poco».

«Sì, hai ragione, amica mia, potrei provare! Ma, nel caso, tu potresti mettere una buona parola, visto che sei lì da un po' di anni?».

«Già fatto... dovevo solo convincerti ad andare. Altrimenti non ti avrei detto nulla... non vorrai che ti mandi allo sbaraglio, siamo amiche o no?».

«Certamente, sei una gran bella persona, l'unica che mi è stata vicina sempre, anche quando è nato Mattia... grazie di cuore».

«Hai nominato Mattia e ti sono brillati gli occhi... chissà se un giorno anch'io potrò provare la grande emozione di diventare mamma? Con Emanuele siamo insieme da una vita, ma non ci sente di sposarmi... figuriamoci di avere figli».

«Con il passare del tempo si cambia e le cose migliorano... vedrai».

«Lo spero proprio... tu, intanto, telefona e fissa subito un appuntamento a Milano... hanno bisogno adesso». Camilla vinse la sua titubanza e prese contatti con l'azienda indicata da Giulia. Ad un primo colloquio preliminare con uno dei dirigenti, ne seguì un altro con il direttore operativo, un uomo sulla quarantina che, poi, seppe essere il figlio del maggior azionista. Dopo un dialogo abbastanza breve, nel quale Camilla era stata molto disinvolta, l'uomo concluse, dicendo: «Bene, architetto, allora... le do il benvenuto nella nostra azienda... spero che lei si troverà bene con noi. Sono convinto che lavorare serenamente e in sinergia giovi molto, anche all'azienda. Il responsabile di progetto, ingegner Ferrari, che lei ha conosciuto nel precedente colloquio, le parlerà dei nostri cantieri. Naturalmente, per qualsiasi necessità, non esiti a contattarmi... la mia porta è sempre aperta... la ditta è grande, ma l'impronta che preferisco è quella familiare».

«Grazie direttore, farò del mio meglio per servire l'azienda» concluse Camilla, visibilmente emozionata, dopo non essersi sottratta alla stretta di mano. Uscendo per andare in stazione, tutto le apparve pieno di luce, di colore e di vita. Le persone si muovevano frettolosamente, quasi a rincorrersi in mezzo al dilagare del traffico e lei si muoveva sicura, come conoscesse da tempo quella città. Si premiò con un buon caffè, in un bar affollato di gente che dialogava, producendo un vistoso chiacchierio. Lo specchio dietro al bancone riflesse la sua immagine e lei sorrise a se stessa, portando in superficie tutta la gioia contenuta nel cuore. Era felice di questo passo in avanti, che la rendeva soddisfatta di tutto il lavoro di terapia svolto. Ci aveva creduto, mettendoci impegno e dedizione, ed ora raccoglieva i primi frutti dal campo che aveva faticosamente arato. Sentì, forte, il desiderio di condividere la sua felicità con Giulia ed entrando in una cabina telefonica, le parlò.

«Mi hanno preso, Giulia! Sono tanto felice... non mi sembra vero».

«Non avevo dubbi! Era impossibile che si perdessero una come te... sei forte, Camilla. Ehi, ragazza, una di queste sere brindiamo al tuo nuovo lavoro! Okay?».

«Senz'altro, amica mia, a presto».

Rientrando a casa, trovò il marito ad attenderla. Si abbracciarono a lungo. Era trascorso un mese dal loro ultimo incontro e Camilla, con dovizia di particolari, lo aggiornò su tutto. Contrariamente al solito, lo sentì un po' distaccato, come se questo rientro a casa gli fosse pesato molto.

«Qualcosa non va, Stefano?».

«No, tutto a posto... sono solo molto stanco... poi, sai, in cantiere la luce del sole non si vede mai... non è bello per niente».

«Ti sei scelto una bella gatta da pelare e poi... anch'io... sempre a casa da sola ad aspettarti... mi sono un po' rotta!».

«Sai com'è il mio lavoro... è così!».

«Allora sai cosa ti dico... che non avresti dovuto fare famiglia, così eri libero di andare dove cavolo volevi senza impegni!».

«Cosa c'entra? Appena posso ritorno...».

«Sì, ma intanto passano gli anni ed io non voglio trascorrere la mia gioventù ad aspettare un uomo... io ho bisogno di sentirmi una donna amata, appagata e felice di vivere una vita accanto all'uomo della sua vita. Ma con te... non è così!».

«Non posso farci niente!».

«Non ci credo... perché a te piace così! Altrimenti, potresti lavorare in uno studio come fanno tanti altri! Alla

C&R, dove andrò a lavorare, ci sono ingegneri come te, che sovrintendono i progetti e, alla sera, vanno a casa loro. No, ma tu sei così! Con il tuo fottuto arrivismo!... Tu vuoi diventare famoso, farti conoscere che sei il migliore e... dimmi che non è vero!».

«No, ma... lo faccio per far star bene la famiglia».

«Fottiti! Tu sei un grande egoista, che ama solo se stesso. Noi abbiamo bisogno che tu sia famoso per noi, come marito e come padre... Mattia neanche ti conosce... è una vergogna!».

La discussione finì con il silenzio di entrambi, mentre Camilla tornava ad occuparsi del bambino. Gli sguardi, che si incrociavano tra loro, erano eloquenti ed ognuno rimaneva saldamente ancorato alla propria posizione. Il fare l'amore nella notte non migliorò la situazione. Fu qualcosa di fugace, capace di appagare solo la corporeità, ma ben lontano dal soddisfare entrambi. La sintonia di sempre era un filo spezzato, ma nessuno dei due cercò di riparare il danno. Una gran delusione aveva pervaso i loro cuori, lasciando un retrogusto amaro. Era sempre stato impossibile pensare che la loro unione avrebbe potuto, un giorno, essere messa in discussione. La mancanza di intesa nasceva proprio dal fatto che, mentre lui ragionava con la mente, lei lo faceva con il sentimento, quello più puro, vero fiore dell'amore. Un pensiero razionale, dettato dall'egoismo, non poteva unirsi a quello che sgorgava dalle profondità del bene, con grande trasparenza.

Il giorno dopo, quando Camilla tornò dalla sua prima giornata di lavoro alla C&R, rimase senza parole. Il marito era partito, senza lasciare messaggi. In preda allo sconforto, singhiozzò a lungo, mentre le lacrime, scese copiosamente a irrigare il suo volto, erano particolarmente amare. Come in un film, rivide i bei momenti trascorsi insieme, gli anni degli studi, fino a quel primo incontro sul treno di tanti anni prima. Si mise a pregare e si accorse che era passato tanto tempo dall'ultima volta che lo aveva fatto. Fin che le cose erano andate bene, non aveva ravvisato la necessità di farlo... quasi che tutti i giorni dovessero essere sempre pieni di ogni grazia dovuta e scontata. Il pensiero non accettava mai la possibilità di uno stravolgimento di fatti e persone nel contesto familiare, ma neanche cedeva alla tentazione di ringraziare il Buon Dio per quanto ricevuto quotidianamente.

«Sento che devo pregare di più, forse Dio mi può aiutare» disse Camilla alla madre, mostrando in volto la sua tristezza.

«Già... ma, ogni volta, ci ricordiamo di Lui solo quando abbiamo bisogno e mai pensiamo di ringraziarLo per le benedizioni di ogni giorno».

«Lo so, ma d'ora in poi voglio cambiare... ho capito di aver sbagliato».

«Bene, Lui ne sarà felice e... anche tu» concluse Maria, abbracciandola.

In quel lungo viaggio di ritorno, Stefano era preda di mille pensieri che, come una morsa, lo stringevano in ogni direzione. Pensò tra sé che avrebbe dovuto affrontarli, cercando di trovare una sorta di ordine di arrivo. Non era facile, ma era l'unico modo per non impazzire. Mai avrebbe immaginato che Camilla potesse ribellarsi, anche se, oggettivamente, ne aveva tutte le ragioni. Questo pensiero l'aveva sfiorato qualche volta ma, prontamente, l'aveva rimosso, glissando l'argomento che non deponeva a suo favore. Lui si era sempre sentito forte della dipendenza di lei, della sua venerazione, che lo innalzava su un piedistallo sicuro e inattaccabile. Ora, però, le cose stavano cambiando. Si rendeva conto che, senza un intervento mirato a se stesso, nel giro di poco tempo avrebbe perso la donna che amava. "Ma come fare?" si arrovellava in continuazione. Ormai era troppo tardi per cambiare! Era in gioco tutto ciò che aveva costruito, a prezzo di grande sacrificio… come poteva arginare questo naufragio familiare, pur non rinunciando a ciò che era fonte di vita per lui? Non poteva venire a patti con l'ossessione del dover rinunciare a quell'arrivismo, intriso di celebrità che, come una droga, lo spingeva a continuare senza guardarsi intorno, a testa bassa, sgomitando per farsi strada. Al primo posto nella scala dei valori della sua esistenza c'era questa immensa voglia di emergere, di brillare come una stella nascente in uno sfolgorio di luci. Questo super io potente lo dominava e, benché succube, lui lo amava come la parte migliore della sua persona.

Stefano decise che era arrivato il momento di chiudere con questi tormentati pensieri, ai quali era impossibile trovare rimedio. Lui amava lavorare all'aria aperta e mai avrebbe accettato di rinchiudersi in un ufficio. Era così e non doveva giustificarsi di niente! "Questo è il mio lavoro e basta! Camilla se ne farà una ragione!" sentenziò a voce alta, mentre, di riflesso alla propria collera, imponeva all'auto una forte accelerazione.

4

Camilla era molto contenta del suo nuovo lavoro all'interno dell'azienda, dove si sentiva libera e spronata ad esprimere le proprie potenzialità professionali. Inizialmente aveva affiancato l'ingegnere capo Ferrari, poi, con impegno, si era resa autonoma con l'affido di alcuni importanti progetti. La sua precedente esperienza di lavoro le fu utile per mettersi in luce, aggiungendo, a richiesta del cliente, il design d'arredo al progetto edile. Lavorò alacremente a questa sua iniziativa, rendendola operativa in breve tempo. A tutti gli effetti, in poco più di un anno, ne divenne la responsabile, con gran potere decisionale. La sua figura professionale era lievitata, destando ammirazione e, nello stesso tempo, una certa invidia da chi, ancora, considerava la donna minoritaria rispetto all'uomo. Questi colleghi, loro malgrado, dovettero ricredersi e sottostare al comando femminile. A livello direzionale, questa nuova apertura della società al design fu considerata molto positiva per l'azienda che, in essa, vedeva un completamento della propria potenzialità funzionale. Il figlio del maggior azionista, Roberto Zegna, si mostrò entusiasta di questo nuovo fiore all'occhiello che, in poco tempo, avrebbe contribuito ad innalzare il prestigio della società. Si rallegrò con se stesso per aver assunto quell'architetto, Giraudo Camilla, destinata a diventare uno dei dirigenti più validi in un settore in continua ascesa.

Dopo essersi congratulato di persona con lei, riuscì, dopo alcuni tentativi, ad invitarla a cena in un elegante ristorante della città. La donna, dapprima incredula, se pur lusingata dalla proposta, decise, infine, di accettare. Era la prima volta, dopo il turbinio degli anni precedenti, che la sua persona tornava ad avere una configurazione definita, senza tentennamenti di sorta. Ora, anche lei, era riuscita nel tentativo di ritagliarsi un ruolo suo e, oltretutto, molto apprezzato. Stentava a crederci, anche se era consapevole che la crescita della sua autostima era da ricercare nel faticoso lavoro psicologico svolto e nella sua resilienza.

Quella sera, Camilla rimase colpita dalla galanteria dello Zegna che, fin dalla salita e alla discesa dalla macchina, utilizzava un copione da perfetto gentiluomo. Un forte carisma si sprigionava dalla sua persona, coadiuvato dalla freschezza di un profumo al tabacco e sandalo che lo accompagnava, sprigionandosi nell'aria delicatamente. La ragazza ne era stata ammaliata fin dal primo incontro e, in quel contesto, anche lui aveva registrato un sussulto emotivo. La causa era da attribuire, oltre alla simpatia, soprattutto alla timidezza nel confrontarsi con un personaggio femminile, dopo una lunga catena, mai interrotta, d'assunzioni maschili.

«Sarei curioso di sapere qualcosa in più di lei... non capita tutti i giorni di cenare con una bella donna e, per una volta, al diavolo, i convenevoli... è d'accordo?».

«Senz'altro... io adoro la semplicità».

«Sono felice di questo, anche se mi vien tanto da ridere per me che... pur essendo sempre alla ricerca di preziosismi da galateo, sono ancora imbranato come una foca, almeno con lei. Qualcosa vorrà dire...».

Camilla arrossì e, guardando quell'uomo, capì che, tra loro, i segnali di un'attrazione fisica erano evidenti. Quest'alchimia tra loro non era difficile da constatare. S'intuiva dai piccoli gesti del corpo che, però, nascondevano grandi significati. Il contatto visivo non mentiva, quando gli sguardi si cercavano, rimanendo intrappolati più a lungo del normale. Quando uno dei due si girava, l'altro continuava a fissarlo, spostando lo sguardo su tutto il corpo. Il sorriso di entrambi non era libero, ma goffo e impacciato ed era eloquente più di mille parole. Qualche volta, nel parlare, i due si sfioravano con le mani, senza neanche accorgersene. Era il linguaggio del corpo che aveva un ruolo determinante nel gioco dell'attrazione fisica. Entrambi erano sempre un pò agitati quando s'incontravano, in corridoio, sulle scale, ovunque. Lui si aggiustava la cravatta e lei, per apparire al top, sistemava i lunghi capelli più volte con nervosismo, cercando la posizione migliore. Lo sguardo istupidito, ma sorretto dall'ottimismo era una derivazione dell'attrazione fisica, difficile da nascondere. Pensando ai particolari di quei fugaci momenti in azienda, Camilla rafforzò la propria convinzione in merito al suo pensiero. Al momento ne fu intimidita, ma poi, si lasciò andare al desiderio di sentirsi corteggiata, senza alcun velo di resistenza.

«Perché non possiamo darci del tu... mi sembra evidente che tra noi esiste una vicinanza, una sorta d'empatia, difficile da spiegare. È inutile nasconderlo, vero Camilla?».

La donna arrossì e, per la prima volta, abbassò lo sguardo, quasi a volersi nascondere in quella pausa di silenzio.

«Non era mia intenzione...» sussurrò lo Zegna, intimidito.

«No, scusa, ma... non mi era mai capitato. Sì, hai ragione, esiste qualcosa... ma non so...».

«Vuol dire che stiamo bene insieme... succede, anche senza un legame affettivo... siamo umani. Non ci vedo nulla di male».

«Vedi, io amo mio marito, ma sento che mi manca qualcosa... forse perché non c'è mai...».

«Comprensibile, proprio perché una donna, giovane e bella come te, ha bisogno di essere corteggiata... ognuno di noi sente il desiderio di soddisfare le proprie pulsioni... senza necessariamente parlare di amore... mi sei piaciuta subito... quando ti sei presentata in azienda con quel tuo sorriso carico d'entusiasmo. Mi ha disarmato la tua freschezza...».

«Anch'io, quella volta, sono rimasta affascinata dalla tua persona e da quel tuo arrossire dentro che cercavi di nascondere... anche se non ci sei riuscito... ti ho capito, sai... sesto senso femminile».

«Hai proprio ragione, Camilla, ero molto imbarazzato... ecco perché ho preferito accorciare il dialogo...».

«Ammiro la tua sincerità... ora sento che posso chiamarti per nome, anche se in azienda sarai sempre il dottor Zegna. Meglio evitare certi pettegolezzi... gli uomini, a volte, sono peggio delle donne».

«Concordo pienamente, Camilla» sorrise compiaciuto Roberto.

La cena proseguì toccando i più svariati temi, ma senza mai entrare nel recondito personale. La conversazione era piacevole ed ognuno cercava di estromettersi dal proprio personaggio per crearne uno nuovo, alla ricerca di sensazioni mai provate prima. Era un gioco dove gli sguardi regalavano carezze e l'euforia impregnava l'aria, nell'attesa di un fine serata di piacere.

«Cosa ne pensi se andiamo a berci qualcosa da me... poi ti riaccompagno a casa».

La donna assentì con il capo, sorridendo.

Percorrendo le vie del centro di Milano, Camilla si guardò intorno, spaesata ma incuriosita da quel palpitare di città che allungava la notte, quasi a volerla sfidare a colpi di luce. Era felice, pervasa da quel gusto di novità che tanto aveva desiderato. Roberto abitava in uno splendido attico all'ultimo piano di un elegante palazzo di Via Dante, da dove si poteva ammirare la città con uno sguardo d'insieme.

«Che vista meravigliosa...» disse Camilla, affacciandosi alla finestra.

«Vieni... andiamo sulla terrazza... da lì, si domina la città».

Lo sguardo si perdeva a vista d'occhio, colorato da mille luci. La donna ne rimase affascinata, anche se alla città aveva sempre preferito la campagna. Quella sera, però, era particolare, proprio perché lei era diversa... pronta a vivere e soddisfare le proprie pulsioni che, per buona parte della serata, l'avevano fatta fremere di desiderio. Lui si avvicinò a lei e la strinse a sé. Poi, prendendola per mano, la condusse in una gran camera da letto, completamente rivestita di broccato aureo, finemente lavorato. Nell'aria si spandeva il profumo dei loro corpi, dopo che l'uno aveva spogliato l'altro in fretta, preda di un'incontrollabile voglia di possesso. Camilla si lasciò prendere, dapprima con dolcezza e poi con forza. Lui la baciò in tutto il corpo, ma evitò di baciarle la bocca. Lei lo lasciò fare, arrivando al pieno godimento. Capì di non poter più fare a meno di quel sentirsi donna e anche un po' puttana, alla ricerca del piacere carnale. Quella fu una notte a tutto sesso, nella quale Camilla mostrò tutta la sua insaziabilità, mentre Roberto godeva nel vederla gioire. Alla fine, entrambi esausti, si addormentarono. Fu lui a svegliarla dolcemente: «Dai, ragazza, che domani... ma che dico, oggi, non si lavora».

«Ma cosa dici Roberto... ho mille cose da fare... e poi devo vedermi per un progetto».

Lui, dopo aver portato l'indice della mano destra alla bocca, esclamò con voce grave e perentoria: «È un ordine architetto!».

Lei rise di gusto, mentre ancora poltriva nel letto.

«Dai, pigrona, vestiti che ti riaccompagno a casa».

Quando Roberto la riaccompagnò a casa, stava ormai per albeggiare e un forte chiarore illuminava le risaie. La falce di luna che aveva spadroneggiato per tutta la notte, aveva perso il suo bagliore argenteo e, lentamente, si dissolveva nel cielo.

«Non entrare in cascina... lasciami fuori» disse Camilla, mentre assaporava ancora il fascino di quell'uomo.

Stentava a credere alla gioia di quella sera, senza amore, ma dove il godimento del corpo era stato pieno e quasi irreale.

Lui era sempre stato galante e pieno di attenzioni verso di lei, tanto che la ragazza era rimasta piacevolmente colpita. Un uomo, il cui stile pareva essere uscito da una rivista di moda d'altri tempi, dove la raffinatezza, la pacatezza, il prestigio e un forte ascendente erano parte integrante di un carisma unico. Quella notte, nessun ripensamento morale balenò mai nella mente di Camilla, più che mai decisa a ripetere l'esperienza.

«Ciao Roberto, grazie... con te sono stata bene... da domani, però, si torna al lei».

«Come vuoi tu, Camilla... ci vediamo» concluse l'uomo, mentre la donna scendeva dall'auto e, senza voltarsi, entrava in cascina.

La relazione con Roberto proseguì per sei mesi. Camilla era stregata da quegli incontri, dove il piacere era divenuto una sorta di droga che la faceva sentire appagata e piena di sé. Donna desiderata e corteggiata come una principessa, che faceva vanto del proprio corpo come il più bel vestito da sfoggiare. Quelle sue assenze settimanali, che costringevano la madre ad occuparsi del figlio, furono spesso fonte di litigio tra loro. Camilla lasciava glissare le parole di Maria, quasi infastidita. «Ma, insomma, si può sapere cosa ti sta succedendo? Va bene rientrare tardi, ma adesso te ne stai fuori anche a dormire! Al bambino e... a tuo marito non ci pensi? Dovresti vergognarti! Ti sei impazzita, ragazza mia!».

«No! Sono normalissima! E poi è solo sesso, quello che mio marito non mi dà... non sono una santa! Quello che faccio mi piace da morire, anche se non è amore e mai potrà diventarlo. Io amo solo mio marito».

«Ma come puoi parlare in questo modo! Cosa sei diventata?...».

«Dillo pure, mamma, una... sgualdrina d'alto bordo... ma non riesco a farne a meno... sento che mi fa bene e poi Roberto è un galantuomo... nessuno mi ha mai trattata così bene. Con lui mi sento corteggiata ed è meraviglioso, credimi».

«Non ti riconosco più. Tuo padre ha voluto che ti parlassi io... lui è troppo incazzato con te!».

«Vedo... non mi saluta neanche più, ma è troppo facile giudicare...».

«E a tuo marito cosa dirai? Quando ti vedrà arrivare a casa all'alba?».

«Cena di lavoro... e poi, tante volte gli ho parlato, ma non ha mai voluto cambiare... una donna giovane non può mica sempre star qui ad aspettare lui. Si arrangi... io la mia vita me la voglio godere fino all'ultimo secondo».

«Ma, Camilla, quello è il suo lavoro, non si diverte!».

«Allora, non doveva fare famiglia! Certo se solo immaginavo uno schifo del genere, l'avrei mandato all'inferno prima. Il mondo è pieno di uomini».

Un lungo silenzio contrassegnò la fine di quella diatriba, che non aveva approdato a nulla, lasciando in gola, a madre e figlia, un retrogusto amaro.

Intanto Stefano, impegnato al Traforo del Gran Sasso, aveva ottenuto di poter tornare a casa per una settimana. Era arrivato al limite della sopportazione, dopo che, da parecchio tempo, l'impiego massiccio di esplosivo era stato il metodo maggiormente utilizzato per creare un "tunnel pilota", unitamente ad apparecchiature fresanti e perforatrici. Il lavoro non conosceva soste. Operai e ingegneri si alternavano con pesanti turni di dodici ore. La sosta nei container non era mai pienamente riposante. Il sollievo di riuscire a staccare, ad evadere dal contesto lavorativo, necessitava di una buona padronanza di se stesso. Erano in pochi a riuscirci, anche se era importante tentare di farlo per non sballare mentalmente. Sormontata dai 2.912 metri del Corno Grande, la Galleria del Gran Sasso attraversava la montagna ad una quota media di 973 m s.l.m. Con uno sviluppo di 10.000 metri, sarebbe divenuto uno dei pochi trafori europei di tale lunghezza, aventi due corsie per ogni senso di marcia.

A quella profondità, la luce solare era pressoché assente ed il rumore era spesso assordante con gravi rischi per chi era costretto ad operare in quelle condizioni. La claustrofobia poteva degenerare in depressione, insinuandosi facilmente tra le persone in una sorta di effetto domino. Stefano, ultimamente, era spesso nervoso, insofferente, anche se, facendo leva sulla sua resilienza, riusciva a non trasmettere agli altri il suo stato d'animo. Capiva, però, che era arrivato il momento di staccare la spina, per non peggiorare la propria condizione fisica e mentale, mettendo a rischio il rapporto con i colleghi.

Mentre tornava verso casa, ripensava a quel discorso lasciato a metà con la moglie che, in un impeto di rabbia, l'aveva fatto ripartire velocemente. Non era certo di volerlo affrontare nuovamente e, dentro di sé, sperava che Camilla desistesse dal farlo. Tra pochi giorni Mattia avrebbe compiuto cinque anni ed era una splendida occasione di riunire le famiglie a festeggiare il compleanno. Questo evento avrebbe giovato a tutti e particolarmente alla loro unione di coppia, che aveva la necessità di rinsaldarsi.

Quando arrivò in Cascina Belvedere era ormai superata l'una di notte. L'aria fresca primaverile lo aveva aiutato a tenersi sveglio durante il viaggio, mentre la musica della radio aveva rarefatto i suoi pensieri, facendogli sperimentare una piacevole sensazione di leggerezza. Qualche istante, prima di passare dal grande arco di muratura posto all'entrata del casale, notò una grande berlina sostare davanti al muretto di cinta. Voltando lo sguardo, si vide salutare con il movimento della mano. Rallentò e focalizzando, cercò di avere ragione del gran buio che lo circondava. Attraverso il finestrino di quella Mercedes, riconobbe la moglie. Si fermò, convinto che lei scendesse, ma Camilla non lo fece e lui, dopo qualche secondo, proseguì verso l'interno del cascinale. Pensò di aspettarla davanti al portone di casa, ma visto il protrarsi dell'attesa, si decise ad entrare. Lasciò la valigia all'ingresso e, dopo essersi spogliato velocemente, sentì la necessità di farsi una doccia. Quel tiepido benessere lo avrebbe senz'altro aiutato a togliersi un po' di stanchezza del viaggio.

«Ciao, amore, ben arrivato» gli disse la moglie, mentre lui, uscendo dal bagno, indossava l'accappatoio.

«Ciao, ben tornata anche a te... facciamo le ore piccole, ragazza?» le disse, in tono ironico.

«Sì, una piacevole cena di lavoro... in ditta mi vogliono bene e... poi sono molto apprezzata».

«Ma... solo per il lavoro?» chiese Stefano, tra il serio e il faceto.

La donna sorrise, arrossendo in volto. Per un attimo si sentì scoperta e impreparata ad affrontare il sarcasmo del marito che, con quelle poche parole, mostrava tutta la sua gelosia. Cambiò volutamente discorso, rimandando l'argomento che la riguardava ad altra occasione.

«Allora come va in cantiere?».

«Non tanto bene... la mia sopportazione è arrivata al limite e, menomale, che mi hanno concesso di staccare... stare giorno e notte là sotto c'è da impazzire. Senza poter vedere la luce del sole e con un rumore infernale... ogni tanto qualcuno dà i numeri... comprensibile».

«Posso solo immaginare... io non ce la farei mai a reggere».

«E tu, Camilla, con il tuo lavoro?».

«Benissimo... sono molto soddisfatta. Ho tre nuovi cantieri da seguire e poi mi è servita molto anche la precedente esperienza nel design. È un completamento a chi vuole costruirsi una casa, avendo il terreno... per chi ha soldi, beninteso».

«Ah, di quelli ce ne sono. E, poi, basta lavorare qualche anno all'estero e te li fai. In tre anni ti compri casa, come qualche mio collega...».

«Potresti provare anche tu, sarebbe una nuova esperienza quella di lavorare dell'estero. Se te la senti...».

Stefano la guardò, perplesso. Cercò di capire questo suo capovolgimento di pensiero e si convinse che qualcosa era cambiato. Avrebbe potuto essere un suo tentativo per fare pace? O era un modo per allontanarlo, per sentirsi libera? E mentre la sua mente si arrovellava alla ricerca di una risposta, Camilla ritornò sul discorso, con un'insolita pacatezza intrisa di moralismo.

«In fin dei conti... è giusto che ognuno viva la propria vita con un impiego che sia concernente ai propri studi. Già l'indirizzo scolastico è una prima scelta». Quelle parole della moglie avvalorarono la sua seconda ipotesi ed egli si sentì morire dentro, ma fece di tutto per non lasciarlo trasparire. Decise di non ribattere e, pervaso da una grande stanchezza, ripiegò in camera da letto, dove, infilato il pigiama, divenne tutt'uno con il materasso. Si addormentò di botto, senza salutare. Ben presto il suo russare divenne insopportabile e Camilla decise di andare a dormire sul divano della sala.

Quando, al mattino, Stefano si svegliò, Camilla era già uscita per andare al lavoro. Il divano letto era ancora disfatto e la cucina non era stata rassettata. Non era da lei lasciare in disordine e questo pensiero lo fece riflettere.

Poi, nei giorni che seguirono, specialmente in quelli festivi, ebbe modo di notare il significativo cambiamento della moglie. Camilla riservava più tempo alla cura della propria persona. Aveva preso a truccarsi, cosa che prima faceva di rado ed, inoltre, c'era stato un mutamento di abitudini nella vita di tutti i giorni. Era attenta alla linea e, anche per andare al lavoro, sceglieva vestiti più provocanti, abbandonando la sobrietà che l'aveva sempre contraddistinta. Era più allegra e spiritosa, di umore migliore, piena di energia e di voglia di fare, ma non coinvolgeva il partner nelle sue iniziative: era divenuta indipendente ed usciva sempre più da sola. Era pervasa dal senso del proibito che le aveva fatto ritrovare interesse per il sesso, anche con il marito, però, durante l'amplesso, non riusciva a non pensare a Roberto. Stefano aveva notato una maggior scioltezza nel fare l'amore con nuove fantasie, mai sperimentate prima. Quella Camilla, che lui amava, non esisteva più, sostituita da una donna di mondo frivola, fortemente decisa ad avvalersi della sua civetteria femminile. Lui prendeva atto del cambiamento, che in parte, comprensibilmente, attribuiva alla sua continua lontananza, ma qualcosa dentro di sé lo rifiutava. Quella che stava vivendo non poteva essere la realtà, ma solo uno storpiamento di essa. Doveva intervenire subito, prima che il processo divenisse irreversibile. Pensò, prima di parlare alla moglie, di sentire il parere della madre.

«Ascoltami Maria... volevo sentire te per quanto riguarda Camilla. La trovo molto cambiata... è molto più indipendente, allegra e piena di forze e... di questo sono contento, ma la sento lontana... come se vivesse in un mondo tutto suo, dove è difficile farne parte. Da com'era prima... è quasi impossibile riconoscerla. Capisco che la mia lontananza non le abbia giovato, anzi... ma da lì a diventare l'opposto di quello che era... è incredibile... non so a che santo votarmi... forse tu, che hai più contatti con lei, mi potresti aiutare...».

«Sì, concordo con te... Camilla è cambiata tanto e in poco tempo. Il nuovo lavoro l'ha riempita di sé, facendo peggiorare anche il rapporto con Mattia, che è quasi sempre da me, spesso anche di notte. È come se esistesse solo lei e non volesse legami... neanche da ragazza era mai stata così... da timida che era... è divenuta sfrontata e, anche con me, utilizza un vocabolario spesso volgare. Io l'ho redarguita più volte, anche pesantemente, mettendola di fronte alle proprie responsabilità, ma lei... mi ha sempre mandato a quel paese. Io, però, non mollo!».

«Brava... e io... cosa potrei fare? Non so se... affrontarla di petto per capire cosa sta succedendo o far finta di niente... forse è un periodo di assestamento dopo la psicoterapia... sarei tentato di sentire anche la dottoressa... forse lei mi può essere di aiuto. Dai... domani provo a chiamarla e spero che abbia un pò di tempo per me».

«Forse faresti meglio a chiedere un colloquio...» consigliò Maria.

«Sì, forse è meglio. La chiamo subito».

Antonio era rientrato da poco e, dopo aver salutato, volle esprimere il suo pensiero in merito, anche se aveva sempre lasciato alla moglie il compito di intervenire con la figlia.

«Sono dispiaciuto per te, ragazzo mio... anch'io come Maria non mi spiego quanto sta avvenendo... forse qualcuno al lavoro sta approfittando di questo momento di sbandamento della ragazza. Forse... potresti andare a prenderla al lavoro qualche volta...».

«Non mi sembra il caso proprio adesso... sarebbe una mancanza di fiducia nei suoi confronti... si sentirebbe controllata... aspettiamo ancora un po'» rispose Stefano, mentre Maria assentiva con il capo.

Stefano riuscì, prima di ripartire alla volta del Gran Sasso, a parlare direttamente con la psicologa che, in parte, non nascose la propria perplessità davanti a questo capovolgimento di fronte della ragazza.

«La reazione alla terapia è sempre diversa per ogni paziente, ma rimane pur sempre circoscritta in certi canoni. Visto che così non è, forse è il caso che si prosegua con altre sedute per cercare di capire... ma, se è così, sarà molto difficile convincerla a tornare da me. Io, comunque, le consiglierei di non intervenire subito, lasciando decantare la cosa. Al suo prossimo rientro dal cantiere, Camilla potrebbe aver trovato una dimensione più consona al suo personaggio iniziale».

A fronte di quei suggerimenti, Stefano si decise a tralasciare ogni tipo di intervento, anche se la sua gelosia era di ben altro parere. Prese le distanze dall'argomento e si dedicò al compleanno di Mattia. Si recò all'asilo e, parlando con i genitori dei bambini, li invitò a portare i propri figli in cascina, dove, sulla grande aia, avrebbero potuto giocare, festeggiando il compleanno del compagno. La festa riuscì molto bene e Mattia spense le sue cinque candeline, felice di aver giocato per tutto il tempo con gli altri bambini.

Quando Camilla tornò da Milano, molti dei genitori erano già ritornati in cascina per riaccompagnare i figli a casa. Mattia la guardò male e rifiutò il suo abbraccio, ma lei, per niente contrariata, si avviò verso casa, lasciando che il marito provvedesse a salutare gli ultimi genitori in partenza. Un comportamento insolito il suo, dopo che, per anni, aveva profuso ogni sua risorsa per la creatura che aveva portato in grembo. Inizialmente con l'ansia di non farcela ad essere una buona madre, ma quasi subito riscattata dall'amore che, ogni giorno, le dava la forza di crescere al meglio il suo bambino. Il suo sorriso e quegli occhi color del cielo l'appagavano di ogni sforzo, di ogni fatica giornaliera e notturna.

Mattia, che tutti in famiglia chiamavano Mati, era un bimbo molto acuto, aveva iniziato a parlare molto presto e, a detta di tutti, anche delle maestre, aveva una proprietà di linguaggio molto buona. Mostrava una vivacità intellettiva che lo portava a cercare stimoli sempre nuovi e giochi di inventiva sempre diversi. Non si accontentava dei giochi preconfezionati, ma spesso li interpretava a modo suo. Amava molto ascoltare racconti e storie sia dai libri, sia di vita passata di nonni e genitori.

Maria si occupava di lui in assenza della madre. Lo accompagnava e lo andava riprendere all'asilo, cercando di non sostituirsi al personaggio materno, anche se, tante volte, specie quando era più piccolo, l'aveva sentito suo, in una totale rivisitazione della maternità di un tempo. Intelligenza e saggezza l'avevano aiutata a non invadere un campo che non le apparteneva. Mattia ascoltava con interesse la nonna mentre raccontava della sua adolescenza, quando i tempi erano diversi ed i giochi erano molto semplici. Lui rideva e l'abbracciava, aggrappandosi al collo. Da questo gesto, divenuto consueto, Maria aveva ritratto lo spunto per chiamarlo "scimmietta". Quando, però, si entrava in contrasto con lui, da bambino dolce e collaborativo, rispondeva in maniera abbastanza prepotente e con termini poco rispettosi, che in casa non erano utilizzati da alcuno. Maria ne aveva parlato alla figlia, cercando di convincerla a dedicare più tempo a Mattia, ma la sua risposta era stata un'alzata di spalle. Camilla mostrava così, in certi momenti, la propria insofferenza a dover interpretare il ruolo di madre. Un legame che la sua mente configurava con la perdita di quella libertà tanto desiderata, ma da poco acquisita attraverso un faticoso percorso psicologico di indipendenza. Era combattuta da questa alternanza di amore e intolleranza che, pressoché figurativa, era una ribellione verso chi le ricordava la propria condizione. In quei momenti, si sentiva come la ragazzina svogliata che, non avendo studiato, era redarguita dalla maestra. Quella era una situazione da evitare e, per questo, Camilla lasciava il campo senza una parola, demandando alla fisicità di un'alzata di spalle il compito di rispondere.

Nei mesi che seguirono, Stefano cercò di essere più assiduo nei rientri a casa. La situazione, a detta di Maria, era pressoché stazionaria, anche se Camilla aveva diradato le sue uscite serali. Il mese di maggio si avvicinava e per festeggiare il sesto anniversario di matrimonio, Stefano pensò di proporre alla moglie un viaggio di una settimana a Firenze: una delle destinazioni italiane più interessanti e ricche di atmosfera. Città evocativa del passato, era considerata nel mondo intero come il centro di nascita del Rinascimento, culla dell'architettura e dell'arte, con il suo centro storico ricco di chiese, monumenti, palazzi rinascimentali dalla bellezza mozzafiato, tanto elogiati dai poeti di ogni tempo. Stefano sperava che il fascino e lo splendore del passato di quella città avrebbero giovato al rapporto di coppia, rinsaldando la loro unione. Camilla accettò, entusiasta di quella nuova esperienza dove si sarebbe estraniata dalla routine quotidiana. Tutto ciò che era novità aveva un forte ascendente su di lei che, nell'attesa dell'evento, sperimentava un piacevole senso di leggerezza. Era l'euforia del "Sabato del villaggio" che migliorava il suo umore, permeando e colorando la sua vita psichica, percepita come stabile da chi le stava intorno. A fronte di ciò, Stefano optò per un itinerario romantico della città, scegliendo con cura tra i luoghi eletti scenari di poesia.

Prenotò un hotel elegante e raffinato a Santa Maria Novella, nei pressi della stazione ferroviaria, che riscosse, da subito, l'apprezzamento di Camilla.

«Ma che meraviglia di albergo hai scelto... qui spendiamo una fortuna».

«L'importante è che ti piaccia e poi... ogni tanto è bello anche farsi coccolare. È il nostro anniversario di matrimonio e per questo, dopo averglielo comunicato, ci hanno riservato un trattamento particolare... dobbiamo festeggiare alla grande e... dove... se non in questa città che è la meta del romanticismo. Non essendoci mai stati, abbiamo tutto da scoprire insieme... vedrai ho programmato un itinerario speciale per gli innamorati... e noi lo siamo ancora, vero?». «Certo, amore mio, io lo sono fin dal primo giorno che ti ho conosciuto... impossibile non amarti... e tu?». «Io so che tu sei la mia gioia grande ed io ti amo da impazzire» concluse Stefano mentre, dopo averla abbracciata, la riempiva di baci guardandola negli occhi. Il sorriso era quello di due persone felici, consapevoli della forza del loro sentimento che si alimentava nella reciprocità di sentirsi amati. Passeggiando mano nella mano, raggiunsero il Ponte Vecchio, la cui bellezza da sola bastava a levare il fiato. Poi, senza fretta, proseguirono lungo la Galleria degli Uffizi, dove, quasi ogni sera, i suoi scalini diventavano dei palchetti per assistere ai violinisti e ai chitarristi di strada, che allietavano l'aria con i loro suoni allegri e, a volte, malinconici. Tutto contribuiva a creare quell'atmosfera un po' retrò che avvolgeva come una grande sfera incolore tutta la città. Camminando sotto i portici, a lume di lampione, poterono udire i fruscii dell'Arno che scorreva tranquillo nel suo letto. Al tramonto si sarebbe tinto di rosso, mentre i musicisti di strada avrebbero iniziato ad intonare le loro melodie. Era quello il momento per ritornare sul Ponte Vecchio e scambiarsi un romantico bacio. Stefano e Camilla fecero suo quel magico momento. Lui si chinò a baciarla, confermando quel luogo uno degli scenari più belli per scambiarsi una dolce effusione. Lei gli offrì il suo sorriso solare, dove traspariva tutta la gioia. Ora, era la Camilla di sempre, la donna che l'aveva fatto innamorare con il raggio di luce che irradiava i suoi occhi e con quella dolcezza capace di ammaliare. Altri baci languidi e lunghissimi segnarono sia la terrazza occidentale che dà sul ponte delle Grazie, alle spalle del Cellini, sia quella orientale, incorniciata dalle vetrine scintillanti degli orefici e dal corridoio del Vasari. In poco tempo, la loro unione era ritornata ad essere la fucina dell'amore, dove il respiro dell'uno era quello dell'altro. Quei momenti di tenerezza erano così lontani dalla fantasia di entrambi che furono vissuti in silenzio, per non spezzare l'incantesimo di una magia divenuta realtà. Le endorfine si erano date un bel da fare a produrre la morfina dell'amore e a scambiarsela attraverso il dialogo dei cuori. L'itinerario romantico suggeriva, a pochi passi dalla zona, di cercare via del Corno, un vicolo stretto e corto, piano stradale lastricato, senza marciapiedi, dove il sole faticava a filtrare dai tetti. Qui non era la panoramica ad affascinare, ma la seducente cornice letteraria. Infatti, qui, dentro le finestre delle case a lato della strada, vivevano gli amori nati dalla penna di Vasco Pratolini, lo scrittore di "Cronache di Poveri Amanti", romanzo neorealista del 1946, ambientato nella Firenze degli anni '20. In questo libro e, in questa via, tutti avevano fatto tutto per passione della propria donna, degli ideali, del lavoro, della rivoluzione, dell'Italia. Qui, nella contrada delle relazioni amorose, Stefano e Camilla si presero tutto il tempo per scambiarsi un bacio in mezzo alla strada, all'ombra dei "Poveri Amanti". Intanto, la luna, come una piccola falce argentata, aveva fatto la sua comparsa nel cielo ed, interponendosi tra loro, era intenzionata a parlargli, dopo aver assistito al rinnovarsi del loro amore. Lo fece con voce sottile e pacata, mentre l'emozione la faceva pulsare, ammaliando ancor di più i loro sguardi.

«Posso essere io la musa ispiratrice del vostro amore?» parve chiedere con tanta dolcezza «guardarvi negli occhi e trasmettervi ancora l'euforia del primo incontro, del primo bacio, dove il vostro cuore batteva per la grande emozione? Fatemi un cenno con gli sguardi ed io vi inonderò di quella linfa vitale, capace di innamorare». Soddisfatta della risposta, il piccolo astro risalì verso il cielo, spadroneggiando nella volta celeste. Spettegolò con le stelle e comunicò loro che un nuovo amore aveva arricchito la Terra.

Nei giorni che seguirono, i due "novelli" sposi si impegnarono a seguire alla lettera l'itinerario che li portava ad ammirare i panorami della "prima volta". Si recarono sulla collina di Bellosguardo, dalla quale Firenze sembrava una cartolina dipinta a mano: Porta San Frediano, il Duomo, Palazzo Vecchio, Santo Spirito, Santa Croce, Villa Pagani, il Giardino Torrigiani, Palazzo Pitti. Una vista suggestiva e per lo più sconosciuta al turismo di massa.

«Da qui è una meraviglia... e poi tra questi ulivi si è soli e tutto è avvolto da un insolito silenzio... incredibile» aveva sussurrato Camilla, quasi a non volere spezzare quell'incantesimo.

«Sì, qui non ci vede nessuno... è l'ideale per...» Stefano finì la frase sulle labbra di Camilla, che aspettava il bacio con desiderio.

Poi, l'ingegnere prese a leggere a voce alta, un aneddoto su quel luogo.

«Anche questa collina ha il suo amore d'autore e fu proprio Bellosguardo a vedere tra il 1812 e il 1813 sbocciare e tramontare l'amore tra il poeta Ugo Foscolo e Quirina Mocenni Magiotti, una nobildonna di Siena che lo amò serena, costante e infaticabile per tutta la vita, senza essere corrisposta. Per di più, fu proprio nella Villa Torricella, distrutta nei primi del Novecento, che Foscolo compose i versi del celebre carme "Le Grazie"».

«Obbligata, novello cicerone, di questi vostri preziosismi» esclamò Camilla, tra il serio e il faceto.

«Lei ha trovato in me una delle guide più esperte, naturalmente il costo è molto elevato... lo studio e il continuo aggiornamento... sono la base per la migliore prestazione».

«Come posso pagarvi, mio luminare?».

«Ah, come volete...».

«Anche in natura?».

«Quello è il pagamento che preferisco» rispose Stefano mentre, avvicinatosi a lei, la stringeva con passione, tanto da farle mancare il respiro. La sera, in una camera di broccati oro e turchesi, Camilla pagò il suo debito al sapiente di corte che, per l'occasione mise a nudo le proprie velleità.

Ben presto, inoltrandosi per la città, si rivelò loro anche la storia di un amore clandestino in Piazza Santa Croce, destinato a far parlare di sé. Infatti, questa Piazza, nonostante la sua notorietà, era stata scelta per l'amore nascosto che si era consumato tra il poeta Vittorio Alfieri e la contessa d'Albany, Luisa Stolberg, moglie del pretendente al trono d'Inghilterra Carlo Edoardo Stuart. I due si erano conosciuti nel 1777 proprio all'interno della Basilica di Santa Croce: un colpo di fulmine che li condannò ad amarsi fortemente e clandestinamente sino alla morte del marito. L'Alfieri considerò la contessa la musa ispiratrice della sua arte. Il poeta scriveva di lei: "La mia unica donna, la vita della mia vita, la dolce metà di me stesso".

«Che bella e intensa questa storia d'amore... sono sempre quelle più nascoste, le più clandestine ad avere un carico maggiore di passione... fino a divenire quasi struggente» disse Camilla.

«Ne parli con convinzione, proprio come se tu l'avessi sperimentata... mi sono forse perso qualcosa?».

La donna fece una gran risata e rispose: «Forse ti sei

perso qualche puntata della nuova telenovela in televisione, dove le corna sono molto di moda...».

«Allora non fa per me...» concluse Stefano che, pur non convinto da quelle parole, lasciò sedare il suo tumulto interno.

Intanto i giorni volavano via e la clessidra del tempo svuotava ancor più velocemente il suo contenuto di sabbia. Impossibile fermarla, se non attraverso la costante ricerca di una felicità che si sarebbe protratta anche oltre quel viaggio. Era un voler imprigionare un po' di quell'atmosfera pregna di poesia, per poi rilasciarla nella vita di tutti i giorni, migliorando l'interiorità di ognuno, con beneficio di coppia. Ora anche Camilla e, non solo Stefano, era intenzionata a farlo, cercando di ricavare il più possibile da quell'uscita a due che, ogni giorno di più, raccoglieva il suo consenso.

Proseguendo nell'itinerario romantico della città, seppero che anche Firenze, come Verona, aveva la sua finestra delle "struggenti" attese, rinominata dai fiorentini "la finestra sempre aperta". Era l'ultima a destra di Palazzo Budini-Gattai, un tempo Palazzo Grifoni, quello a mattoni rossi sul lato opposto della Basilica di Piazza Santissima Annunziata, all'angolo con via dei Servi. Il luogo, stando alla leggenda, era particolarmente ideale per scambiarsi un bacio che a lungo era mancato. Infatti, si narrava che, sul finire del '500, in quelle stanze vivesse una giovane coppia di sposi, la cui felicità era stata interrotta brutalmente dalla guerra. Il marito, un tale Grifoni, fu chiamato alle armi e partì a cavallo, ma non prima di aver ricevuto l'ultimo saluto della moglie. Lui non tornò mai più, ma la moglie l'attese affacciandosi ogni giorno da quella finestra, fino all'ultimo istante della sua vita. Quelle persiane, dopo centinaia di anni, erano ancora aperte o socchiuse per permettere allo spirito di quella donna di continuare ad attendere il ritorno dell'amato.

«Questa storia d'amore tocca il cuore» esordì Stefano, visibilmente emozionato. Camilla, rimasta in silenzio, si era calata nella figura di quella donna, costretta all'attesa dell'uomo che amava. Era partecipe di quella sofferenza subita, riportandola al suo ambito familiare, da dove, per soddisfare le sue pulsioni più intime, aveva cercato evasione. La coscienza si ribellava, ma lei cercava di azzittirla facendo leva sul fattore umano. Il dialogo con Dio che, attraverso la preghiera aveva cercato di pacificare i suoi giorni e le notti, si era interrotto, facendo decadere ogni senso di colpa. Si sforzava di sentirsi libera, anche se solo figurativamente e non c'era giorno che le parole di biasimo della madre non occupassero la sua mente, fino a desiderare di ridurre i loro incontri all'essenziale.

«Camilla dove sei? Ti sento lontana...» chiese il marito. La risposta della moglie non si fece attendere, immediata e pregna di partecipazione: «Per un attimo ho pensato al dramma di quella donna... è incredibile come certi eventi possano sconvolgere la vita di una persona, fino a non essere più vita, ma solo un vegetare nell'attesa di un cambiamento che non arriverà mai. Queste cose succedevano un tempo... oggi, per fortuna, non accadono più».

«Forse che l'amore di un tempo era più forte di quello di oggi?» commentò Stefano, con un pizzico di malizia.

«Non penso... era la donna a non avere la giusta libertà, con una sudditanza totale all'uomo. Di questi tempi, quella moglie avrebbe cercato di appagare i suoi desideri d'amore altrove, mettendo al primo posto la sua persona. L'emancipazione femminile ha fatto passi da gigante... e menomale... la sottomissione è finita».

Le parole di Camilla furono percepite dal marito come l'ammissione del proprio stile di vita cambiato. Decise di non controbattere, mentre un brivido a pelle lo faceva sussultare. Si sforzò di sorridere, senza riuscirci, palesando il suo dissapore. Il silenzio che ne seguì fu più eloquente di tante parole e contribuì a rafforzare quel sospetto che faceva ansimare il suo cuore.

Proseguendo in quell'itinerario dell'amore che tanto piaceva ad entrambi, raggiunsero la meta di un vero e proprio pellegrinaggio per gli ultimi innamorati romantici o dantisti appassionati. Il portone di Santa Margherita dei Cerchi, meglio conosciuta come la chiesa di Dante e Beatrice, era un autentico monumento immortale all'amore. Al suo interno, si supponeva che Dante avesse visto la "tanto gentile e tanto onesta" Beatrice per la seconda volta, dopo il primo incontro avvenuto all'età di nove anni. Il quadro di una pittrice inglese, collocato alla destra dell'ingresso della chiesa, suggellava quell'evento premonitore. L'ipotesi di questo incontro non era inverosimile in quanto il poeta abitava a pochi passi dalla chiesa e Beatrice aveva al suo interno sepolti alcuni familiari, tra cui il padre. Santa Margherita dei Cerchi era la testimone dell'amore più sublimato, desiderato, e mai appagato di sempre.

Una relazione fatta solo di sguardi rubati, elevata dalla poesia, ma mai senza un bacio che ne rivelasse la presenza reale. La purezza di questo amore meritava un bacio, non troppo audace, di fronte al portone di questa cappella... e Stefano provvide, seguendo alla lettera il consiglio della guida cartacea. Sfiorò le labbra della moglie, delicatamente, come la farfalla su un fiore. Lei lo guardò con dolcezza, contribuendo a quella tenera evasione.

Poi, di concerto, all'interno della chiesa, ognuno di loro lasciò un bigliettino nel cestino posto di fronte alla tomba "simbolica" dell'angelica Beatrice. La credenza di tutti gli innamorati transitati di lì era quella che quel gesto, suffragato dalle preghiere, avrebbe portato fortuna e solidità al sentimento che li univa.

Firenze aveva rivelato le sue storie d'amore più romantiche ed ora offriva il girovagare tra un locale e l'altro dove assaporare la prelibata cucina toscana, l'assistere a concerti e spettacoli o rilassarsi tra parchi e giardini. Al curiosare tra le vetrine dei negozi di alta moda degli stilisti più famosi del mondo, la coppia preferì ammirare le tipiche botteghe artigiane dove poterono trovare pittori ed artisti all'opera. Quadri e manufatti di ogni genere destavano ammirazione e contribuivano ad arricchire la loro voglia di sapere, che pareva non saziarsi mai. Erano come un bambino che, ogni giorno, scopriva il mondo intorno a sé, con curiosità e stupore, ammirando ogni cosa sempre con occhi diversi. La bellezza, che li circondava, contribuiva a quella rinascita interiore, a lungo desiderata e per troppo tempo assopita tra la rituale ed incessante monotonia di ogni giorno. Ora si riscattava e, in cambio, offriva nuovo smalto all'esistenza, dove la gioia di ogni giorno diveniva palpabile.

Stefano avrebbe voluto trascorrere gli ultimi giorni tra le dolci colline del Chianti. A tal proposito, si decise a sentire il parere del proprietario dell'albergo, persona distinta e molto disponibile con i clienti.

«È una zona collinare affascinante, nella sua diversità, non meno delle celebri città fra cui è compresa. È un piccolo cuore... nel grande cuore della Toscana. Merita senz'altro di passarci qualche giorno... io ho un amico che ha un piccolo albergo a Radda in Chianti, capitale del Chianti Classico. Questo vecchio maniero è situato in una posizione bellissima, in mezzo alla natura, circondato da vigneti e uliveti a perdita d'occhio. È molto apprezzato da artisti che arrivano da ogni dove… pittori, scrittori che vengono a ritemprare il loro spirito con la pace e la serenità che solo la natura può offrire. È veramente una chicca!».

«Che meraviglia!» esclamò Camilla «e… come si chiama questo posto?».

«È il podere "Le Vigne"… quasi alle porte di Radda. Trovate l'indicazione proprio prima di entrare nella cittadina… sulla sinistra… si scende lungo una strada sterrata… se decidete di andarci, dite all'amico Leonardo che vi manda Marco del "Vittoria Palace". Dopo lo chiamo, così sento se vi può riservare una camera… ne ha solo poche perché, come vi dicevo, è molto piccolo».

«Grazie, ci piacerebbe tanto» rispose Stefano, con un sorriso.

«A proposito… forse devo avere da qualche parte il foto-libro delle "Vigne", che mi ha donato Leonardo. È stato realizzato da un noto fotografo di Firenze, mentre la prefazione è stata curata da uno scrittore che da anni è un loro assiduo cliente, molto amico di Leonardo e Maria Teresa, che sono i proprietari. Lo cerco… così potrete dargli un'occhiata».

Prima di pranzo, Marco consegnò il foto-libro alla coppia. Camilla lesse ad alta voce la prefazione, prima ancora di visualizzare i ritratti panoramici.

"Il Chianti, una terra dove è piacevole lasciarsi andare a ritmi di vita lenti, ma sereni, calcando le orme di un passato dove l'esistenza, a contatto con il creato, si assaporava maggiormente. Ora, che, cari amici, siete entrati in questa terra da sogno, venite con me al podere "Le Vigne" e lasciatevi accarezzare dolcemente dalla natura…

Lasciamo la strada asfaltata alle porte del grazioso paesino di Radda in Chianti e, con molta cautela, ci immettiamo lungo una strada bianca che, pian piano, scende in una sorta di grande avvallamento. Un rumore di ciottoli e ghiaia fa eco al calpestio dell'auto, mentre una nuvola di terra bianca volteggia nell'aria al nostro passaggio. Laggiù, nel cuore della valle, si erige una vecchia tenuta di pietra che, come una sentinella, osserva estasiata quel circondario di vigne e uliveti che, a perdita d'occhio, si estende fino al limitare del bosco. Poca strada e, come per magia, ci immergiamo in quell'atmosfera pregna di profumi e suoni donati da una natura meravigliosa.

Frotte di uccelli si rincorrono festosi, volteggiando in un cielo terso abbellito da bianche nuvole di panna. Più in giù, dove le piante del bosco svettano fino a sfiorare la volta celeste, il filamento di una bianca nube sembra significare la firma che il Creatore ha desiderato apporre a questa tela d'incomparabile bellezza. Intanto, tra le fronde dei gelsi, un allegro cinguettio offre un concerto melodioso, capace di parlare al nostro cuore e connetterci con la sinfonia cosmica della creazione.

Cinciarelle, upupe, cardellini, merli, allodole, passeri, ghiandaie, usignoli e scriccioli si prodigano in canti che riecheggiano nella valle, quasi un eco continuo, una piacevole armonia.

Alle "Vigne" siamo i benvenuti, piacevolmente coccolati da un'atmosfera familiare, dove potremo assaporare anche i piaceri della buona tavola e del buon bere. Troveremo riposo nelle camere di "una volta" dove aleggia ancora il profumo dei panni stesi al sole ad asciugare...".

Benvenuti alle "Vigne"

Leonardo e Maria Teresa ci accolgono con il calore e la solarità che, da sempre, li contraddistinguono, pronti a soddisfare le nostre esigenze e le curiosità di una Terra tutta da scoprire.

La prenotazione fu confermata e la coppia lasciò Firenze alla volta del Chianti, dove arrivarono dopo un'ora di viaggio. Il territorio offriva quadri suggestivi formati dall'argento degli olivi, la verde geometria delle viti, le strade sottolineate dai cipressi e le gialle ginestre ai limiti dei boschi. In un susseguirsi di saliscendi si poteva godere di un paesaggio particolare, dove la mente trovava ristoro nelle distese di verde a perdita d'occhio. E poi... quei vecchi manieri che come sentinelle osservavano i vigneti e ne erano i custodi. Tutto suggellava serenità e si era preda di una dolce evasione. «Sono incantata da questi posti... ovunque guardi è uno spettacolo...» commentò Camilla, mentre l'auto serpeggiando tra le strade, spesso strette, si inoltrava verso Radda in Chianti. L'arrivo alle "Vigne" fu proprio come era stato descritto da quello scrittore, anche se il vivere quei momenti regalava ad ognuno ulteriori emozioni, connesse alla propria interiorità.

L'accoglienza dei proprietari superò ogni rosea previsione, tanto che la coppia decise che avrebbe festeggiato il prossimo anniversario di matrimonio proprio in quel luogo, dove il tempo sembrava essersi fermato. Tra i ricordi più belli, rimase loro il fascino del grande camino scoppiettante e il testo di una poesia che, inserita nel contesto di una grande fotografia del paesaggio, faceva bella mostra all'ingresso del vecchio maniero. Era l'anima dello scrittore a parlare, invitando l'ospite a lasciarsi avvolgere dalla bellezza. Stefano e Camilla, fin dal primo giorno, erano lentamente riusciti a lasciarsi andare, fino a sentirsi parte di quel mondo fatto di semplicità e spensieratezza. Quel poeta, senza nome, era riuscito a farli sognare, facendo rivivere il bambino che c'era dentro di loro. Una fiaba per adulti affinché tornassero piccini...

Coccole di vita

Assisto, piacevolmente stupito,
all'alba di un nuovo giorno,
ho una gran gioia nel cuore:
oggi in Chianti farò ritorno.
La mia anima volteggia nell'aria
e con le rondini squittisce,
canta alla vita e dolcemente ammansisce.
La campagna suggella alla mente
un piacevole senso di spensieratezza
e lo sguardo è rapito da tanta bellezza.
Un tiepido vento fa veleggiar l'anima mia,
sfiora i papaveri
e si tinge del giallo delle ginestre,
scende a danzare con i sottili fili d'erba,
fino a goder della pace agreste.
Nuovamente, poi, volteggia tra le foglie di un pioppo
tremulo e si unisce
al loro costante frinire,
fino a sublimarsi in un dolce e persistente gioire.
Alfine, a tarda sera, rincorre le lucciole
tra gli alti filari delle vigne,
si libra e gioca con loro, estasiata da quel pulsare insigne.
È bello tornare a 'sta dimora,

dove il sorriso è di casa già di buon'ora,
ti avvolge di luce e colora il giorno
e fa sì che il pensiero vada già ad un prossimo ritorno.
Coccolato da tante premure, penso, sorridente,
che è bello arricchirsi dentro relazionando con la gente.
Assisto, felice, alla mia rinascita interiore,
è il "sabato del villaggio" ed io ne pregusto già il sapore.
Il segreto della felicità è racchiuso qui,
tra lo stupore per le bellezze del Creato
e il sorriso che mi è stato donato.
Ma che cos'è veramente un sorriso...
forse... altro non è che una piccola anticipazione
di Paradiso.

Stefano era stato attratto, fin dai primi momenti di reciproca conoscenza, dalla figura di Leonardo che, alla simpatia, univa cultura e tanta semplicità. Era innato in lui quel sapersi stupire nell'ascoltare gli altri, dedicando tempo alla conoscenza interiore della persona che, relazionando con lui, sperimentava il piacere del dialogo. A ciò si aggiungeva quel suo modo di accogliere e mettere a proprio agio il turista che, beneficiando di questa vicinanza, percepiva la piacevole sensazione di "sentirsi a casa". Camilla aveva provato la stessa ammirazione per Maria Teresa, che gioiva nel donare agli altri la propria fonte di sapere artistico e letterario. Donna dal tratto deciso, che stupiva per la sua grazia e signorilità, era felice di confrontarsi con Camilla, al pari di una figlia.
Questa empatia creatasi tra le coppie, unita all'ambiente casereccio, resero difficile ai "novelli sposi" lasciare quella terra, quel cuore della Toscana pulsante d'amore.
La promessa di un "arrivederci" sigillò il commiato, regalando un'emozione raramente sperimentata prima.
«Che posti e che gente... non avrei mai pensato prima

di partire di trascorrere una vacanza così... un vero sogno... grazie Stefano» era stato il commento di Camilla, mentre l'auto lasciava il casale sollevando una nuvola di polvere bianca.

Quel viaggio nell'arte, nell'amore, con un ritorno alla semplicità, aveva in parte cambiato l'approccio alla vita di Camilla. Alla modernità, eleganza e sontuosità della città, ora preferiva la naturalezza e spontaneità della campagna, riuscendo anche a restare sola con se stessa dopo tanto tempo. Era stato sufficiente uscire dal proprio mondo, dove la consuetudine era divenuta una sorta di dipendenza, e relazionare con gente diversa, per migliorare la sua condizione psicologica. Era sua ferma intenzione iniziare a riscoprire la ricchezza della sua vita attraverso la bellezza della gente che la circondava, della famiglia, degli amici. Desiderava abbandonare parte della materialità a favore di un avvicinamento alla spiritualità, che avrebbe potuto ridare un senso al suo esistere. Sentiva di dover rivedere la propria realtà, come l'aveva vissuta e quali erano gli eventi che l'avevano contraddistinta. Riconoscere di avere sbagliato, affrontando il dolore causato per potersi riconciliare con Dio e sperimentare il Suo amore e la Sua misericordia. Era tempo di cambiare ed assaporare l'aria primaverile del rinnovamento.

Camilla diradò gli incontri con Roberto Zegna e manifestò la sua intenzione di porre fine a quello scambio di godimento reciproco dei corpi. Lui, in quell'ultima sera insieme, le aveva chiesto di intraprendere una relazione duratura, dichiarando di essersi innamorato di lei.

«Camilla... quello che sembrava un gioco, ora è per me un rapporto molto serio... sento di amarti e non posso fare a meno di te».

«No, non devi amarmi... proibito... si era detto fin dall'inizio che doveva essere solo sesso. Io amo mio marito, come ho sempre sostenuto... quindi sei tu che non sei stato al gioco! La cosa finisce qui... non avrebbe senso continuare... tra noi non c'è stato nulla, ripeto solo ed esclusivamente sesso... bello, sì, ma solo un soddisfare i propri corpi e nulla più. Quindi addio!».

«Sì, ma come farò ogni volta che ti vedrò passare in azienda? Io sono innamorato di te... ti amo davvero, devi credermi...».

«Tu pensi di amarmi, ma in realtà non riesci più a fare a meno del mio corpo... è quello che ami! È diventato una sorta di droga! Dobbiamo fermarci e disintossicarci! Io mi cercherò un'altra azienda... non ho problemi».

«No, Camilla, rimani... ti prego. Non ti verrò a cercare, ma tu non te ne andare».

«Impossibile restare... rischieremmo di ricaderci ancora ed io non voglio!».

Camilla era decisa ad uscire da quella situazione che la faceva stare male. Quel suo voler ostentare il suo corpo di donna per ricavarne il massimo del godimento, ora era visto come qualcosa di peccaminoso che, contrariamente a prima, andava a denigrare e depauperare la sua autostima. Conciliare quel tipo di piacere con la dignità della propria persona era divenuto impossibile. Era drogata di sesso, ma era intenzionata a curarsi, anche se era consapevole che non sarebbe stato facile. Si sentiva a tutti gli effetti una donna malata di erotismo, ma pur sempre una puttana, ed era arrivato il momento di riscattare questa immagine di sé che la faceva vergognare. Alla luce dei contatti acquisiti in azienda, non fu difficile per Camilla la ricerca di un nuovo impiego a Milano. Non effettuò alcun periodo di preavviso e lasciò la C&R quasi in punta di piedi, creando un certo sgomento tra i colleghi con i quali aveva operato a stretto gomito. Qualcuno le telefonò per capire le ragioni del suo gesto, ma lei addusse la sua scelta a sopraggiunti motivi familiari.

Al marito, invece, aveva giustificato questa decisione per il sopraggiunto demansionamento della sua figura professionale a favore del fratello del maggior azionista, insignito di ampi e ingiustificati poteri. Il capitolo si chiuse e Stefano evitò di ritornare sull'argomento.

Nella nuova Impresa Edile Comi & C., iscritta all'albo delle imprese artigiane dal 1971, le fu offerta una posizione più vantaggiosa della precedente, sotto tutti gli aspetti, dal professionale all'economico, con la possibilità, dopo un anno, di diventare azionista e partecipare ai dividendi aziendali.

Inizialmente l'attività dell'impresa era stata rivolta verso il privato, prevalentemente per opere di costruzione e ristrutturazione di abitazioni. Poi, negli anni successivi, grazie alla versatilità e all'esperienza maturata, suffragata da competenze acquisite nel settore specifico, si era evoluta verso la realizzazione di manufatti in cemento armato a struttura più complessa, tale da soddisfare le esigenze residenziali dell'edilizia commerciale, industriale ed anche pubblica. Secondo i canoni della più solida tradizione artigianale, si poneva particolarmente cura alla qualità, alla perfezione tecnica ed architettonica dell'opera.

Camilla era particolarmente felice di questo cambiamento in atto, che tagliava i ponti con il passato, se pur recente, anche se all'orizzonte stentavano a dissolversi i tratti di due figure assatanate alla ricerca del piacere. In quei momenti cercava evasione con la mente, anche se il sangue le ribolliva dentro, facendola sussultare e vibrare di passione. A volte, nel silenzio della notte, gemeva e spasimava di bramosia fino ad arrivare al pianto. Era tentata di chiamare Roberto che, ancora una volta, l'aveva stupita per la sua signorilità. Infatti, non l'aveva più cercata, lasciandola libera da ogni vincolo. Camilla trovava conforto solo nella somministrazione di un barbiturico che, a suo tempo, le aveva prescritto la psicologa, anche se, al mattino, doveva far leva sulla volontà per combattere gli effetti ancora in atto del sedativo. Era intenzionata a non sfogare la sua sofferenza con nessuno, neanche all'amica più cara che, forse, pur comprendendo, non avrebbe potuto sedare il suo malessere. Era, però, altresì convinta che un giorno avrebbe dovuto confessare al Buon Dio il suo peccato, per poi vedersela con il marito. Intanto, dedicava ogni sua energia a Mattia, cercando di recuperare in quella missione di madre che, per tanto tempo, era stata abbandonata a favore della donna. Ci riuscì, almeno in parte, e ne ebbe la conferma attraverso il cambiamento del figlio che, ogni giorno, aspettava il suo rientro dal lavoro, per parlarle delle sue conquiste giornaliere e dei suoi amori in quell'ultimo anno di asilo.

SECONDA PARTE

5

Camilla, dopo aver dialogato con il parroco della Parrocchia, esponendo il suo momento di sbandamento, si convinse ad accettare il consiglio di impegnarsi in un ritiro spirituale. Era una forte esperienza interiore, aperto a tutti coloro che, sinceramente, cercavano il volto di Dio. Una settimana per staccare la spina, entrare nel silenzio, ascoltare la Parola, riflettere e pregare. Nel desiderio di allargare il proprio cuore, Camilla avrebbe dato la possibilità a Dio di incontrarla nel profondo. Quest'ultima considerazione la convinse ad intraprendere quel nuovo sentiero verso una possibile pace interiore.

Trovò accoglienza presso il Centro di Spiritualità "Maria Candida", ubicata in Armeno, un piccolo Centro montano della Diocesi di Novara, a cinque minuti dal Lago d'Orta. Nata nel 1971 come Casa di Esercizi Spirituali per suore, il Centro aveva dilatato la ricezione a Diocesi e Parrocchie. La struttura, che disponeva di parecchi posti letto, era molto grande con al suo interno una chiesa, una cappella e un locale con tabernacolo denominato "Deserto" per momenti di meditazione personale. Il tutto circondato da un ampio parco molto curato, con angoli attrezzati per riposare, leggere e rigenerarsi a contatto con la natura. Alcuni padri spirituali assistevano i pellegrini, proponendo percorsi con letture, canti, contemplazione, spiritualità e mortificazione. All'inizio del ritiro, Camilla visse i primi momenti con difficoltà. Era come se il mondo si fosse fermato, facendola entrare in un ambiente che non comprendeva. Il disagio di accettare quella realtà, le suggeriva di andarsene, di scappare per non complicarsi ulteriormente la vita. Fu aiutata a desistere nell'intento da un padre spirituale che, avendo letto sul suo volto una smorfia di malessere, le parlò con molta pacatezza.

«Devi avere pazienza, figlia mia, aprirti all'opera di Dio e permettere che sia Lui a guidare i tuoi passi. Ti devi fidare ciecamente del Suo operato su di te. Dovrai fare una pausa che ti porterà a rivedere la tua vita, come l'hai vissuta, quali eventi l'hanno contraddistinta, guardare in faccia al tuo peccato e riconoscere di avere sbagliato, ma... soprattutto perdonarti».

«Sì... ma poi?» chiese la giovane donna, preda di tanti interrogativi che si avvicendavano nella mente.

«Successivamente, dovrai affrontare il dolore che hai causato agli altri e non sarà facile da accettare e assimilare, ma è l'unica strada per riconciliarsi con Dio e sperimentare il Suo amore e la Sua misericordia».

Lentamente, con il passare dei giorni, Camilla prese atto della sua oscurità, ma, nello stesso tempo, riuscì a scorgere l'opera di Dio nella sua vita attraverso la bellezza della famiglia, degli amici e di tutte le persone che, in quei giorni, vivevano con lei i momenti di ritiro. Era un riscoprire la ricchezza della propria vita, un tesoro impagabile che, da qualche tempo, era nascosto ai suoi occhi.

I momenti di preghiera erano molto intensi. Dio si manifestava in modi inaspettati e in momenti sorprendenti: nell'accostarsi al Santissimo Sacramento, nella riflessione e condivisione con gli altri. Camilla era stupefatta e si lasciava cullare da questa Presenza che iniziava a percepire intorno a sé, nella stessa aria che respirava. Una nuova verità stava dando un valore al suo esistere e inquadrava le cose in una dimensione diversa, certamente più vivibile e pregna di significato.

Era meraviglioso riscoprire la presenza di un Buon Padre, che, oltre a conoscere ogni dettaglio del suo cuore, la faceva sentire uno dei figli prediletti. Un Padre che rispondeva ad ognuno in base alle sue necessità. Partecipare a un ritiro aveva dato la possibilità a Camilla di accedere a una nuova realtà, dove era piacevole guardare verso il cielo e perdersi nella contemplazione dell'infinito, poche volte ammirato. Volare alto e lasciarsi trasportare dalle correnti ascensionali verso una dimensione ascetica, mai sperimentata prima. Potersi fermare a rileggere il tracciato della propria vita, e cambiare direzione nell'accorgersi di essersi persi in un sentiero che non mirasse alla vetta. Il dedicare più tempo alla presenza del Signore, come avveniva in un ritiro, le aveva ricordato che, per parlare e conoscerLo, era indispensabile pregare. Solo in questo modo si attivava la comunicazione con Lui e il segno di croce era il prefisso da comporre per chiamarLo. Attraverso l'esperienza di quel ritiro aveva conosciuto amicizie speciali, con le quali sarebbe rimasta in contatto ed avrebbe condiviso parte della sua vita. Ciò che più importava, però, era che il profondo silenzio che la circondava gli aveva permesso di assaporare il bisogno di tornare a Dio.

I sacramenti della Riconciliazione e dell'Eucaristia erano la forza che la rinnovavano in Cristo. Il passaggio più difficile era stato perdonare se stessa per gli errori commessi nel passato. Ci riuscì, ricordando in continuazione a se stessa, alla mente e al suo centro divino, le parole del padre spirituale che più le era stato vicino: *"Il passato è passato e non puoi cambiarlo. Solo così comprenderai che questa verità ti permetterà di liberarti dalla prigione che ti sei costruita con le tue mani. Cerca di vedere gli errori del passato come importanti esperienze portatrici di grandi insegnamenti. Perdonati gli errori commessi e lasciati andare a una nuova gioia. Potrai raggiungere la pace interiore solo quando praticherai il perdono che ti impone di abbandonare il passato. Foraggia nuovamente l'autostima e ricorda che la fonte del bene è dentro di te, se saprai scavare dentro te stessa. Ritorna ad amarti e sarai pronta per donarti alla tua famiglia, divenendo una moglie e una madre migliore"*.

Camilla tornò a casa con un gran desiderio di gridare al mondo che Dio era vivo, e che era desiderosa di incontrarLo nella quotidianità, attraverso le persone che la circondavano. Aveva capito che, ogni tanto, era necessario fermarsi a meditare sulla bellezza della vita, alzare gli occhi al cielo e ringraziare il Signore per i doni ricevuti. Erano bastati quei sette giorni di meditazione per cambiare la "chimica del cervello", favorendo la produzione delle molecole naturali del benessere e della serenità: serotonina e dopamina, sostanze associate al buon umore, gratificazione e piacere. Camilla aveva incontrato la pace e la gioia interiore. Il merito era da ricercare anche nell'effetto positivo dell'atmosfera serena che aveva respirato in un'esperienza del genere e all'allontanamento dai ritmi frenetici e stressanti della vita quotidiana. Meditazione e preghiera l'avevano proiettata in una dimensione speciale, facendole nuovamente avvertire la bellezza della vicinanza a Dio.

Il ritorno di Camilla riempì di gioia tutta la famiglia, ma fu il piccolo Mattia ad esternarla maggiormente. Si avvinghiò alle gambe della mamma e le strinse con forza, deciso a non mollare. Dopo aver ricevuto le attenzioni che desiderava, volle mostrarle i lavoretti fatti in quella settimana d'asilo.

«Sono bellissimi, amore mio, sei stato proprio bravo».

«La maestra mi ha detto che sono stato il più bravo di tutti... sai!».

«Che meraviglia, Mattia, devi essere contento... e con la nonna com'è andata?».

«Lei mi racconta sempre di quando era piccina... di quando giocava in campagna con gli altri bambini... uffa, sempre le stesse cose!».

«Perché, invece, non ti fai leggere qualcosa... lei è molto brava... quando ero piccola, mi piaceva addormentarmi con il suono della sua voce, che mi leggeva le fiabe più belle».

«Preferisco guardare le figure sul giornalino di Topolino e... poi il nonno, la sera, mi sta insegnando a leggere... quando torna dalla stalla».

Camilla sorrise e lasciò che continuasse a giocare sul pavimento con i suoi soldatini colorati. Guardandolo, ebbe uno slancio di tenerezza e, mentre un fremito di orgoglio la faceva sussultare, si commosse, versando qualche lacrima. Maria colse la sua emozione e cercò di distrarla.

«Allora, Camilla, com'è andato il tuo ritiro? Ti sei trovata bene?».

«Sì, molto bene, anche se all'inizio avrei tanto voluto scappare... è un mondo così diverso... ma poi, lentamente, mi sono lasciata andare fino a calarmi in quella atmosfera mistica. Ho sentito che potevo innalzarmi verso il cielo... una sensazione strana, ma di grande bellezza. Ora sono serena e in pace con me stessa. Ho ricevuto il perdono di Dio e... anche il mio... quella donna di prima non esiste più. Ora c'è una moglie ed una madre che ama la sua famiglia... un tesoro grande che nessun denaro può pagare».

«Sono tanto felice per te e... anche per noi... in quei lunghi mesi pensavamo di averti persa... ho visto Stefano stare male...».

«Sono dispiaciuta per il dolore che ho causato a tutti, ma... il passato non esiste più e non dobbiamo ricordarlo... viviamo il presente».

La madre assentì con il capo e, avvicinatasi, la strinse a sé come non avveniva da qualche tempo. Camilla partecipò con slancio a quell'abbraccio affettuoso, facendole sentire tutto l'amore che provava per lei.

«Sai, Camilla, prima che mi dimentichi... devo dirti che, quando eri via, ha chiamato un tuo collega... Marco, se non ricordo male».

«Sì, è uno della mia prima ditta... ma non so più se ho ancora il numero».

«Lui ha voluto che lo scrivessi... è lì dove c'è il telefono».

«Ah grazie, quando riesco lo chiamo».

Camilla cercò di immaginare il perché quell'uomo avesse cercato di lei. Era stato uno dei pochissimi colleghi che, in quell'azienda di Design, l'aveva capita, soprattutto al rientro dal parto. Quella stessa sera, si decise a chiamarlo, spinta dalla curiosità.

«Ciao Marco, mi hai cercata?».

«Sì, come stai? Come va la tua vita?».

«Abbastanza bene, dai... sono molto soddisfatta del mio nuovo impiego e tu? Sei sempre in quella gabbia di incazzati con il mondo?».

«Oh, sì, ma io faccio il mio lavoro e me ne frego di tutti... ho saputo che te ne sei andata dalla C&R... ho un

144

amico che lavora lì... cos'è? Lo Zegna non ti soddisfava più? E sì che ha sempre avuto la fama del mandrillo, con tutte quelle che si è fatte!... E tuo marito come l'ha presa?».

«Sei veramente uno schifoso! Ed io che avevo sempre creduto che tu fossi diverso da tutti gli altri maiali che ci sono in giro! Vergognati!».

«Senti chi parla di vergogna! La santa! Comunque quando hai bisogno di farti una scopata io sono sempre disponibile, mi piacciono quelle come te!».

Camilla, impallidita, troncò la telefonata. Sbatté forte la cornetta che, cadendo a terra dalla base, fece il rumore di una plastica priva di contenuto.

«Questa cornetta è vuota come il tuo cervello, brutto bastardo!» imprecò la donna con un moto di stizza. Poi, cercò di calmarsi, ma soprattutto di togliersi di dosso quella nuova onta, che tornava ad infangarla nel profondo. Ci riuscì solo a tarda sera, dopo essersi collegata al suo centro divino, dove l'anima, attraverso la meditazione e la preghiera di quei giorni, era tornata a purificarsi.

Camilla, in quel ritiro, aveva cercato di capire le motivazioni del suo allontanamento dal marito. Dopo anni di matrimonio si era sentita trascurata e, un giorno, per caso, aveva trovato un uomo meravigliosamente passionale che l'aveva fatta sognare, facendola sentire di nuovo desiderata. Ora, che i momenti di euforia si erano spenti, si era trovata a dover gestire il suo errore.

Prima di pensare a come dirlo al marito e, se era giusto farlo, si domandò se la cosa sarebbe potuta succedere ancora. Non si rispose e si affidò alla preghiera per evitare ogni tentazione. Doveva capire, dopo aver fatto chiarezza dentro di sé, cosa volesse veramente fare della sua vita. La scelta ricadde sull'intenzione di ricostruirla insieme al marito. Per essere felice aveva bisogno di vivere una relazione completa, con una persona che potesse darle felicità e amore. Era tutto ciò che desiderava.

Ora, però, che aveva messo fine all'avventura con quell'uomo, si sentiva preda di un terribile segreto. Inizialmente pensò di non rivelarlo a Stefano, non per mentire o volerlo ingannare, ma per non farlo soffrire. Inoltre, nel rivelarlo, la loro relazione sarebbe stata segnata per sempre, con la relativa insicurezza che, da quel momento, avrebbe generato infelicità e rabbia da parte del marito. Accantonò questa ipotesi, perché cosciente, dopo quel suo avvicinamento al Padre, che sarebbe stato impossibile non rivelarlo, anche per liberarsi di quel peso che la opprimeva. Optò per scrivergli una lettera, dove avrebbe potuto spiegare con lucidità i propri sentimenti.

Caro Stefano,
mi è difficile parlarti, tanto che ho preferito scriverti.
Ho commesso un errore che mai avrei pensato fosse possibile. Mi sono sentita sola, senza il calore dei tuoi baci e non riuscivo più a rivivere i momenti meravigliosi passati insieme. Ho seguito l'istinto e non il cuore e sono stata con un altro uomo, ma solo con il corpo. Io amo solo te! Mi sono lasciata trascinare dagli eventi senza opporre la minima resistenza. Ora me ne vergogno e ti chiedo di perdonarmi. Prima che tu lo venga a sapere da altri, ho preferito dirtelo, perché non voglio farti soffrire per qualcosa che non voglio commettere mai più! Forse ti risulta difficile crederlo, ma soffro molto per questo errore, ma quando mi sono accorta dello sbaglio era troppo tardi. Sono stata debole e me ne vergogno tanto... vorrei che non fosse mai successo! Lotterò ogni giorno per non cadere mai più in questa

vergognosa condizione e sarò sempre al tuo fianco per rinsaldare e migliorare il nostro matrimonio. Non permetterò a nessuno di abbattere ciò che abbiamo costruito insieme. Sarò la donna che hai sempre voluto al tuo fianco e voglio donarti tutto il mio amore. Ti amo e ti ho sempre amato... perdonami, ti prego.
Tua Camilla

Camilla visse momenti di grande apprensione, combattuta dall'indecisione di quale sarebbe stato il momento migliore per la consegna della lettera. Inoltre, ad impensierirla, c'era la possibile reazione del marito che, per quanto pensasse di conoscerlo, sarebbe stata imprevedibile. Cercò forza col passare dei giorni, ma poté solo constatare che, il ritardare, faceva aumentare il suo disagio. Alfine, si decise, nell'ultimo giorno di permanenza a casa del marito e, pochi istanti prima di uscire per recarsi al lavoro, a lasciargli la lettera sul comodino. Se ne andò da casa in punta di piedi, senza quasi respirare, come avrebbe fatto un ladro per non essere scoperto. Il suo batticuore cessò solo dopo essere uscita con l'auto dal casale. Un turbinio di pensieri invasero la sua mente senza darle tregua, fino all'arrivo in stazione, dove faticò a trovare un posteggio. A Novara erano molti i pendolari che si recavano a Milano. In treno che, come sempre non smentiva il suo costante ritardo, trovò da sedersi accanto al finestrino. Camilla si impose di distrarsi attraverso tutto ciò che si muoveva oltre quel vetro e, in parte, ci riuscì. Per un attimo si rammentò degli insegnamenti ricevuti durante il ritiro spirituale: sapersi isolare con la mente, fino a sgomberarla da possibili nuvole nere. Riuscendo nell'intento, non sarebbe stato difficile trovare il cielo più terso dove, attraverso la preghiera libera, poteva riconciliare se stessa con l'aiuto del Padre. Lui, mediante la confessione, le aveva già concesso il Suo perdono, fino ad alleggerirla di quel carico divenuto insopportabile. Ora, però, l'attendeva il perdono umano della persona che più amava, quella che mai avrebbe pensato di tradire. Tornò a pensare, ma sorrise tra sé vedendo un gruppo di donne lavorare nei campi e cantare all'unisono. Quell'allegria così semplice e vera le portò una ventata di buonumore che la rincuorò.

Per tutto il giorno attese una telefonata che non arrivò mai. Così fu anche il giorno successivo e quell'altro ancora. Stefano non si fece sentire e ritornò a casa dopo quasi due mesi. Camilla, che aveva cercato di contattarlo in cantiere, si era sentita rispondere, ogni volta, che suo marito non era reperibile. La disperazione si era impossessata di lei, tanto da voler mollare tutto e partire alla volta del Gran Sasso. Desistette dopo che il padre, la sera precedente alla sua decisione, le disse di aver parlato con lui per un problema riguardante la nuova stalla.

«Allora, ragazza mia, vuol proprio dire che non ti vuole parlare. Ma... si può sapere cosa hai combinato ancora? Quest'uomo... tu lo vuoi proprio perdere, accidentaccio!».

Camilla gli raccontò della lettera e Antonio la guardò furibondo.

«Come vuoi che si sia sentito quel poveraccio leggendo quelle righe... non potevi parlargli di persona?... Avrei voluto vedere te al suo posto!».

«Mi è mancato il coraggio...».

«Sì! Però prima l'hai avuto... per fare i tuoi porci comodi, vero? Vergognati! Quando la mamma me l'ha detto non ci volevo credere... ma cosa sei diventata? Non ti riconosco più!».

«Ho già pagato abbastanza per questo errore e ho cercato di rimediare... del resto, nella vita, si può anche sbagliare... se lo fate voi uomini non succede nulla, tutto consentito, ma se lo fa la donna... allora sì che la cosa è grave! Al diavolo!».

«Sì, ma lui non l'ha fatto, fino a prova contraria!».

«Non lo so, la certezza non c'è... tutto questo tempo lontano da casa...».

«Spero che riesca a perdonarti... non sarà facile... io, al suo posto, non so se riuscirei a farlo, non sarebbe più la stessa vita» commentò il padre, dopo essere uscito dalla stanza scrollando la testa.

Stefano, in quella fatidica mattina di settembre, si era svegliato dopo aver dormito bene e senza sogni. Il sole era già alto nel cielo e alcuni raggi, filtrando nella stanza, dipingevano sul bianco muro i colori dell'iride. Si stiracchiò e, nel farlo, vide quel foglio piegato in quattro sul comodino. Lo aprì e riconobbe la calligrafia della moglie. Con un certo timore prese a leggerlo e, subito si sentì mancare, fino ad afflosciarsi sul pavimento come un sacco svuotato del contenuto. Si disperò, piangendo copiosamente ed iniziò a picchiare i pugni in ogni direzione del suolo e, mentre le mani gli dolevano, si sentì morire dentro. Sarebbe voluto sparire per sempre. Lesse e rilesse più volte quella lettera, cercando, tra le righe, una motivazione che avesse reso possibile quel tradimento. Nella relazione di coppia, fin dall'inizio, lui aveva affidato una parte di sé alla moglie e questo lo feriva maggiormente, facendolo sentire perso. Questo evento traumatico cancellava in un lampo tutta la fiducia riposta in se stesso fino a quel momento, nella propria compagna e in tutti i progetti di vita insieme. La scoperta del tradimento sviluppava in lui un forte senso di insicurezza con pensieri ricorrenti sull'evento. Avrebbe voluto essere presente in quegli amplessi, chiedendo alla moglie minuziosi dettagli a riguardo, fino a farsi

149

trafiggere ancor di più dal dolore. Ricercava la conferma sul fatto che ciò non sarebbe più accaduto e, nel contempo, emergeva la preoccupazione di non poter più riacquistare la fiducia in lei.

Nei mesi precedenti, i segni premonitori di quella svolta erano stati tanti, a partire dal pressoché totale cambiamento di stile di vita della compagna. Per non impazzire, Stefano cercò di far ricadere la colpa dell'accaduto unicamente su di sé, lasciando alla moglie solo la conseguenza del suo fallimento coniugale. Quel tradimento era il risultato di un rapporto che non funzionava da tempo, un'affettività trascurata per aver puntato di più verso il lavoro e non sulla coppia. E lui lo sapeva bene, per non essere riuscito a migliorare la routine relazionale e i problemi di comunicazione che non erano mancati. Riconosceva che Camilla aveva cercato tante volte di esporre il proprio disagio, ma lui non l'aveva mai preso in considerazione, con la consueta alzata di spalle. Ora pagava, per aver creato un terreno fertile per l'infedeltà e poteva solo maledire se stesso. Era stata l'incapacità di impegnarsi in interazioni efficaci per risolvere i problemi all'interno della coppia e ciò aveva portato a una sempre maggiore frustrazione e ad un bisogno di cercare soluzioni al di fuori del rapporto stesso. Inoltre c'era stata la mancanza di condivisione e di complicità nella coppia e l'insoddisfazione nell'ambito della vita sessuale, che era stata vissuta da Camilla come poco gratificante o assente. A tutto ciò andavano ad aggiungersi i pochi spazi riservati alla coppia ai quali, solo ultimamente, lui aveva cercato di rimediare.

Ora, Stefano ricordava le parole della moglie: «Tu non ci sei mai... io sono una donna giovane che vuole vivere la propria vita... mi sono stufata di aspettarti... cambiare si può, al diavolo te e il tuo fottuto arrivismo».

A queste considerazioni, c'era da aggiungere l'aspetto fallimentare del primo lavoro della moglie. Camilla, in quei momenti, avrebbe avuto bisogno di un maggior supporto emotivo, fisico e sessuale che non era stato preso in considerazione. La relazione extraconiugale aveva sopperito a questi bisogni mai soddisfatti. Era il vivere in un bosco ed essere costretti ad andare altrove a cercare legna. Stefano era devastato fisicamente e psicologicamente. Lo sconcertava il sapere che le mani di un altro avevano accarezzato il corpo di sua moglie, fino a godere attraverso un amplesso che, da sempre, era stato solo suo. Il trauma gli impediva di esercitare appieno la sua professionalità lavorativa, fino a desiderare di isolarsi da ciò che lo circondava. Ad un certo punto a lenire il suo sconcerto era intervenuta l'apatia che, se da una parte cercava di rallentare la presa di consapevolezza del trauma, dall'altra era causa della difficoltà di concentrazione e perdita di sonno.

Stefano fece rientro a casa in autunno inoltrato. La prima brina aveva già imbiancato le campagne, mentre l'aria gelata faceva mancare il respiro. Quando arrivò in cascina vide tanti bambini giocare sull'aia. Cercò Mattia e lo vide correre verso l'auto che, lentamente, entrava verso l'abitato. Lo caricò a bordo e, dopo averlo abbracciato a lungo, lo sollevò facendolo sedere sulle sue gambe. La gioia del bambino fu tanta nel prendere in mano il volante. Suonò a lungo il clacson e partecipò all'arrivo della vettura davanti a casa. Poi, a motore spento, chiese al padre di poter rimanere al posto di comando, che tanto gli piaceva.

«Sì, purché non tocchi niente... puoi solo guidare, d'accordo?».

«Va bene, pa'» rispose il piccolo con un sorriso.

Antonio, che stava rientrando dalla stalla, abbracciò il genero, stringendolo a sé con forza.

«Allora, ragazzo mio, come stai? È tanto che non ti fai vedere...».

Stefano si staccò da lui, pur facendogli sentire la sua partecipazione.

«Le cose non vanno... io e tua figlia abbiamo sbagliato un po' tutto... ora dobbiamo vedere cosa si può fare per recuperare. Non sarà facile».

«Certo non è semplice, ma tutte le coppie hanno i loro momenti di sbandamento... mi dispiace... Camilla mi ha detto... e, come padre, l'ho redarguita a dovere. Comunque è molto dispiaciuta e sta veramente male».

«A chi lo dici, Antonio... io non riesco più neanche a lavorare... fatico a concentrarmi e dormo da schifo».

«Dovete parlare di ciò che non va per una comunicazione costruttiva. Capire le reali motivazioni che hanno scatenato questa brutta situazione. Siete persone intelligenti... il dialogo è l'unica cosa e poi... ognuno deciderà cosa è meglio per sé. Io spero tanto che tutto si risolva per il meglio... anche per il bambino».

«Sì... è l'unico rimedio» concluse Stefano, penetrando nella profondità del suo sguardo preoccupato ma, al contempo, speranzoso, che solo un padre poteva avere.

Rientrando a casa, si guardò intorno e, dopo essere entrato in camera, ricordò i momenti più duri di quell'ultimo giorno di permanenza dove, la lettura di quella lettera, lo aveva fatto stare male da morire. Per qualche istante focalizzò l'accaduto, poi ritornò a percepire il calore di quello che, per anni, era stato un nido d'amore. Nell'aria si respirava, fino a divenire palpabile, un'atmosfera carica di affettività, che faceva un gran bene al cuore. Cercò di rilassarsi, di lasciarsi andare alla voglia di stare con Camilla. In tutto quel tempo lontano da casa, aveva capito che il dolore non andava rifiutato, ma accettato, ancor prima di essere elaborato e superato.

Ogni sera, quando si trovava solo, materializzava il dolore, la rabbia e le altre emozioni percepite su un quaderno. Traeva giovamento da questo estrinsecare se stesso, in un argomento troppo personale per essere divulgato. Certo, sarebbe stato importante avere intorno qualche persona empatica e di sostegno con cui parlare. Il cantiere, però, non era certamente il luogo più adatto per cercarla. Infatti, in certi ruoli, dovevi necessariamente rimanere solo. Buoni rapporti umani, ma sempre scanditi dalla gerarchia.

La porta si aprì e Camilla, dopo avergli donato il suo sorriso solare, gli si avvicinò, baciandolo su una guancia. Lui la strinse a sé, vincendo la tentazione di baciarla.

«Tutto bene il viaggio?» chiese la donna.

«Oggi, mi è sembrato più lungo del solito. Non ero convinto di voler tornare... sono stato troppo male in questi mesi... avrei tanto voluto sparire per rifarmi una vita da un'altra parte».

«Mi dispiace tanto... ancora non so come sia successo... mai avrei pensato che potesse accadere... mi sono sentita trascurata da te e mi sono lasciata andare... non ero più io... il sesso era diventata la mia droga. Ti chiedo di perdonarmi e di ripartire insieme...».

«Non è facile... la cosa che mi fa più male è il sapere che un altro abbia potuto toccare il tuo corpo e possederti. Mi fa impazzire la gelosia... è un pensiero ossessivo! Ora c'è solo diffidenza e un gran disordine interno che mi impedisce di concentrarmi, soprattutto nel lavoro. Sono stato richiamato più volte dal superiore... non sono più la stessa persona, ma voglio assolutamente uscire da questo tunnel che mi sta facendo impazzire... ti sei macchiata di vergogna... proprio tu che avevi portato in dono la tua verginità. Mi chiedo... a cosa è servito, se poi ti sei venduta con un altro?».

«Sì, ho sbagliato... sono distrutta anch'io... penso, però, che se vogliamo ricostruire la nostra unione, non dobbiamo dare la colpa di quello che è accaduto solo a uno... abbiamo sbagliato entrambi... e il continuare a pensare che si è persa la fiducia non aiuta. Cerchiamo, invece, di essere disposti a ripartire assumendoci, ognuno, le proprie responsabilità. È un lavoro che richiede impegno da parte di tutti e due... sempre che ognuno di noi scelga di continuare o interrompere la relazione, prendendosi il tempo necessario».

«Sì, ci vuole tempo per elaborare un tradimento... ti distrugge».

«Certamente... ma se si decide di restare è importante che vengano fissate nuove regole e punti fermi dello stare insieme, prendendo in considerazione i bisogni di ognuno di noi. Ci sono cose lasciate in sospeso da troppo tempo... manca il dialogo, un sostegno reciproco... per non parlare dell'intimità sessuale lasciata al caso... io penso che non si deve essere costretti a cercare altrove quello che non si trova in famiglia. Il punto è questo... grazie che mi hai ascoltata senza interrompere... sì perché c'è tanto bisogno di essere ascoltati... soprattutto ora...».

«Io sono disposto a ricominciare... dobbiamo trovare insieme le reali motivazioni che ti hanno spinta ad andare con un altro... dove ognuno deve assumersi la responsabilità delle proprie azioni... bisogna dirsi quello che non funziona nel nostro rapporto... con tutta la verità possibile, senza distruggere quello che di buono c'è ancora e, se è il caso, anche con il supporto di uno psicoterapeuta esterno alla coppia... non certo quella che avevi... troppo di parte».

«Sì, è l'unica strada, ma mettendoci tanto amore...
penso che riusciremo anche da soli... cosa dici?».
«Il voler bene non manca... almeno da parte mia» rispose Stefano, con aria sospetta e interrogativa.
«Tu sei sempre stato l'unico amore della mia vita ed io
ti amo tantissimo... so che fatichi a crederlo, ma è
così... in questo tempo che siamo stati lontani mi sono
documentata ed ora sono convinta che questa esperienza negativa può diventare un'occasione evolutiva per
ricostruire la nostra unione su nuove basi...».
«Anch'io riconosco, in tante circostanze, di non aver
dato peso alle tue parole, alle tue richieste di comprensione... non ci sono stato... pensa che... in questi mesi
di lontananza, per non impazzire di sofferenza, mi sono
dato la colpa di tutto, cercando di considerare il tuo
gesto solo il frutto del mio egoismo... ora, parlando con
te, ho capito che siamo coinvolti entrambi...».
«Sì, ognuno ha le sue colpe... è importante riconoscerle, ma non fermarsi a questo e risalire la china insieme».
«So che il mio lavoro lontano da casa è una delle cause
principali che ha contribuito a creare questa situazione
e... vedrò cosa posso fare per diminuire le distanze...».
«Grazie, ma ora la cosa più importante è il tuo perdono».
«Cercherò di elaborarlo... magari facendomi aiutare...
questa, però, è una cosa solo mia... ho bisogno di ritrovare la fiducia in me stesso per affrontare questa nuova
svolta della mia vita».
«Saprò aspettare, senza chiederti nulla» concluse Camilla, mentre si dirigeva in cucina a preparare la cena.
Maria, quella sera, aveva preferito ospitare Mattia anche
a dormire, per permettere agli sposi di parlarsi liberamente. Ora, più che mai, la coppia aveva bisogno di uno
spazio tutto suo per rigenerarsi e rinascere insieme.
Almeno, così sperava il suo grande cuore di mamma.

L'atmosfera di Natale coinvolgeva tutti, credenti e non. Era impossibile ignorarla e non respirarla, già parecchie settimane prima del venticinque, lungo le strade sfavillanti di festoni e luminarie e nei negozi addobbati a festa con i più svariati colori dal rosso dominante. Musiche natalizie e profumi inebrianti si rincorrevano nell'aria, rendendola magica, piacevole da odorare ed interiorizzare, migliorando l'approccio alla vita di ogni giorno. Un tiepido calore avvolgeva ogni cosa mitigando il freddo e il buio invernale che, da sempre, tendevano ad intristire. Natale era lo sfolgorio di ghirlande d'oro e d'argento, candele accese, che ricordavano, in questo periodo dell'anno, l'arrivo della vera Luce, capace di ammansire ogni cuore e portare un po' di pace, a lungo desiderata. La bontà, inspiegabilmente, si insinuava nelle pieghe dell'intimo e, da sarta esperta, provvedeva a rammendare anche i tessuti più sgualciti, utilizzando il filo del perdono. Questa atmosfera unica e speciale si concentrava nelle case, rivestendole di gioia e di un particolare calore, che si materializzava anche attraverso gli oggetti e i simboli del Natale. L'amore prendeva forma e colore, divenendo tangibile attraverso gli sguardi felici e carichi di speranza. Tutti erano coinvolti nell'accoglienza della festa più bella dell'anno. Alberi di Natale e presepi prendevano vita nelle case. Erano il centro dove si raccoglieva la famiglia, in particolare dove erano presenti dei bambini che, con la loro allegria, erano portatori di una ventata di euforia. Ad aumentare la loro gioia, in quel dicembre del 1983, era stata l'abbondante nevicata, che non si era limitata ad imbiancare ma, con continui fiocchi giganti, aveva ricoperto ogni cosa con una spessa coltre bianca. La gioia dei piccoli di poter giocare a palle di neve era incontenibile, facendo eco tra le case, con continui gridolii intrisi di vivacità ed esuberanza, che facevano un gran bene al cuore.

Quel Natale sarebbe rimasto famoso per un atto d'amore eclatante, che aveva fatto il giro del mondo. Infatti, Giovanni Paolo II aveva voluto incontrare il suo attentatore in carcere e rivolgergli il suo perdono dopo l'attentato in Piazza San Pietro di due anni prima. Questo gesto di carità cristiana aveva fatto lievitare la bontà tra la gente, con un esempio di incomparabile bellezza. Il Papa aveva descritto l'incontro con poche parole: «Ho parlato con lui come si parla con un fratello, che ho perdonato e che gode della mia fiducia. Quello che ci siamo detti è un segreto tra me e lui». Si seppe, poi, che quel killer, considerandosi infallibile, era rimasto traumatizzato per non essere riuscito ad ucciderlo. Il dover ammettere che c'era stato Qualcuno o Qualcosa che l'aveva impedito lo aveva scioccato. Per tutta la conversazione avuta poi con Indro Montanelli, Giovanni Paolo non fece mai il nome di Dio o della Provvidenza, ma soltanto di Qualcuno o Qualcosa che nessuno credeva più di lui. Sul finire dell'intervista aveva aggiunto: «Per di più, essendo musulmano, quell'uomo ignorava che proprio quel giorno era la ricorrenza della Madonna di Fatima».

Per i credenti il miracolo era evidente, operato dalla Madre alla quale lui aveva dedicato il suo pontificato. Chi credette, vide aumentare la propria fede. Era divenuto per tutti il Papa del perdono che, con il proprio gesto, invitava alla riappacificazione tra le persone. Stefano ne rimase benevolmente colpito ed una sorta di emulazione si insinuò tra le pieghe del suo cuore. Decise, dopo tanto tempo di lontananza, di accostarsi al sacramento del perdono. Volle farlo nella chiesa di Sant' Eufemia, nel rione dove lui era cresciuto. La basilica era situata vicino al tribunale, in una piccola via secondaria nel centro storico di Novara. Esternamente era molto appariscente, con la sua facciata concava barocca di colore giallo sgargiante. L'interno era a croce latina e si potevano osservare alcuni dipinti e monumenti funebri in marmo, un bel pulpito intagliato e l'organo posto sopra il portale d'ingresso. Non presentava opere di grande importanza, solo alcuni affreschi e particolari decorazioni, ma era sempre oggetto di visita da parte di parecchi fedeli.

Don Cesare era sempre là, con i suoi capelli ormai completamente bianchi, ma con l'entusiasmo e lo spirito che da sempre lo avevano contraddistinto. Era stato lui a celebrare le esequie di suo padre, morto in giovane età, rimanendo sempre vicino alla madre in una continua opera di conforto.

«Ciao, Stefano, che piacere vederti... è passato tanto tempo da quando facevi il catechista... eri bravo e paziente con i piccoli, ricordi?».

«Caro don Cesare, come posso dimenticare i bei momenti trascorsi insieme, i suoi insegnamenti e il suo starci vicino dopo la morte di mio padre».

«Vedo spesso tua madre e, ogni volta, mi parla di te... quella donna ti vuole un bene dell'anima...».

«Sì, è meravigliosa».

«Cosa ti porta da me?» chiese il sacerdote.

Stefano gli parlò a ruota libera del suo problema e dell'intenzione di voler perdonare, attraverso un percorso di crescita interiore. Il prete lo ascoltò senza interromperlo e, al termine, gli suggerì di confessarsi e comunicarsi nella Messa del mattino successivo.

«Poi, domani, quando ti sarai riappacificato con il Signore, potremo iniziare il percorso che ti porterà a perdonare, prima te stesso e poi gli altri».

«Grazie don Cesare».

«Le grazie le fanno i Santi» rispose, sorridendo «ma sono tanto felice che sei venuto a parlarmene... sono pochi quelli che lo fanno... preferiscono chiudere il loro matrimonio, ma è sbagliato... a tutti va data la possibilità di rimediare all'errore commesso. Ti suggerisco, in questi giorni, di fermarti da tua madre, così potremo parlare meglio sull'argomento. Sai, da quando è arrivato il giovane don Andrea in Parrocchia, ho qualche ora libera in più».

«Sì, farò così... avviso subito mia moglie, ma noi come restiamo?».

«Domani, dopo la funzione, potremo iniziare... naturalmente solo dopo un buon caffè».

«Ci sto don, grazie»

«Ma con il lavoro?... Come sei messo?».

«Ho un sacco di ferie arretrate e me le sono prese... un po' con la forza... perché se guardi loro... stai fresco! Ora, però, devo pensare alla mia vita...».

«Sì, basta scappare... ora devi affrontarla con la serenità che solo il Buon Dio ti può dare. Allora... ti aspetto domani».

«A domani don e... grazie ancora».

Graziella fu felice della permanenza del figlio e si adoperò per stupirlo ancora una volta con la sua arte culinaria. Sentiva un gran bisogno di viziarlo nuovamente e di godere appieno della sua presenza.

Stefano chiamò la moglie: «Ciao Camilla... volevo avvisarti che starò fuori casa per qualche giorno... ho bisogno di stare solo... non preoccuparti per me».

«Grazie che mi hai telefonato, allora... ci sentiamo e se hai bisogno...».

«Ti chiamo nei prossimi giorni... Mattia sta bene? E tu?».

«Tutti bene... ti salutano tutti».

Ora, Stefano era ansioso di intraprendere il percorso che l'avrebbe liberato dal peso che, ogni giorno di più, lo soverchiava.

Fin dai primi istanti le parole di don Cesare iniziarono a penetrargli in profondità: «Comincerò col dirti che il perdono è la vera essenza della libertà... ti libera dal passato, ma soprattutto ti libererà per il futuro. Farà spazio dentro di te per metterci la vita e l'amore che vuoi. Siamo abituati a pensare che il perdono è nei confronti di qualcuno che prima o poi verrà a chiederci scusa... e starà a noi perdonarlo».

«E... non è cosi?».

«È così quando non si conosce il concetto di perdono, perché diamo retta solo al nostro ego ferito. Ma non è così... la realtà non è così... qui tutto inizia e finisce con noi. Ha poco a che fare con l'altra persona. Ciò che ci tiene imprigionati e sfalsa la realtà è il rancore. Ci comanda, ci paralizza e non ci fa più vivere. Solo noi possiamo liberarci da questa catena che ci tiene prigionieri. Scegliendo di perdonare facciamo una scelta... ed è quella di essere felici piuttosto che avere ragione. Lasciando correre tutto decidiamo di essere di nuovo liberi, capisci, Stefano?».

«Sì, ma questa cosa è un po' una provocazione... io sono molto offeso con chi ha tradito la mia fiducia...».

«Sì, ti do atto di questo... hai sofferto tanto per ciò che hai subito... ma perdonare non vuol dire negare quello che ti è stato fatto... con il perdono provi la stessa rabbia e dolore per quello che ti hanno fatto, senti male nel più profondo di te stesso, ma nonostante tutto scegli di essere ancora felice, di stare bene perdonando».

«Ma allora è solo una decisione tua?».

«Bravo... sì, il perdono è una decisione tua, che scegli per cambiare, per uscire dal circolo vizioso della ferita che genera odio, del rancore che acuisce la ferita e non se ne esce più... possiamo sfuggire o andarcene dalle persone che sono state la causa del male, ma i sentimenti contenuti nel rancore restano, fino ad esasperarci. Siamo propensi a pensare che se cambiamo la persona che ci ha fatto stare male, la nostra vita potrebbe cambiare... ma non è così... infatti, quello che dentro di noi è rimasto senza una soluzione torna prepotentemente a galla e ci fa male... questa è una cattiva realtà».

«Ma, allora, don?».

«Ora arriviamo... alla buona realtà che ci indica il perdono per lasciare che tutto se ne vada... con il perdono si ha il potere di trasformare i nostri rapporti con gli altri, proprio perdonando chi ci ha ferito nell'intimo. Ma, come per tutto ciò che ci circonda, dobbiamo essere noi ad aprirci ad una trasformazione... e se questo vediamo che ci libera, allora il nostro mondo può cambiare... fino a dare un colpo di spugna... perché non farlo, sapendo che poi staremo meglio?».

«Ci devo pensare...».

«Sì, devi cercare di metabolizzare questo argomento... ed è per questo che oggi ci fermiamo qui... continuiamo domani, intanto pensaci e rifletti su quello che si è detto oggi... un consiglio, Stefano... cerca di stare solo o di isolarti il più possibile... Dio agisce nel silenzio».

«Grazie don Cesare e... a domani».

«Come oggi... prima assisti alla Messa, poi torniamo sull'argomento».

Come suggerito dal sacerdote, Stefano s'impose di cercare il silenzio. Si fermò in chiesa a lungo e poi cercò di limitare all'essenziale i contatti con la madre, motivando la sua necessità. Graziella preparò il pranzo, poi nel pomeriggio andò a far visita ai suoi vecchietti: papà Gaetano che aveva raggiunto la veneranda età di novantunanni e mamma Primina di ottantaquattro che, premurosa, lo assisteva amorevolmente. Infine, prima di sera, riuscì a fermarsi anche dalla suocera Rosa che aveva da poco raggiunto gli ottantotto anni. Ad assisterla una nipote che, non avendo trovato lavoro, rimediava qualche soldo nel curare la nonna.

Il mattino successivo arrivò in un baleno e Stefano, dopo aver riflettuto molto, era pronto ad immergersi nell'argomento con rinnovato interesse e curiosità.

«Allora, com'è andata, figliolo?» chiese il reverendo.

«Sì, bene, ho pensato molto e sono disposto a continuare in questo percorso di liberazione».

«Bravo... la prima fase è proprio quella di aprirsi alla possibilità di comprendere e scusare. Questo non significa cancellare quello che è successo, ma creare dentro di te uno spazio per una nuova realtà senza rancore e... perdonare. Sei disposto a farlo?».

«Sì, voglio vivere una nuova positività e abbandonare il risentimento...».

«Bene... allora proseguiamo portando a galla proprio il rancore... chiedi a te stesso perché sei arrabbiato e sperimenta nuovamente la sensazione che produce questa cosa... devi avere chiaro il sentimento che ti anima... tutto questo è un preambolo per il passaggio più importante, per capire che, pur essendo fondamentalmente buoni, tutti commettiamo degli errori e, a volte, senza intenzione, riusciamo a ferire gli altri. Assodato ciò, diventa importante saper distinguere l'anima dall'Ego. Il nostro vero sé è la nostra anima, la bontà che abbiamo dentro... l'altro sé è quello ferito che non rappresenta la nostra persona ed è pronto a far del male alle altre persone, anche alle più vicine... anche quelle della nostra stessa famiglia. È così per tutti».

«Quanto è vera questa cosa... non ci avevo mai pensato...».

«Non dobbiamo lasciarci comandare da questo sé ferito che, sperimentando la paura e il dolore, fa del male a noi stessi e si scarica sugli altri, anche senza intenzione. Tante volte, facciamo del male anche alle persone che diciamo di amare di più... senza cattiveria, ma solo perché stiamo male, come sta male chi vi ha ferito... sì... soffre anche lui... ferendo gli altri, ha fatto del male anche a se stesso».

«Sì, però, non è giusta l'offesa o il ferimento di un altro...».

«Certo che non lo è, ma è quello che avviene nella maggioranza dei casi. Considerare gli altri come "cattivi" invita a giustificare azioni di rabbia e risentimento... se però inquadriamo gli altri come persone ferite, bisognevoli di aiuto, saremo propensi alla compassione e al successivo perdono».

«Anche noi abbiamo la nostra parte di responsabilità e non ne teniamo conto...» commentò Stefano.

«Proprio così... diventa importante riconoscere la nostra parte di responsabilità personale e la nostra parte di colpa. È necessario chiedersi come abbiamo causato dolore a questa persona, quale sofferenza le abbiamo inferto... magari la stessa cosa che abbiamo subìto in passato. È importantissimo riconoscere la propria parte di responsabilità, specie nelle relazioni matrimoniali, come può essere la tua... essere onesti fino in fondo e magari scoprire che anche noi non siamo esenti da errori, magari non dichiarati».

«Beh, pensandoci bene, don... ho anch'io le mie colpe, spesso nascoste dall'egoismo... tante volte ho voltato le spalle ai problemi, ai messaggi che la moglie avrebbe voluto darmi. Me la sono cavata alzando le spalle e lasciando glissare la cosa».

«Adesso, Stefano, con questo bel lavoro su te stesso, è arrivato il momento di cambiare i tuoi sentimenti e di lasciare andare quelli negativi. Sei pronto per un mutamento vero della tua vita e... se deciderai di perdonare, cambierai il tuo modo di esistere e, finalmente, sarai libero di librarti nuovamente nel cielo come fanno gli uccelli».

«Grazie, don Cesare, senza questa cosa sul perdono, non so come avrei fatto... senz'altro starei ancora a dannarmi l'anima senza una soluzione».

«Bene, adesso la decisione è solo tua. Domani, come al solito, ti aspetto alla Messa, dove, sono certo, sentirai il dovere di ringraziare il Buon Dio di questa nuova luce che hai ricevuto. Poi, ci saluteremo e potrai tornare in famiglia, portando in dono la serenità che lo Spirito Santo saprà donarti».

Il commiato del mattino successivo fu pregno di emozione da ambo le parti. Don Cesare e Stefano si cinsero in un lungo e forte abbraccio.

«Forse ho trovato un modo di sdebitarmi con lei, visto che so che il vino non le piace, vero don?».

Il prete arrossì, ma prese volentieri quelle due bottiglie, sigillate in un cartone.

«Che vino è?» chiese don Cesare, guardando la scatola frontalmente, che presentava due feritoie.

«Sono due Vespoline...».

«L'importante è che non mordano...» concluse il sacerdote, sorridendo, mentre faceva rientro in canonica.

Stefano passò a salutare la madre e poi fece rientro a casa.

Il vento del perdono si era insinuato con forza nel cuore di Stefano, trasformando l'odio e il risentimento in una pioggia di lacrime che, ben presto, divennero un arcobaleno di speranza. Una piacevole sensazione di

164

leggerezza si propagava lungo tutto il suo corpo, facendolo vibrare, mentre il cuore sperimentava una gioia incontenibile che, con insistenza, chiedeva di essere condivisa. A beneficiarne subito furono Maria e Mattia, ai quali Stefano trasmise quella sua dolce euforia, riuscendo a contagiare anche Antonio che, rientrando dal lavoro, aveva fatto il suo ingresso in sala.

«Mia madre vi saluta» disse rivolto ai suoceri, con un largo sorriso.

«Come sta? Tutto bene?» chiese Maria.

«Sì, è stata tanto felice di vedermi... non mi mollava più».

«E tu, Stefano, come stai?» domandò Antonio, con aria preoccupata.

«Bene... sono sereno... ho capito tante cose e... sono pronto a ricominciare con Camilla».

La notizia emozionò visibilmente Antonio che esternò la propria contentezza in un lungo abbraccio al genero. Poi, non commentò e, facendosi da parte, lasciò che la moglie lo stringesse teneramente tra le braccia. Il silenzio che seguì fu più eloquente che mille parole e ciascuno, in cuor suo, auspicò un lieto fine a quella storia d'amore.

«Scusa, Maria, volevo chiederti...».

«Dimmi pure, Stefano».

«So che il bambino ce l'hai sempre tu... ma volevo invitare a cena Camilla per sabato sera... tu potresti...».

«Certamente, non ci sono problemi».

«Grazie ... è tanto che non usciamo e poi dobbiamo parlare».

«Fai bene... la coppia ha bisogno dei suoi spazi, che non devono mai mancare» intervenne Antonio, in tono paterno.

«Si, pa', ora ne sono più che mai convinto... e se non agisco ora, potrebbe essere ogni giorno di più troppo tardi. Io lo so per certo che lei c'è stata male, e son sicuro che l'abbia pagata cara, anche più del dovuto probabilmente. Adesso credo che la cosa più importante sia starsi vicino...».

«Sei da ammirare, Stefano... ritorna da lei, ridalle fiducia, parlale e cerca di ricostruire un rapporto e... se hai bisogno noi ci siamo...».

«Grazie... è bello poter contare su qualcuno nei momenti più difficili...».

«Amare è anche questo...» concluse Maria, mentre Stefano, dopo aver preso in braccio il figlio, lo sbaciucchiava sul collo, facendolo sussultare e ridere a crepapelle.

Quando Camilla fece rientro a casa, Stefano aveva già apparecchiato, con tanto di fiori sul tavolo. Maria, pensando di far cosa gradita alla coppia, li aveva raccolti in giardino e donati al genero.

«Ciao, Camilla, come stai? Stasera sei arrivata prima del solito...».

«Sì, qualcosa mi diceva che ti avrei trovato a casa... tutto bene in questi giorni? Ti sono serviti?».

Stefano l'abbracciò e, dopo un veloce bacio, le parlò con dolcezza.

«Sì, mi hanno giovato molto... ma avremo modo di parlarne meglio domani sera a cena... a lume di candela s'intende... ammesso e non concesso che lei non voglia accettare l'invito...».

«Come potrei rifiutare una simile occasione di indossare il mio nuovo vestito per le grandi serate... accetto».

E quella sera, a luce soffusa, Camilla volle essere lei ad iniziare il dialogo.

«Speravo tanto in questo tempo dedicato solo a noi, per poterti spiegare e dimostrare che ti avrei aspettato ancora molto... ho fatto uno sbaglio immenso, ma il mio

amore per te è sempre grande e... se ce la fai a perdonarmi, se sei qui stasera per rimetterti con me... io lo
desidero tanto».

«Sì... io ti amo troppo e sto tanto male senza di te...
anch'io ho commesso i miei errori, ma ora lasciamo che
tutta questa negatività scivoli via... tutti possiamo sbagliare e sicuramente questa esperienza ci renderà migliori nel nostro rapporto».

«Ne sono certa...».

«Allora, che dici, cucciola... ricominciamo a vivere,
sognare e ad amarci più di prima?».

«Siiii... mi dai una gioia grande... grazie... sono tanto
felice, amore mio».

Sul tavolo, le mani si protesero fino a ricongiungersi,
per poi stringersi con forza. La luce fluttuante della
candela, illuminando i volti, diffondeva nell'aria il suo
romanticismo, mentre la gioia e la speranza erano divenute palpabili.

L'amore forte, attraverso il perdono vicendevole e la
donazione di se stessi, aveva resistito anche a quell'inverno più rigido.

6

Il nuovo anno si era subito fatto notare con un'abbondante nevicata, che rendeva tutto silenzioso e, per certi versi, fiabesco. Nel cielo nebbioso le piante erano come fantasmi, immobili, vestiti di neve e di gelo, senza vita e spaventosamente soli. I primi raggi di sole che riuscivano a filtrare in quella cappa grigiastra, ridavano vita alla campagna. Il cielo tornava azzurro, mentre la terra era ancora avvolta da una bassa nebbia, che il freddo e la galaverna trasformavano in un paesaggio spettrale. Le minuscole goccioline d'acqua in sospensione che componevano la nebbia, si congelavano istantaneamente toccando una qualsiasi superficie, fino a divenire un filamento cristallino, opaco e bianco. Questo avveniva più facilmente in presenza di una ventilazione scarsa o quasi assente. Quando, poi, la temperatura era abbondantemente sotto lo zero, si assisteva alla grande brinata, la cosiddetta calabrosa: una compatta crosta di ghiaccio granuloso di colore bianco o trasparente, se molto sottile. Anche l'inverno, però, poteva regalare piacevoli sensazioni a chi era in grado di guardarlo con occhi diversi. Lo sfolgorio della neve che rifletteva la luce solare, infondeva una particolare allegria che si aggiungeva alla speranza di una precoce primavera, riducendo al minimo il tempo di attesa. La terra, priva di fili d'erba, indossava il suo vestito marrone scuro, che si era indurito per effetto del grande freddo. Gli animali erano scomparsi, alla ricerca di un riparo sicuro. Scriccioli e cince, merli e pettirossi erano rari da vedere, in quanto avevano preferito trasferirsi in città dove il freddo era meno intenso, con quasi due gradi in meno rispetto alla campagna. Alcuni uccelli, soprattutto la notte, rabbrividivano per aumentare il calore del corpo. Il tremore causato dal brivido di freddo accelerava il metabolismo e generava spontaneamente calore. Purtroppo, tremare non era una strategia che funzionava a lungo e, soprattutto, richiedeva molte calorie che avrebbero dovuto essere reintegrate attraverso il cibo. Ogni specie di uccello aveva elaborato la propria strategia per far fronte alle avversità. Alcune erano semplici e conosciute, altre erano insolite e davvero inaspettate. Il modo più semplice per sopravvivere all'inverno era attrezzarsi di un buon piumaggio: il merlo con il suo becco giallo-arancio e le penne nere, il pettirosso, inconfondibile per via del petto rosso-arancio, la capinera dal manto grigio e la cinciallegra dal piumaggio giallastro e verdastro. Molte specie risolvevano il problema del freddo migrando verso climi più favorevoli, esponendosi a lunghi viaggi e a prove fisiche incredibili. Altri, come il fagiano di monte, mettevano in atto la strategia "dell'igloo", infilandosi sotto la coltre nevosa, per non disperdere energia. Intanto, il vento e la pioggia che, a volte cadeva incessante, rendevano le giornate uggiose, a tratti malinconiche, ma pur sempre speciali per Camilla, in quanto pregne di una trepida attesa. Mai, come in quel nuovo anno, desiderava il risveglio della primavera che, attraverso il perdono di Stefano, era un vero rinascere insieme. Quel paesaggio, che appariva sospeso tra la neve e il freddo pungente, era il sipario che ben presto si sarebbe aperto con l'esplosione di una palpitante primavera. Una nuova stagione dell'anima avrebbe segnato l'inizio di un rinnovamento interiore, portando speranza e fiducia in un domani migliore. Una folla di pensieri transitava nella mente di Camilla, mentre apprezzava il calore della stufa e quello di una tazza di tè bollente tra le mani, con qualche dolcetto alla cannella preparato dalla madre. Si proiettava in una corsa a perdifiato tra i campi, per poi lasciarsi andare tra i nuovi fili d'erba che un tiepido vento faceva danzare. In lei un gran desiderio di amare e di essere amata, con un ritorno alla bellezza delle cose semplici.

Ogni giorno cercava di viverlo al meglio, senza pensare continuamente ai problemi e imponendosi di trascorrere del tempo da sola con se stessa. Era importante, come la psicologa le aveva sempre consigliato, il cercare di rinnovare costantemente l'immagine di se stessa, fino a sentirsi a proprio agio con le decisioni, i pensieri e le emozioni che l'avrebbero aiutata a trovare una pacificazione interiore. Il suo equilibrio, a volte precario, le impediva di trovare quella pace interiore che avrebbe desiderato, soggiogata da pensieri ed emozioni negative. La loro totale accettazione, però, le avrebbe permesso di viverle con meno potere su di lei, senza aggrapparvisi, ma lasciandole andare. Tra le mille cose di ogni giorno, Camilla si era convinta di dover dedicare più tempo a quelle che contavano veramente, portatrici di felicità e soddisfazioni. Doveva evitare di sommare sempre più pensieri, ma semplificare la propria vita, sprecando tempo inutilmente. Durante quel ritiro spirituale, aveva capito la grandezza della gratitudine, imparando ad apprezzare le cose troppe volte date per scontate ma, ancor di più, le persone che amava e dalle quali era ricambiata. Il segreto della serenità era racchiuso in una variopinta conchiglia ricolma solo di gratitudine, dove il lamentarsi per ciò che non si aveva non trovava spazio al suo interno.

Aveva fatto sua una frase che una collega di lavoro ripeteva spesso: «Se ti senti depresso, stai vivendo nel passato, se ti senti ansioso, stai vivendo nel futuro, se ti senti in pace, stai vivendo nel presente». Poi, un giorno, la stessa, dopo aver ripetuto il suo motto, l'aveva commentato con dovizia di particolari: «È un aforisma sulla pace interiore di Lao Tsu, che ti suggerisce di uscire dall'angoscia del posizionarsi tra le calamità del passato e le preoccupazioni del futuro. La pace interiore è possibile trovarla essendo pienamente presenti, in ciò che i buddisti chiamano "l'istante eterno"».

«Che bello questo pensiero...» aveva commentato Camilla.

«Sai... sto praticando un corso di yoga... è un nuovo centro appena aperto... vado una volta la settimana, ma sento che mi fa bene».

«Ci penserò, mi sembra una buona idea».

Intanto, con Stefano il rapporto di coppia era migliorato, anche se era pur sempre una sfida continua il rimanere legati, soprattutto da parte di lui che, a tratti, mostrava ancora una perdita di fiducia nella moglie. L'ostacolo era presto superato con l'ausilio di tanta pazienza e rispetto reciproco. Era bello vedere, nei momenti di difficoltà, il sostenersi a vicenda, fino ad essere nuovamente felici. Avevano imparato ad ascoltarsi e sopportarsi. Mai come ora, quando Stefano vedeva Camilla pensierosa e triste, interveniva cercando di aiutarla: «Come stai, cucciola? Non essere malinconica... presto passeremo ancora dei bei momenti felici... abbiamo tanto tempo da trascorrere insieme... organizza ciò che ti piacerebbe fare».

In quei momenti, la donna si sentiva rincuorata e felice di questo interesse sincero del compagno e, da parte sua, provvedeva a fare altrettanto nei suoi confronti. Il tessuto a tratti sgualcito della loro unione si ricuciva tornando ad essere resistente agli strappi del vivere quotidiano.

Questa ritrovata serenità di coppia diede la forza a Camilla per elaborare il lutto per la perdita di nonna Teresa che, a pochi giorni dal suo novantesimo compleanno, l'otto di febbraio, si era addormentata senza più risvegliarsi. La tristezza, come un'onda gigantesca, si era riversata sulla famiglia, flagellandola. Antonio, che da sempre aveva avuto una sorta di venerazione per la madre, stentava a riprendersi. L'aiuto della moglie Maria, che non aveva mai fatto mancare il suo conforto, fu una vera panacea per lui e per la figlia.

Camilla, intanto, aveva recuperato un po' di cose appartenute alla nonna e le aveva posizionate in una scatola. Il riaprirla e toccarle, ogni tanto, le dava la percezione che fosse ancora presente. Inizialmente, fu una sensazione strana ma, con il passare del tempo, divenne piacevole divenire il rigattiere di se stessa, attraverso la manipolazione di quegli oggetti.

Tante volte, nonna Teresa, le aveva parlato di come essere felici in coppia, ad andare avanti anche dopo tanti anni di matrimonio.

«Quando due persone si amano, non vedono nell'altro una sola persona, ma tante persone diverse, sempre nuove, sempre pronte a stupirti. Mio marito mi ripeteva spesso che io per lui non ero solo una donna, ma tante donne diverse... diceva... a volte gioco con te come fossi una figlia... ti prendi cura di me come fossi una madre... sei la donna che desidero e l'amante che vorrei... a volte sei la mia maestra di vita, a volte la mia allieva… la mia coscienza morale quando mi rimproveri e… la mia fedele alleata nelle vicissitudini e tribolazioni di ogni giorno…».

«È bellissimo quello che dici, nonna».

«Con tante persone così diverse non c'è il tempo di annoiarsi, c'è tanto da dire e da fare… ogni giorno è una nuova avventura di vita… dove carezze e abbracci non possono mai mancare».

Camilla, ora, ricordava i suoi consigli e ringraziava Dio della sua presenza che, per tanti anni, l'aveva amata ed aiutata. La sua impronta d'amore sarebbe stata indelebile in chi l'aveva conosciuta e il vuoto che aveva lasciato sarebbe stato in parte colmato dal suo meraviglioso ricordo.

Una sera, quando ancora Camilla era alla ricerca di una possibile accettazione del lutto della nonna, la madre volle parlarle. Lo fece dolcemente, ma con tanta franchezza:«Camilla, ora più che mai ti accorgi di quanto dolore provochi una perdita in famiglia… per te è la prima volta e penso che sia ancora più difficile affrontarla… ma ciò che ci tenevo a dire è che anche un tradimento, per chi lo subisce, è paragonabile a un lutto familiare. Muore il "noi" nella coppia… con tutto il senso di abbandono, la perdita totale della fiducia nell'altro, la paura, la confusione, lo smarrimento e lo sconforto che genera in chi è stato tradito e… si vede costretto a ricostruire il proprio "io"».

«Capisco che tu voglia farmi riflettere, ma penso di capire…».

«Difficile, se non impossibile, capire quello che si prova fintanto che non si sperimenta… non ho mai visto una persona più distrutta di Stefano… chiedeva un aiuto che né io né tuo padre siamo stati in grado di dargli… faceva una gran pena… questo per renderci conto di quanto male possiamo fare alla persona che pensiamo di amare di più. Ora lo sai e prega il Buon Dio che non accada a te».

«Tu, mamma, ne parli come se avessi vissuto questo tipo di esperienza... sei molto preparata sull'argomento...».

«Beh... gli anni sono passati, ma certe cose non si dimenticano... prima che arrivassi tu, anch'io ho passato le mie quattro con tuo padre... è riuscito a farmi impazzire di gelosia... di rabbia... quando ho scoperto che mi tradiva l'ho affrontato di petto e mi sono scagliata come una furia su di lui».

«E poi?» chiese la figlia sconcertata.

«Si è scusato... e... io l'ho perdonato... eravamo sposati da un anno».

«Non avrei mai immaginato che papà potesse arrivare a tanto... incredibile... se non fossi tu a dirmelo, stenterei a crederlo».

«Queste cose succedono più di quanto immaginiamo ma, il più delle volte, non è mai colpa di uno solo... sono una serie di circostanze a renderle possibili... oh Camilla!... Mi raccomando con tuo padre... tu non sai niente!».

«Ma figurati, mamma... siamo tutti umani. L'importante che sei riuscita a perdonare... sei stata brava... anche mio marito mi ha perdonata...».

«Difficile farlo, solo pochi ci riescono... i più se ne vanno perché incapaci di ridare ancora fiducia all'altro... quelli che rimangono sono persone speciali».

«Su questo, mamma, non ho dubbi... Stefano è un grande e anche tu» concluse Camilla, lasciando la casa della madre. Le parole di Maria le risuonarono nella mente per un po' di tempo, fino all'incontro con Stefano. Il suo bel sorriso contribuì a rasserenarla, sgombrando la mente da ogni sorta di negatività. L'abbraccio,

174

che ne seguì, trasmise ad entrambi una carica di energia benefica, che solo l'amore vero poteva dare.

Intanto, il mondo viveva nel terrore per una possibile guerra nucleare, a causa della "paranoia" difensiva sovietica. "In un articolo pubblicato sulla rivista di *Intelligence Usa*, si poteva leggere come l'aumento delle spese per gli armamenti negli Usa, negli anni Ottanta del XX secolo, aveva convinto i leader sovietici che la possibilità di vincere la Guerra Fredda si stava rapidamente allontanando, mettendo così in crisi il sistema difensivo ed aumentando sempre più il loro livello di allerta, tanto che, il primo settembre del 1983, i sovietici avevano abbattuto un aereo passeggeri coreano, scambiandolo come un velivolo-spia americano. Da allora i loro sistemi di sicurezza erano stati in permanente allarme, come per un imminente scoppio di un conflitto che, fortunatamente non si verificò mai". Articolo di Ciro Cardinale
"In Italia, facendo un bilancio dell'anno precedente, la concorrenza della televisione aveva alimentato la crisi delle sale cinematografiche. La situazione era peggiorata dopo la tragedia del cinema Statuto di Torino, dove un incendio aveva causato la morte di sessantaquattro persone. A Catania, dopo le gioie calcistiche per la promozione in serie A, si era sparsa la paura per la possibile eruzione dell'Etna. In vetta alle classifiche era salito il re del pop, Michael Jackson, mentre al cinema trionfava il re degli ignoranti, Adriano Celentano. Il vero successo dell'anno, però, era stato *Flashdance*".

Un tiepido vento primaverile, dopo aver sfiorato le prime foglie sui rami più alti delle piante, scendeva al suolo, rendendo l'aria piacevole da respirare e odorare. Alcuni uccelli erano ritornati dalla lunga e faticosa migrazione, saturando l'etere dei più gioiosi canti. Le giornate si erano già allungate e il sole, ogni sera, indugiava a tramontare per spadroneggiare ancora nel cielo. L'arrivo della luna che, diafana, era comparsa già nel primo pomeriggio, pareva infastidirlo, tanto che, ogni sera, si pittava con colori diversi, stendendo i suoi raggi fino a volerla toccare, anche quando ormai il suo manto tendeva ad argentarsi. La vittoria della notte era totale e alcuni "rapaci" avevano fatto la loro comparsa nei cascinali, occupando le feritoie più alte dei granai. Qualche bruco, anticipando i tempi, era già diventato farfalla e svolazzava sfiorando il terreno, senza una direzione precisa. E, mentre Stefano aumentava la ricerca di un'azienda che avrebbe potuto avvicinarlo a casa, Camilla aveva deciso di interrompere la solita routine quotidiana iscrivendosi a un corso di yoga *Tantra*. Trovò la possibilità di parteciparvi al ritorno da Milano, in una palestra nei pressi della stazione di Novara. La gestione del corso era affidata a un guru indiano sulla quarantina, tale Esh Swami, che vantava una discendenza nella filosofia tantrica. Le sue parole iniziali diedero una spiegazione storica di questa pratica.

«La parola sanscrita *Tantra* si traduce con il termine "ordito" o "trama" ed è composta dalla radice *Tan*, che sta per estendere, moltiplicare, e il suffisso *Tra*, che sta per strumento. Il significato del termine *Tantra yoga* è quello di trovare gli strumenti, attraverso pratiche e rituali, per estendere la coscienza umana. L'immagine che se ne ritrae è quella del tessuto, attraverso l'intreccio di trama e ordito... metafora dell'unione della coscienza individuale con quella universale, e del maschile con il femminile. Tengo, inoltre, a precisare che in questa scuola si insegnano pratiche e rituali di tipo fisico... la meditazione è contemplata solo se richiesta, ma con tempi diversi».

«Scusi... ma quali sono i benefici di questa pratica fisica?» chiese Camilla, prima di convincersi ad iscriversi a quel corso di yoga.

«Essendo una scuola che predilige l'aspetto fisico, i benefici maggiori si avranno a carico della colonna vertebrale, dell'apparato muscolo scheletrico e dell'allungamento dei tendini e della scioltezza delle articolazioni».

«E... dell'aspetto meditativo, cosa mi dice?».

«In questo caso... viene coinvolta la dimensione psicologica con il conseguente risultato di migliorare l'umore e diminuire lo stress... entrando poi nel profondo della pratica è possibile migliorare ed alleviare le tensioni di coppia, portando benefici in caso di problemi psicologici nel rapporto intimo. C'è tutta una filosofia indiana sulla meditazione... naturalmente, come in tutte le cose, è importante credere in ciò che si fa, mettendoci impegno... proprio come in una disciplina scolastica».

«Grazie... se decido di iscrivermi, come la dovrò chiamare?».

«Yogi o... semplicemente Esh».

Camilla era soddisfatta. Ciò che aveva ascoltato sul duplice aspetto del *Tantra* le era piaciuto molto e, inoltre, sarebbe stato in grado di aiutare oltre il fisico, anche l'umore ma, soprattutto, portare nuovi stimoli al rapporto di coppia. Le cose con Stefano andavano bene, anche se, ultimamente, lui si soffermava a guardare il suo corpo, durante i momenti di intimità. Camilla, sentendosi osservata, provava una sensazione di disagio, mentre cercava di captare quali erano i pensieri del marito. Quell'indugiare silente era per Stefano una sorta di blocco, davanti a un corpo che non sentiva più suo, rifiutando l'idea che un altro vi avesse messo le mani. Lui, con il passare del tempo, s'impose di superare questo stallo ma, come il magma in uno stagno, era certo che sarebbe ben presto risalito in superficie. Camilla che, alfine, l'aveva capito, avrebbe tanto voluto affrontare insieme questo blocco psicologico ma, timorosa di creare ulteriore danno, era sempre in attesa che lui lo facesse di sua spontaneità. Ciò non avvenne e lei chiese aiuto a quella nuova disciplina, aprendosi a Esh come aveva fatto con la psicologa anni prima. Sentiva di potersi fidare di lui, per ridare nuovo smalto alla vita di coppia. Era fiduciosa che un miglioramento sarebbe stato possibile. Per questo, fin dalla prima settimana, volle intensificare la terapia.

Il guru, all'inizio, fu molto assiduo nell'ascoltarla, paventando la risoluzione di ogni problema, poi, da bravo manipolatore, avendo intuito la sua debolezza e vulnerabilità, iniziò un vero e proprio lavaggio del cervello. Quella donna le piaceva e lui avrebbe fatto di tutto per possederla, facendola diventare preda del suo controllo mentale. Lei non capì e, per sei mesi, si lasciò guidare, divenendo il bersaglio di questo soggetto, che aveva fatto della fragilità di Camilla il suo punto di forza. I possibili candidati a cadere in questa tela del ragno erano soprattutto le persone in difficoltà: c'era chi aveva perso il lavoro e temeva per il proprio futuro, chi aveva perso una persona cara, chi soffriva di una malattia cronica e chi, come nel caso di Camilla, aveva vissuto una brutta esperienza in famiglia. Per turlupinare questi e altri soggetti con problematiche diverse, il guru cercava di scoprire sufficienti informazioni e idee sulle persone prese di mira. Conoscerle meglio, gli permetteva di spiegare loro perché stavano vivendo questo difficile momento, coerentemente con le sue convinzioni. La strategia proseguiva facendo leva sui valori di queste persone, mettendo in discussione la loro interpretazione con quelli che, in generale, sarebbe stato meglio avere.

Esh si metteva sempre in una posizione di superiorità rispetto alla vittima e questo favoriva la manipolazione mentale che si prefiggeva di distruggere l'autostima della persona, per poi ricostruirla forgiandola a sua immagine. Per un certo periodo di tempo, il guru cercò di logorare fisicamente ed emotivamente Camilla, usando mezzi mentali, emotivi e anche fisici. La donna era ormai divenuta ancora più fragile, anche se continuava a credere ai possibili benefici futuri. Esh la metteva in imbarazzo, la disapprovava, fino a riuscire ad entrare nel suo spazio personale. Le torture emotive e mentali continuarono senza che lei facesse nulla per difendersi. Stefano era ancora lontano e, anche in quei momenti vissuti insieme, lei rifiutava di parlargliene, sempre convinta del risultato finale, anche se stentava ad arrivare.

Camilla, ormai, era completamente succube di quell'uomo che la plagiava anche con torture emotive ed insulti verbali. Una sera era riuscito anche a spogliarla per guardarla e fotografarla. Lei aveva ubbidito, senza lamentarsi, ormai preda del suo manipolatore. Esh non le dava il tempo di pensare e la bombardava con lezioni riguardanti argomenti che andavano oltre la comprensione logica. Scoraggiava le sue domande, considerandole poco intelligenti. L'obiettivo era raggiungere un'obbedienza cieca, per carpire alla persona, divenuta vittima, i propri soldi e, nel caso di Camilla, la sua stessa vita. Lei, completamente avvolta da quella che ancora considerava un'estasi che avrebbe potuto elevare la sua anima, aveva esteso questa meditazione trascendentale anche al lavoro, trovando difficoltà di concentrazione. Fu richiamata per questo, ma ormai la sua mente era stata plagiata, al punto di non ritorno. La madre le aveva parlato, ma lei aveva sempre sostenuto la validità di questa filosofia, obbligandola a non interporsi.

«Camilla, ho bisogno che vieni con me in India... qui la mia opera è al momento terminata... là hanno bisogno di me, ma ritorneremo presto». Esh aveva incassato parecchi soldi, ed era arrivato il momento di andarsene per evitare possibili ritorsioni dalle sue vittime.

«Ma io non posso lasciare la mia famiglia... mio figlio...».

«Se vuoi fare chiarezza dentro di te, devi lasciare tutto, per poi vedere la tua situazione da un'angolazione diversa. Devi farlo, se vuoi salvarti... con me imparerai a trovare gli strumenti per allungare la tua anima. Al ritorno la tua vita ne beneficerà e sarai felice... hai la mia parola. Questa stessa sera partiremo! Abbiamo provveduto anche a rifare il tuo passaporto scaduto. Non manca nulla...».

«No!» ribatte Camilla, inveendo contro di lui.

Esh la picchiò violentemente, facendola piegare su se stessa. Lei si accasciò a terra, esanime. Piangendo, lo implorò di lasciarla andare. Il guru, dopo averla sollevata da terra e, presa in braccio, la portò sul letto di una grande camera. Qui, dopo averla spogliata, abusò di lei più volte, come una bestia inferocita, mentre i continui lamenti di lei saturavano l'aria. Poi, prima che lei si riprendesse, la narcotizzò, facendole respirare una potente essenza indiana. Dopo circa un'ora, con l'aiuto di altri connazionali, Camilla venne caricata in macchina alla volta di Roma. Si risvegliò, intorpidita, in aeroporto e con l'aiuto di una guardia corrotta, portata all'imbarco e fatta salire su un aereo della *Indian Air Force*, che era parte della Palam Airport di Delhi. La struttura aeroportuale era stata costruita nel 1962 ed era usata dall'aviazione indiana per scopi militari, come una stazione dell'aeronautica. La gestione del più grande e principale scalo dell'India, dopo solo due anni, sarebbe stata trasferita all'Autorità Aeroportuale dell'India e intitolato a Indira Gandhi.

L'aereo, partito alle sei di mattina, seguì una linea retta, passando sopra la Turchia e il Pakistan e completò il volo senza scali in circa nove ore. Camilla, seduta accanto a Esh, aveva trangugiato la colazione di bordo senza rendersene conto. Poi aveva ripreso a sonnecchiare. Sfinita fisicamente e psicologicamente, non aveva manifestato più alcun tipo di resistenza.

Una grande limousine era pronta ad accoglierli in aeroporto. Vi salirono solo Esh e Camilla, mentre gli altri fecero seguito su una vecchia auto. Da Delhi continuarono verso Mathura, una suddivisione dell'India, capoluogo del distretto di Mathura, nello stato federato dell'Uttar Pradesh. Era una delle sette città sacre dell'India. Tra tutte le sapta puri, Mathura era quella con il fascino meno prorompente e, proprio per questo, era uno dei luoghi migliori nel Paese, dove confondersi con i turisti religiosi. Ricca di templi e di meraviglie nei suoi dintorni, Vrindavan in primis, era una meta molto popolare per gli induisti che credevano che Lord Krishna fosse nato qui. In quei giorni di primavera il paese era in pieno delirio con il festival dei colori dedicato a Lord Krishna con l'arrivo di turisti e curiosi da tutto il mondo. Mathura e Vrindavan erano i luoghi più belli per festeggiare questo spettacolo di colori. Intanto, la limousine si addentrava nella parte vecchia della città, costeggiando le rive dello Yamuna River, fino a posteggiare di fronte a un grande palazzo, incastrato tra i vicoli della old town di Mathura. All'apparenza insignificante, l'edificio rivelava all'interno coloratissimi dipinti che ricoprivano il soffitto

181

di quello che era un vero e proprio tempio. Camilla, per tutto il viaggio era rimasta incollata al finestrino semiaperto, respirando una miscellanea di odori e profumi. Il paesaggio, a lei irreale, offriva i più svariati colori di fiori che crescevano rigogliosi anche ai bordi delle strade. Alcuni piccoli paesi erano un labirinto di vie strette tra mercati e giardini seminascosti, mentre sullo sfondo c'era l'intenso blu del cielo, con nell'aria i profumi di magnolia, rosa e zafferano, venduto alle bancarelle ed esposto fuori dalle botteghe. Alcuni palazzi erano di un bianco accecante e riflettevano la luce di alcune pietre incastonate sulla facciata. Se pur stanchissima, Camilla rimase affascinata da tanta bellezza e da quel senso di magia che pareva avvolgere tutto ciò che vedeva. Esh non aveva parlato per tutto il viaggio, lasciando che la donna osservasse ciò che la circondava.

«Siamo arrivati, Camilla. Qui ti troverai perfettamente a tuo agio ed avrai due ragazze indiane a tua disposizione sempre, giorno e notte. Ti aiuteranno a lavarti e vestirti ed ubbidiranno ai tuoi comandi... tu, qui, per tutti sei la dea bianca del *Tantra* e ti verrà dato il massimo rispetto».

Camilla non rispose e, abbozzando un mezzo sorriso, continuava a guardarsi intorno all'interno del palazzo, dove risplendeva un lussureggiante e architettonico giardino di origine araba, con zampilli d'acqua e fontane.

«In questo palazzo, ci sono cinquanta stanze per accogliere gli occidentali che vengono in India per imparare le tecniche yogiche, sotto la guida di un guru... la scuola, in verità, non è una scuola di yoga per come possono intenderla gli occidentali ma, piuttosto, un *ashram* per *sannyasin*, ovvero coloro che rinunciano alla vita materiale e al passato per seguire un corso spirituale più libero... qui e, in poche altre scuole, si pratica il servizio disinteressato e la meditazione».

«Grazie dell'informazione» rispose Camilla, lasciando trasparire sul viso tutta la sua preoccupazione.

«Sii serena... ormai mi appartieni, sei parte integrante di me stesso. Qui ti verrà chiesto di intrattenere i praticanti occidentali del *Tantra*. Sarai venerata come una dea... ora va, le ragazze ti aspettano per mostrarti il tuo alloggio».

Le furono mostrate due stanze, una adibita a salotto, dal tipico sapore etnico, con tappezzeria colorata e a tratti grezza, con grandi cuscini luccicanti ovunque, e l'altra con un grande letto a baldacchino, che prevedeva ampie e svolazzanti tende, da chiudere nel momento notturno per riparare da eventuali luci e dall'umidità nelle calde notti estive. Comodini bassi ai lati delle sponde del letto erano previsti nella cultura orientale, realizzati in legno o in rattan, una fibra molto resistente. Anche in bagno l'atmosfera orientale non si smentiva con ampi specchi dai bordi dorati ed ampio utilizzo di carta da parati, con temi fantasiosi e dal sapore vintage.

Camilla si lasciò coccolare dalle tenere mani di quelle giovani indiane, fino alla vestizione di un sari dai colori sgargianti. Il vestito era composto semplicemente da un lungo drappo di tessuto di circa un metro per sei, che veniva arrotolato intorno al corpo. Circa un metro e mezzo di un'estremità, chiamato *anchal in hindi*, aveva di solito un design differente dal resto del tessuto e rappresentava la parte finale del sari che, di solito, serviva a coprire la testa. Il materiale più usato era il cotone, ma per le grandi occasioni si preferiva la seta. Lo scopo del sari era la praticità, cercando di lasciare più libertà di movimento possibile, considerando che le donne indiane dovevano quotidianamente compiere i più svariati lavori. Al sari si aggiunse il *choli*, un corpetto a mezze maniche che copriva la parte superiore del busto, lasciando in vista l'ombelico e molto scollato sulla schiena. Il colore del *choli* era intonato a quello del sari. Nessun sistema tradizionale prevedeva abiti femminili invernali, ma si ricorreva a dei maglioncini tipo cardigan da indossare direttamente sul sari o l'uso di un grande scialle o, semplicemente, una coperta. Camilla si guardò allo specchio e non si riconobbe. La tentazione fu quella di togliersi quella roba di dosso, ma resistette alla tentazione di farlo, in quanto, avrebbe dovuto incontrarsi con Esh per pranzare... cenare... chissà?... Ormai era completamente stordita e confusa. Le ragazze indiane la accompagnarono in una grande sala, completamente decorata di dipinti e con pietre luccicanti incastonate nei muri. Ad attenderla c'era Esh che, con molta galanteria, le venne incontro, facendo segno alle giovani donne di sparire.

«Sei bellissima, mia dea... fatti vedere» esclamò il guru, girandole intorno ed osservandola in quello splendido sari, con tanto di *choli*.

«Grazie Esh» si limitò a rispondere la donna, mentre prendeva posto di fronte a lui su un basso tavolo, rifinito nei dettagli. Lo stile indiano rappresentava una tendenza d'arredo dal gusto particolare, per la sua vivacità, l'uso importante dei colori e l'eleganza dei materiali. Mobili in legno di fattura artigianale, una forte presenza di armadi, credenze e cassapanche abbellite con decori, intagli e rifiniture particolari per dare forma e sostanza. La loro bellezza risiedeva nei molti colori che trasmettevano allegria, con pomelli e maniglie in ceramica e creta. Grandi tappeti variopinti ricoprivano le superfici della grande stanza, arredando ed abbellendo per l'eleganza ed il carattere artigianale degli elementi. Su alcune mensole spiccavano piccole statue raffiguranti Buddha e urne dalle sagome particolari. Un ruolo importante rivestivano gli accessori e i complementi d'arredo, in considerazione della cultura religiosa, che lasciava tracce e segni della sua presenza anche nelle abitazioni. Il Ganesha occupava un'intera parete ed era raffigurato con una testa di elefante provvista di una sola zanna, ventre pronunciato e quattro braccia, mentre cavalcava o veniva servito da un topo. Il suo culto era molto diffuso anche al di fuori dell'India. Il guru indossava il *kurta-pajama*, il completo indiano tradizionale più diffuso. Era composto da una lunga camicia senza colletto che scendeva fino alle ginocchia (*kurta*), e da ampi pantaloni a tubo tenuti con un laccio (*pajama*). Erano due capi molto comodi per il torrido clima indiano. Il completo era abbellito da una sciarpa che gli copriva le spalle. Ai piedi, ciabatte infradito che erano state date anche a Camilla.

Esh prese la parola: «Domani cominceranno ad arrivare i primi occidentali e noi dovremo essere pronti a riceverli. Di fronte a loro dovrai chiamarmi Yogi, è un titolo onorifico che viene dato a un guru importante per discendenza... mi raccomando, è molto importante».

«Lo farò» rispose la donna, guardandolo negli occhi. Lui sorrise, mentre picchiando le mani, chiamava la servitù per servire da mangiare.

La cucina dell'India del nord era una cucina relativamente dolce e "secca", in quanto presentava poche salse e utilizzava spesso lo yogurt. Molte carni, prima di essere cucinate, venivano marinate, poi grigliate in un *tandoor*, una sorta di forno costruito con cotto e argilla, e poi servite accompagnate da una salsa di yogurt. Due ragazze indiane iniziarono a servire il *Kashmiri Aloo*

Dum, un antipasto indiano. Era un piatto vegetariano a base di patate servite con una salsa di yogurt, pomodoro, curry e un mix di spezie. A seguire, un piatto particolare chiamato *Pulao*, un miscuglio di riso e di carne profumata allo zenzero. Camilla sbocconcellò qualcosa, mentre le smorfie comparse sul suo volto mostravano tutto il suo disgusto per quel tipo di cucina.

«Capisco la tua difficoltà ad apprezzare questi cibi, ma dovrai farci l'abitudine, anche se qualche volta potremo apprezzare anche un buon piatto di pasta italiana... abbiamo tutto e non ci facciamo mancare nulla».

Un nuovo battito di mani di Esh ed ecco comparire le giovani donne a ritirare e servire una nuova portata. Era il *Biryani*, un piatto unico di riso che racchiudeva un ripieno a base di carne, insaporito con spezie e verdure. A parte, vennero serviti alcuni spiedini di pesce che piacquero molto alla donna italiana. Ed infine, una ricetta dolce, il *Meetha Paan*, un piatto molto curioso realizzato con foglie di palma farcite con finocchio, cardamomo e cocco. Non era mancato il *Chaas*, una bevanda tipica dell'alimentazione indiana, preparata con yogurt, acqua fredda, sale e cumino, servita in un bicchiere di metallo. Le sue proprietà digestive e rinfrescanti erano dovute al suo particolare sapore. Il pane di farina integrale di grano, miglio e sorgo aveva coronato ogni portata. Non era solo un alimento, ma fungeva da "utensile", fornendo un supporto nel momento in cui si mangiava con le dita. In India c'era un rapporto tattile con il cibo, sentendone la temperatura e il grado di cottura. Il boccone era portato alla bocca con la mano destra, abbassando la testa, mentre con la sinistra si aggiungeva altro cibo nel piatto e si versava acqua nel bicchiere. Con i cibi più liquidi era consentito un cucchiaino. Lo stile del mangiare variava da una zona all'altra del Paese. Al nord i commensali si servivano delle punte delle dita, mentre al sud gli alimenti si prendevano a piene mani. Solitamente il pasto veniva consumato seduti per terra, con il piatto appoggiato sulle ginocchia e sopra una stuoia, in silenzio e in piena concentrazione. Era accompagnato da una serie di rituali di offerta verso Dio e di ringraziamento per Madre Natura.

Intanto, in Italia, Maria e Antonio era molto preoccupati per il mancato rientro della figlia. Avevano chiamato in azienda, dove Camilla lavorava, e si erano sentiti rispondere che, da due giorni, la ragazza non si era presentata. Di comune accordo, decisero di non informare Stefano, per evitare dannosi e forse inutili allarmismi. I genitori, conoscendo la fragilità della figlia, pensarono che avesse intrapreso una nuova relazione con qualche collega, anche se lei aveva giurato a se stessa che non sarebbe più ricaduta in questo errore. Camilla, ultimamente, era cambiata anche con il marito e, dopo che lui aveva perdonato il suo tradimento, l'armonia era ritornata in famiglia.

«Insomma, si può sapere che cosa ha nella testa questa ragazza? Da quando è andata da quella psicologa non è più lei… adesso è esattamente il contrario di quello che era prima… è come se in lei fosse scattato qualcosa… dove abbiamo sbagliato, Antonio? Mi sembra di impazzire…».

«Non lo so, forse dovevamo lasciarla andare di più qualche anno fa…».

«Ma se pensava solo a studiare e poi… si è messa subito con Stefano. No… penso che sia scattato qualcosa in quel primo lavoro, da dove tornava svilita ogni sera… ha perso molto della sua autostima» disse Maria, collerica.

«Sì, ma poi si era rifatta quando era stata assunta a Milano… era apprezzata anche se è proprio lì che si è lasciata andare ai piaceri del sesso… attrazione fisica la chiamava, ma intanto…» aveva ribattuto Antonio, alquanto avvilito. Con il passare dei giorni, il pianto di Mattia che chiedeva in continuazione della mamma era divenuto un supplizio. Antonio pensò di avvisare il genero, pregandolo di tornare. Ormai l'allarme era scattato, dopo una serie di assenze in azienda non giustificate. Disperazione e panico saturavano l'aria della casa, rendendola pesante da respirare. L'allerta era massima ogni volta che il telefono squillava, ma di Camilla nessuna notizia. Ogni parola divenne superflua e fu il silenzio a dominare la scena, fino all'arrivo di Stefano. Presa visione della situazione, corse in polizia per la denuncia di scomparsa. Il protocollo, che si attiva in questi casi, scattò immediatamente. Non c'era tempo da perdere. L'allerta venne inoltrata a 103 questure, prefetture, procure e commissariati. Tutte le forze dell'ordine furono avvisate e partirono le prime ricerche e indagini. Stefano era l'unico della famiglia ad ostentare una certa calma, anche se dentro di sé si sentiva ribollire da un costante fermento. La sua mente era andata subito al peggio: un incidente, un malore, un rapimento, l'incontro con un malintenzionato. Chiamò amici e conoscenti che potessero dargli qualche indicazione ma, soprattutto, se l'avessero vista ultimamente. Non avendo trovato conforto in questa ricerca, la estese alle aziende nelle quali la moglie lavorava o era stata impegnata in precedenza. Chissà, forse qualche collega, con la quale Camilla era particolarmente legata, sapeva qualcosa di lei. Era importante non tralasciare nulla, fornendo più dettagli possibili alle autorità: l'ultima data di avvistamento e i segni particolari della donna scomparsa. Inoltre, se aveva con sé denaro e documenti e, fondamentale, il numero di targa se avesse utilizzato una vettura. Le iniziative da intraprendere erano state estese agli enti locali, al corpo dei vigili del fuoco e al sistema di protezione civile, alle associazioni di volontariato sociale e ad altri enti, anche privati, attivi nel territorio.

Nell'ambito delle iniziative di propria competenza, il prefetto valutò, sentiti l'autorità giudiziaria e i familiari della persona scomparsa, l'eventuale coinvolgimento degli organi di informazione, televisive e radiofoniche, che vantavano una consolidata esperienza nella ricerca di notizie utili alla ricerca della persona scomparsa.

Stefano prese nota di tutti i dati possibili che, in quel momento, erano in suo possesso. Nel comodino della moglie recuperò una vecchia agendina con annotati alcuni numeri di telefono. Trovò un nome, quello di Marco, e non esitò a chiamarlo quella stessa sera del ritrovamento.

«Buonasera... mi scusi... sono il marito di Camilla... sto cercando mia moglie che da un po' di giorni non ha fatto rientro a casa... lei, per caso, l'ha vista ultimamente?» chiese Stefano, trasmettendo tutta la sua disperazione.

«No, ma conoscendo Camilla, non mi meraviglio... lei è fatta così... le piacciono gli uomini, peccato che io con lei non ho avuto la stessa fortuna di altri... le piace farsi scopare alla signora».

«Ma come si permette, brutto bastardo, peccato non essere lì per spaccarti il muso! Ma, tanto, prima o poi ci vediamo e allora... son cazzi tuoi!» concluse Stefano scaraventando la cornetta sulla base con tutta la sua forza. Nei momenti che seguirono, cercò di calmarsi, anche se a fatica, ma conoscendo bene la malignità della gente, rifiutò di credere alla parole di quell'uomo. Poi, ebbe un'idea, parlando tra sé: «Ma certo... come ho fatto a non pensarci prima?... Il corso di yoga a Novara... devo parlarne subito al commissario!». Lui, dopo averlo ascoltato, le confermò che ci sarebbero andati insieme. In città, dopo aver trovato la scuola di yoga chiusa, rintracciarono il portiere dello stabile. Stefano gli parlò a ruota libera, confortato dalla presenza del funzionario di polizia.

«Mi scusi... mia moglie è scomparsa, ma so che frequentava la palestra di yoga che c'è da voi... ora ho visto che è chiusa... lei ne sa qualcosa?».

«So che questi indiani sono qui da un paio d'anni, ma se ne sono andati da poco...».

«Non ha visto niente che possa aiutarci?» chiese il commissario.

«La sera che sono andati via... ricordo di aver chiuso il cancello... sono usciti dalla palestra e sono saliti in macchina... un'auto di grossa cilindrata».

«Ricorda quanti erano?» chiese il funzionario, cercando, quasi con impeto, di fargli dire tutto quello che sapeva.

«Due indiani sono saliti davanti, mentre il santone e una donna sono saliti dietro...».

«Ricorda com'era la donna? È importante!» domandò Stefano, turbato.

«Magra, alta, indossava un abito blu e una giacchetta grigia... molto corta in vita. Ricordo di averla salutata prima che salisse in macchina... ma lei non mi ha risposto».

«Saprebbe riconoscerla se le mostriamo una foto?».

«Forse... non c'era tanta luce... ma posso provare».

Stefano estrasse la foto e la mostrò al portiere. In quei secondi di attesa, Stefano si sentì morire dentro... non era sicuro di voler sentirsi dire che era lei.

«Mi pare proprio di sì... i lunghi capelli... sì... era lei, ne sono certo».

Stefano accusò una fitta allo stomaco, come se avesse ricevuto un pugno, sferrato con tutta la forza.

«Grazie, il suo aiuto è stato molto prezioso... magari sa anche dove erano diretti...».

«In India, ne sono certo... il guru mi ha lasciato una bella mancia e mi ha anche detto che non era sicuro se sarebbe ritornato in Italia... ma, più di me, saprà aiutarvi l'amministratore dello stabile».

«Bene... ancora grazie e, se avremo bisogno, non esiteremo a contattarla».

«Senz'altro, commissario, conti su di me» rispose l'uomo, felice di essere stato utile. In tanti anni era la prima volta che aveva a che fare con la polizia.

Poi, ripensandoci, il portiere chiese al poliziotto: «Ho due figli piccoli anch'io... non devo temere nulla, vero?».

«Tranquillo... ma non faccia l'italiano medio... la giustizia per andare avanti ha bisogno di tutti».

L'uomo non capì, ma evitò di controbattere.

Il consolato indiano fu allertato immediatamente e, dopo poche ore di controllo sugli aerei si seppe che Esh Swami e Camilla Giraudo erano sbarcati nell'aeroporto di Palam a Delhi. Le ricerche si erano attivate immediatamente, anche se, perfettamente consci, che sarebbe stato come cercare un ago in un pagliaio. Infatti, l'India, dopo la Cina, era il secondo paese più popolato al mondo. La sua estensione era pari a quasi dodici volte quella dell'Italia.

Intanto a Mathura, con il passare dei giorni, Camilla aveva capito che quelle donne indiane preposte al confort della sua persona, in realtà erano delle vere e proprie guardie carcerarie. La osservavano di continuo e la seguivano in qualsiasi spostamento. Ormai il suo stordimento iniziale aveva lasciato il posto alla consapevolezza della dura realtà di prigionia, nella quale versava. Da quella gabbia d'oro non aveva la possibilità di uscire, se non con le guardie del corpo. Esh le aveva messo a disposizione del denaro da spendere per abbellire il proprio corpo con vestiti sempre nuovi, trucchi per il viso e profumi con le più svariate essenze. La sua intenzione era quella che gli occidentali rimanessero affascinati dalla "dea bianca", fino a volersi unire a lei nell'intimità. Lui avrebbe potuto possederla in qualsiasi momento e, spesso, la sera, la spiava da una fessura della parete mentre si spogliava prima di coricarsi. Quella donna lo affascinava e il saperla in suo possesso lo appagava mentalmente, fino a provare un godimento corporeo.

«Non capisco, Camilla, perché nessuno degli occidentali abbia voluto estendere la sua coscienza individuale con quella universale, attraverso l'unione del maschile con il femminile... sei forse tu a respingerli?... Sai qual'è la tua missione in questo yoga tantrico, vero?».

La donna non rispose e si limitò a guardarlo schifata, ma abbassando subito la testa in segno di sottomissione.

«Questa è la tua pena per aver tradito l'uomo che dicevi di amare... da noi la donna che lo fa viene ripudiata a vita, lasciata in mezzo a una strada, senza più essere accolta da nessuno. Il suo destino è quello di morire di stenti».

«Mio marito mi ha perdonata... e tu chi sei per sostituirti a quel Dio che chiami Ganesh? Come puoi giudicare? Ti credi più onnipotente di lui?».

Esh, avvicinatosi, la picchiò violentemente sul viso, fino a farla traballare sulle gambe. Lei si accasciò a terra, piangendo.

«Ai tempi del vostro Signore, Gesù Cristo, una come te sarebbe stata lapidata... quindi considerati fortunata di espiare la tua colpa in altro modo! Ora va!... Questa sera sarò io a venire da te e non provare a respingermi!». I mesi erano passati e, tra i tanti ospiti di palazzo, qualcuno chiedeva di unirsi a lei nel *Tantra*. Lei, costretta ad accettare quei rapporti, non offriva alcuna partecipazione. Rimaneva fredda, subendo le loro pulsioni. Qualche occidentale, però, si era lamentato di questo con il guru ed egli era intervenuto, picchiando selvaggiamente Camilla. Lei, per evitare di essere nuovamente maltrattata, ricorse alla finzione di un godimento inesistente, lasciandosi andare a un coinvolgimento forzato.

Camilla si disperava pensando alla sua famiglia e alla mancata possibilità di dare loro sue notizie. Vedeva i loro volti sbiancati dal panico e quegli occhi pieni di lacrime e interrogativi. Doveva escogitare un piano per contattarli, facendo sapere dove si trovava. Dopo averci pensato a lungo, meditò di farsi aiutare da uno degli ospiti, mostrandosi carina con lui. Dopo essere riuscita ad appartarsi con un italiano, arrivato da poco, si concesse a lui, non prima di avergli raccontato la sua storia. Lui, Claudio, completamente sedotto da lei, promise di aiutarla.

«Sono anni che vengo qui e conosco molto bene il palazzo. Ci sono due uscite secondarie, delle quali solo il personale conosce l'esistenza... una sera, tanti anni fa, ho seguito uno dei servitori... a quei tempi era proibito uscire anche a noi».

«Allora... posso contare su di te... magari possiamo tentare domani sera, se vorrai tornare da me...».

«Sì, verrò... ma fuori di qui non ti sarà facile muoverti... e alla polizia non ci puoi andare perché Esh è molto conosciuto. Saresti presa e riportata indietro subito e... non voglio pensare cosa ti potrebbe fare dopo».

«E allora, Claudio?».

«Devi uscire di qui e scappare il più lontano possibile... so che a Vrindavan c'è una comunità di donne sole... potresti chiedere aiuto a loro».

«Ma... quanta strada c'è, per arrivare in questo paese?».

«Forse una ventina di chilometri... se vuoi posso lasciarti dei soldi, penso che ne avrai bisogno...».

«Sì, grazie, anche se qualcosa ho anch'io... allora a domani e mi raccomando se il guru ti chiede, digli che sei stato molto felice con me...».

«È la verità» rispose l'uomo, lasciando la stanza.

Camilla visse con ansia quelle ore di attesa che la separavano dalla serata successiva. Nel pomeriggio, presenziò come sempre al corso di *Tantra* degli ospiti e, poi, su richiesta di Claudio al guru, si avviò con lui nelle sue stanze. In quei momenti che precedevano il rapporto tantrico, la sorveglianza delle donne indiane era sospesa, per non infastidire l'ospite. Claudio pensò di agire subito: «Vieni, dai, facciamo in fretta, così ti faccio vedere dov'è l'uscita sul retro del palazzo». Camilla lo seguì velocemente, fino a scoprire il passaggio segreto. Rimase senza parole, vedendo una parete, completamente integrata nella muratura, scorrere su se stessa dopo aver ruotato il ferma tenda della finestra, posta all'ingresso del corridoio.

Camilla ringraziò Claudio con un sorriso e, subito, fecero rientro nella stanza.

«Grazie di cuore... ora ho una speranza in più...» disse la donna, mentre si toglieva il sari e si sdraiava sul letto.

«Stai tranquilla, Camilla, questa sera sono venuto solo per aiutarti... ti ho portato dei soldi... un po' di rupie da cinque, da dieci, da cento e c'è anche un duemila... ci sono anche un po' di quelli italiani, che dovrai far cambiare... guarda che la rupia vale pochissimo...».

«Non so come ringraziarti... sono proprio disperata».
«Niente... l'importante è che ti allontani il più in fretta possibile... ora che mi riaccompagni è il momento giusto... buona fortuna... ne avrai bisogno».
Quando Camilla uscì dal palazzo era verso l'imbrunire, anche se ancora la luce rischiarava la città. Si mosse in fretta cercando la strada per Vrindavan. Alfine, dopo tanto girovagare, la trovò e l'intraprese di buona lena. Era libera, finalmente! Fingendosi una turista, entrò in un negozio e chiese in inglese di poter telefonare. Sentì il cuore arrivarle in gola al momento dello squillo.
«Ciao, sono Camilla, sono in India, sono riuscita a scappare...».
«Dove ti trovi?» chiese il padre, mentre afferrava una penna e un pezzo di carta.
«Sto andando a Vrindavan... scrivi!».
«Ripeti! Come?...». Camilla sillabò la parola e se la fece ripetere.
«In questo paese... mi senti?... C'è un centro per donne sole...».
«Sì, ho capito... ti vogliamo bene...».
«Anch'io...». Poi, più nulla, la comunicazione era saltata. La musica indiana a tutto volume aveva disturbato la conversazione, ma Camilla era contenta di essere stata capita. Un brivido le corse lungo la schiena ricordando la voce del padre, che aveva risuonato come un eco in quel vecchio apparecchio telefonico. Tornò a camminare velocemente in quella strada bianca, annebbiata dalla polvere e assordata dai rumori, mentre odori di ogni tipo impregnavano l'aria. Vide alcune *autorickshaw* posteggiate a lato della strada e si fermò a chiedere quanto sarebbe costato andare a Vrindavan. Gli autobus nelle grandi città erano sempre sovraffollati, mentre quei piccoli veicoli, chiamati *tuk-tuk*, riusci-

vano a muoversi più velocemente nel caotico traffico cittadino. Pattuì, con l'indiano, il prezzo di quattrocento rupie.

Uscendo da Mathura, la circolazione dei mezzi iniziò a diminuire, fino ad incontrare solo grandi distese di campagna. Lungo il tragitto, Camilla cercò di sapere qualcosa in più sulla città dove stava andando, interrogando l'uomo indiano che guidava il *tuk-tuk*. Lui parlava molto bene l'inglese ed era persona di cultura, una vera rarità, considerando anche il lavoro che svolgeva. L'italiana ne approfittò.

«Vrindavan», prese a raccontare l'indiano, «è una città sacra, dall'atmosfera suggestiva e pacifica. Infatti, secondo la tradizione indiana in questo luogo, ha trascorso la sua infanzia Krishna, una delle divinità indiane più amate e popolari, considerato dai Vaishnava come Dio, la Persona Suprema. È qui che il giovane dio, così si racconta, ha sedotto schiere di donzelle e pastorelle con il suo irresistibile buon umore e gioia di vivere. Krishna e il suo flauto traverso, viene rappresentato accanto al suo grande amore, la divina Radha, il suo corrispettivo femminile. I fedeli hindu vengono a pregare qui e anche molti altri da tutta l'India per rendere omaggio a questi luoghi sacri... ci sono anche tanti turisti da tutto il mondo».

Camilla chiese anche informazioni sulla comunità delle donne sole, dove Claudio le aveva consigliato di andare per trovare un rifugio sicuro.

«Sono donne sole, ma vedove... Vrindavan è conosciuta come la "Città delle Vedove", che qui cercano una via d'uscita alle loro penose condizioni di vita e aspettano la morte con rassegnazione... molte vengono qui per sfuggire al brutale destino spesso riservato alle vedove indiane. C'è chi dice che queste donne siano più di seimila... chi dice diecimila... arrivano dalle campagne circostanti, ma in gran parte dal golfo del Bengala. In passato le vedove in India si immolavano sulle pire funerarie dei mariti... poi, la sati, cerimonia che vedeva le vedove arse vive accanto al marito defunto, è stata abolita dagli inglesi. Il governo indiano sta facendo una nuova legge che punisce con la pena di morte chi commette questa vecchia usanza. Forse uscirà l'anno prossimo... così dicono».

Camilla rabbrividì, mentre l'uomo proseguiva nel suo racconto.

«Per le vedove indiane è ancora difficile sopravvivere al proprio marito. La religione hindu vuole che le vedove vivano in maniera modesta, vestite di bianco, rasandosi il capo, senza bracciali o collane. Le vengono proibiti anche i cibi dolci o speziati. Non sono più gradite nei villaggi d'origine e agli stessi familiari. Sono considerate portatrici di sfortuna e morte... allontanate da casa e costrette a vivere di stenti. Non hanno diritto all'eredità del marito né ad alcuna forma di sussidio... speriamo che, in futuro, queste donne non vengano più private della loro dignità... comunque ci sono parecchi volontari che cercano di aiutarle, dando loro un alloggio e qualcosa da mangiare».

«Speriamo e... tante grazie» aveva risposto Camilla, mentre, dopo circa un'ora di viaggio, Vrindavan faceva la sua comparsa dinnanzi a loro. L'uomo, con molta cortesia la fece scendere, per poi ripartire per Mathura. Ormai la notte aveva preso possesso del giorno e Camilla cercò un albergo per andare a dormire. Scelse quello che era una via di mezzo tra la volgarissima bettola e l'hotel troppo elegante. Per farsi una certa difesa personale, dichiarò all'albergatore che, a breve, sarebbe arrivato anche suo marito. L'idea fu positiva e la donna beneficiò di un miglior trattamento e di maggior sicurezza.

Stefano era appena tornato dall'India. A Delhi, in due settimane, con l'aiuto del consolato italiano presente in città, aveva setacciato tutti i centri di yoga, dediti alle pratiche ascetiche e meditative. Il guru, Esh Swami, non figurava da nessuna parte e nessuno aveva mai sentito parlare di lui. Dopo tanto cercare, in una sorta di yoga tour, anche attraverso gli elenchi di numerosi centri in altre città, lo stesso console cominciò a dubitare in merito a quest'uomo, completamente ignorato da tutte le persone consultate.

«Se nessuno sa niente di lui... con ogni probabilità è un imbroglione, una persona che, attraverso lo yoga, si arricchisce a spese di quelli che sono finiti nella sua tela del ragno. Non sono pochi i falsi guru... santoni che si guadagnano da vivere sulle spalle degli altri. In India sono puniti severamente... ma il problema è riuscire a scovarli... il Paese è immenso».

«Già... almeno ci abbiamo provato, grazie... se almeno mia moglie riuscisse a farmi sapere dove si trova... penso che se poteva farlo lo avrebbe già fatto, ma niente... posso solo sperare, ormai».

«Sono tante le persone che spariscono in India, ma la maggior parte di propria volontà... i casi di rapimento, come presume lei, sono pochi... per fortuna e... sono quelli che ci fanno impazzire di più» concluse il console, accomiatandosi da Stefano che, provato fisicamente e svilito moralmente, si era convinto a rientrare in Italia. Nel viaggio di ritorno, tra i vari pensieri che affollavano la mente, aveva fatto alcune considerazioni sulla gente del posto. Era arrivato alla conclusione che le persone timide e, particolarmente sensibili, non avevano vita facile in quel paese. Gli indiani, pur essendo estremamente gentili, avevano una particolare predilezione per le persone con carattere forte e deciso, che rispettavano profondamente. Il tono con cui si rivolgevano, soprattutto ai subalterni, poteva essere interpretato in maniera offensiva da parte di uno straniero come lui, ma questo, invece, era un modo per affermare la propria determinazione e autorità, ricevendo rispetto dagli altri. Del resto, le condizioni di vita erano spesso molto difficili e avere una certa grinta nell'affrontare le situazioni era positivo per andare avanti. Ciò che lo aveva lasciato stupito era la grande accoglienza di questa gente, che consideravano l'ospite sacro, pari a Dio. Stefano, inoltre, era rimasto esterrefatto nel vedere lunghe file davanti ai negozi o enti statali. Le persone, compite, distanziavano l'una dall'altra in uguale misura. Se la distanza era superiore, la persona dietro si sentiva autorizzata a spingere per ridurla o, addirittura, a scavalcare e prendere il posto di chi la precedeva. Il tutto senza proferire parola. Era incredibile da vedere!

La guida indiana che aveva il compito di accompagnarlo durante il giorno, tra un centro di yoga e l'altro, gli parlava delle varie usanze indiane, cercando di polarizzare la sua attenzione, nell'intento di sdrammatizzare la situazione.

«Pensi che... in India esistono ancora i matrimoni combinati, quelli per interesse e... sono proprio i giovani ad approvare ancora questa usanza. In alcuni casi, i giovani si incontrano la prima volta nel giorno del matrimonio».

«Pazzesco!... Invece ho visto che gli uomini camminano tenendosi per mano...» fece notare Stefano.

«Sì, gli uomini lo fanno spesso, ma la loro virilità non viene messa in discussione. L'omosessualità è vista malissimo ed è considerata reato. Va detto anche che in India gli uomini sono molto vanitosi... frequentano i centri estetici, dove si fanno massaggiare, profumare e pettinare. Chi può, naturalmente...».

«Ecco perché si vedono tanti barbieri sui marciapiedi».
«Nella cultura indiana, i capelli sono molto importanti... pensi che quando muore un genitore, i figli si rapano a zero. Anche le vedove lo fanno, alla morte del marito».
«Che strana usanza... e le donne come sono considerate?».
«Inferiori all'uomo e sempre discriminate, al lavoro e in famiglia... siamo un po' indietro rispetto agli occidentali, ma forse le cose stanno cambiando con le nuove generazioni... ci vorrà ancora del tempo».
«Però, ho notato, quando sono arrivato, che le persone sono gentili...».
«Gentili e educate... da noi non si usa rivolgersi a una persona di età o di rango superiore chiamandolo per nome. Si utilizzano dei nomignoli e soprannomi... in casa la moglie chiama il proprio sposo "signore" o semplicemente "marito"...».
Stefano lo guardò basito e, mentre la giornata volgeva al termine, prese a barrare nell'elenco dei centri yoga quelli visitati. L'ennesimo insuccesso.
«Dobbiamo essere ottimisti, domani andrà meglio» gli aveva detto l'indiano.
«Mah, speriamo... comincio a perdere la speranza».
«Quella non si deve perdere mai» aveva concluso la guida.
Arrivato a Roma, Stefano volle chiamare a casa. Seppe così della telefonata di Camilla, avvenuta solo poche ore prima, dove precisava la propria posizione a Vrindavan. In quel momento, si sentì invadere da una grande gioia, mentre il suo cuore accelerava i battiti, rimbombandogli nel petto.
La fiducia superava la speranza, perché era il convincimento che qualcosa si sarebbe verificato, secondo quanto desiderava di più: riabbracciare la donna che amava.

Camilla, era riuscita a riposare bene, dopo essersi sentita libera dalla segregazione che, per mesi, l'aveva oppressa. Uscì dall'albergo e iniziò a visitare alcune comunità di vedove che, in quella cittadina, erano veramente numerose. Erano composte da due o tremila donne che, per lo più, alloggiavano in vecchi capannoni abbandonati o sul retro di templi dedicati al dio Krishna e in *ashram*, comunità organizzate, in cui le stesse, sedute per terra, una accanto all'altra, cantavano tutto il giorno gli inni devozionali, chiamati *bhajan*. Il costante salmodiare era parte integrante della sacralità dei *bhajan ashram* e, benché fosse prevalentemente compito dei pellegrini e sacerdoti, loro continuavano ad intonare questi canti, nell'intento di guadagnarsi un pasto caldo e forse una stuoia su cui dormire. Alcune erano accolte in case d'accoglienza o vivevano in baracche ai bordi delle strade. Le vedove arrivavano da tutta l'India, a volte accompagnate da un guru di cui si fidavano o lasciate dagli stessi parenti all'angolo di una strada. In India, le vedove erano vive fisicamente, ma morte socialmente, oppresse dalla colpa di essere sopravvissute a un marito. Veniva tolto loro ogni avere, incluse le proprietà del defunto e ripartite nella famiglia che, in rari casi, decideva di non abbandonarle, pur operando su di loro una continua denigrazione e facendole sentire delle nullità. Le condizioni in cui vivevano le vedove, esposte agli abusi e alla povertà, rappresentavano alcune tra le più gravi violazioni dei diritti umani, ma la cosa, però, continuava da generazioni. La stigmatizzazione di queste donne non veniva dai *Veda*, i testi sacri dell'induismo, ma da secoli di tradizione repressiva. Alla vedova era proibito indossare abiti colorati né curare il proprio aspetto, perché considerato inaccettabile alla sua condizione di persona in lutto perenne, che non aveva più un ruolo nella società. Doveva mangiare solo cibo insipido e in piccole porzioni, per non incrementare passioni che non avrebbe dovuto soddisfare.

Alcune associazioni di volontariato indiane, come la *Sulabh International*, fornivano loro un sostegno, anche attraverso piccole somme mensili per l'acquisto di cibo e di un sari, purché esclusivamente bianco. La sconvolgente realtà non impediva di sperare in tempi migliori, dove, anche chi aveva perso il marito, poteva ambire a conservare la propria dignità personale e non essere emarginata.

In tutte le comunità che aveva visitato, Camilla si era sentita rifiutare, pur avendo cercato, con qualche parola di inglese, di descrivere il suo problema. La paura di ritorsione da parte di un guru annichiliva queste donne che, scuotendo la testa, la invitavano ad andarsene. Quando ormai scoraggiata, stava per desistere, una giovane vedova le sorrise e la invitò ad unirsi a quel gruppo di donne di cui lei faceva parte. Ankita, questo era il suo nome, era la direttrice di quella casa d'accoglienza ma, contrariamente alle altre, era meno legata alla tradizione. Infatti, portava lunghi capelli sciolti lungo le spalle ed indossava un sari colorato con disegni floreali. Entrambe le braccia erano adornate da bracciali in tinta con il vestito e ai piedi calzava preziosi sandali in pelle. La sua diversa estrazione sociale le conferiva signorilità ed eleganza, pur manifestando la propria semplicità, condivisione e sentimento verso le compagne. Come lei stessa raccontò successivamente, il suo defunto marito era un mercante di seta che aveva viaggiato molto, anche in Europa. Lei lo aveva accompagnato nei suoi spostamenti, soggiornando anche in Italia. Poi, la malattia lo aveva colpito, impedendogli di continuare la sua attività. Da quel momento era iniziata una fase discendente che l'aveva privata di tutto. Rimasta sola, senza figli, aveva deciso di trasferirsi a Vrindavan, per aggregarsi alla comunità delle vedove.

«Qui, potrai fermarti il tempo necessario, fintanto che verranno a riprenderti. Nessuno ti chiederà nulla, anche se sei occidentale... cerca, però, di non allontanarti da questa casa... potresti rischiare che il guru di Mathura ti cerchi e mandi i suoi servitori in paese. Da queste parti, non sono molti i posti dove una donna sola potrebbe andare» disse Ankita, utilizzando anche qualche parola in italiano, che ancora ricordava.

«Si, grazie, starò attenta. Intanto, ho del denaro da parte che vorrei condividere con voi per l'acquisto del cibo. Posso darlo a te?».

«Si, grazie, ne abbiamo proprio bisogno... tra un po' andrò a comprare da mangiare con altre due donne».

Al rientro, Ankita contattò subito Camilla. Il suo volto si era fatto cupo, mostrando apprensione e preoccupazione.

«Sono già qui, Camilla! Ti stanno cercando in tutte le comunità! Devi nasconderti subito, vieni con me».

Ankita la portò in un sotterraneo, al quale si accedeva attraverso una botola nel pavimento. Una scala ripida raggiungeva uno scantinato, composto da diverse stanze, divise da alte inferriate. Erano vecchie prigioni abbandonate da tempo, dove l'unica luce che filtrava era quella di alcune fessure presenti nei muri.

Camilla si irrigidì, stringendo con forza la mano di Ankita.

«Appena quegli uomini se ne saranno andati, ti verrò a riprendere. Più tardi scenderò a portarti qualcosa da mangiare e una stuoia per riposare».

«Ti prego... non lasciarmi qui, ho paura».

«Fatti coraggio, dai... non vorrai finire ancora nelle mani di quel guru?!».

Camilla sedette a terra, cingendosi le ginocchia con le braccia, mentre l'indiana risaliva le scale che portavano alla botola. Poi, più niente, solo un gran silenzio che avvolgeva ogni cosa, quasi a volerla stritolare. Il pianto sommesso della donna continuò a lungo, per poi spegnersi come la sottile luce delle fessure al calar della sera. La disperazione era divenuta rassegnazione, mista a un filo di speranza. Le ore passarono e Camilla ebbe l'impressione che fosse passata un'eternità da quando era piombata in quell'inferno. Poi, sentendo il rumore di alcuni passi discendere le scale, si risvegliò da quello stato confusionale. La luce di una candela sagomava il viso di Ankita, rendendolo fluttuante con il movimento della fiamma.

«Come va, Camilla? Ho fatto un salto in altre comunità ed ho scoperto che quei maledetti sono ancora in giro... ti cercano ancora... è più prudente che tu stia qui, questa notte... ti ho portato una stuoia, qualcosa da mangiare e un po' di tè speziato».

«Grazie, Ankita, di tutto ciò che fai per me...».

«Sono certa che l'avresti fatto anche tu... dobbiamo aiutarci... ora devo scappare, prima che altre scoprano questo passaggio segreto... sono brave donne, però... non si sa mai».

La botola si richiuse e Camilla ebbe un brivido a pelle pensando alla lunga notte che l'attendeva. Sbocconcellò del pane molto sottile, fatto a sfoglie e assaggiò un miscuglio di riso e di carne profumata allo zafferano, che le era stato dato in una ciotola. Bevve del tè, contenuto in una brocca di ferro, gustandone l'aroma e, poi, cercò di tranquillizzarsi.

Il silenzio, che era stato interrotto dalla sua masticazione, tornò a farsi sentire, pressante, opprimente. Si sdraiò sulla stuoia e cercò di appisolarsi. Ci riuscì, anche se per poco. Poi, stremata dal continuo tenere gli occhi aperti nel buio, si addormentò. Nel sonno fu preda di un incubo, che la vedeva accerchiata da decina di topi e dai loro orripilanti squittii. La guardavano incuriositi, storcendo il muso con i lunghi baffi. Poi, le si avvicinarono lasciando i loro escrementi sulle sue braccia. Lei, cercando di liberarsi, agitò gli arti superiori, facendoli volare a terra. I roditori, allora, presero a salire in tanti lungo la schiena e a morderle il collo, succhiando il sangue che fuoriusciva dai tagli provocati dai loro denti affilatissimi.

La donna si svegliò di soprassalto, madida di sudore, mentre i primi raggi di luce facevano capolino dalle fessure del muro. Ricordò che in passato aveva già fatto quel tipo di sogno. I topi rappresentavano l'emergere di paure irrazionali, di pensieri ossessivi che arrivavano al suo inconscio e di cui lei stessa non sapeva l'origine. La minaccia e la successiva aggressione dei topi che le morsicavano alcune parti del corpo, mostravano la sua vulnerabilità, le sue paure in atto. Questi ratti che la mangiavano erano pensieri angosciosi che emergevano dal suo io profondo e la corrodevano. Essendo roditori, ben rappresentavano il suo rodimento interno. Lo schifo e l'idea di sporcizia che questi animali le trasmettevano erano la prova evidente che qualcosa la ripugnava della sua parte inconscia. Inoltre, gli escrementi di questi roditori rappresentavano l'invito a liberarsi da ciò che era nocivo, a riordinare la propria vita attraverso provvedimenti efficaci, in grado di cambiarla. A suo tempo, la spiegazione della psicologa era stata questa e Camilla aveva beneficiato delle sue parole. Ora, doveva imporsi di fare altrettanto, reagendo a quel messaggio chiaro che l'inconscio le aveva dato.

205

Si alzò, sentendosi a pezzi, come fosse stata percossa con un nodoso bastone. Camminò avanti e indietro in quelle stanze, le cui pareti trasudavano un magma verde, schiumato di bianco. Vincendo la sua ira, pregò a voce alta, cercando di rompere quel silenzio divenuto insopportabile.

«Non ti sembra, Signore, che abbia pagato abbastanza il mio peccato?! Cos'altro vuoi da me?...Vuoi la mia vita? Prendila, ma non farmi più soffrire! Abbi pietà di me... non abbandonarmi, ti prego... pietà di me, Signore! Tu solo puoi aiutarmi... lode e gloria a Te, Signore... lode e gloria a Te... pietà di me, Signore, ti scongiuro...».

Camilla si sentì confortata da quella invocazione che, per qualche momento, era divenuta una benefica condivisione del suo stato. Passò ancora del tempo prima che Ankita tornasse, ridiscendendo le scale. Le sorrise, abbracciandola con forza.

«Sei libera... gli uomini che ti volevano prendere se ne sono andati... li ho sentiti imprecare e fare il nome di un altro luogo dove cercarti... puoi tornare a stare con noi...».

«Grazie, Ankita, ti devo la vita... senza di te sarei stata preda di quei servitori... mi avrebbero riportato in quel palazzo, per essere picchiata da quel falso guru... un essere spregevole!».

«Dai, non pensarci e torniamo su... è una bella giornata».

Camilla, risalendo, si sentì mancare. La troppa luce le fece perdere l'equilibrio, fino a trovarsi a terra. Sentì che alcune mani l'aiutavano a rialzarsi e si riprese. Intorno a lei alcune anziane vedove le sorridevano, pur continuando con le loro litanie. Comprese di essere stata accettata e il suo cuore si riempì di una gioia grande. Dio aveva ascoltato le sue invocazioni e si era reso presente attraverso quelle donne.

Con il passare dei giorni, venne anche il tempo della miseria. Il cibo era assai scarso e, tutte le mattine, i volontari della *Sulabh International* disponevano in un certo punto del paese un grosso fornello a gas, su cui preparavano un pentolone di tè. Per arrivare in tempo a prenderne una tazza, le vedove si alzavano prima del sorgere del sole e, cercando di evitare pozzanghere e sterco di mucca nelle stradine buie, si recavano a quel prezioso appuntamento. Arrivate sul posto, sedevano a terra ad aspettare, appoggiando i gomiti sulle ginocchia. Camilla, debitamente truccata in volto da Ankita, era tra loro. Lo stesso avveniva per poter ricevere due cucchiai a testa di riso soffiato. Anche le donne più ammalate, si trascinavano, pur di ricevere qualcosa che lenisse il continuo brontolio dello stomaco. In poco tempo, la donna italiana era dimagrita molto e, provata nel corpo, iniziava a sperimentare uno scompenso psicologico. La malnutrizione era la vera malattia che colpiva queste vedove e c'era chi, pur abitando a Vrindavan, non aveva nessuna pietà per loro. La mentalità comune era quella che dovessero pagare per la morte del marito e morire di stenti.

Nel suo farneticare, Camilla invocava spesso il nome del figlio e si scagliava contro il marito per non essere ancora venuto a cercarla. Ankita cercava di consolarla e, vedendola delirare, qualche volta le offriva anche la sua parte di cibo. La loro amicizia era cresciuta, portando conforto ad entrambe.

Esh era adirato con tutti i servitori per non essere riusciti a rintracciare la sua geisha bianca. Aveva picchiato con efferatezza le due donne che avrebbero dovuto controllarla a vista e, poi, le aveva cacciate brutalmente. Camilla gli mancava e non poteva disconoscerlo. Lo esasperava il non poter abusare del suo corpo, nella più totale obbedienza e sottomissione. Per riaverla era disposto a tutto, anche a corrompere le più alte cariche di polizia di Mathura, promettendo loro una lauta ricompensa ad avvenuto ritrovamento. Convinse anche qualcuno dei suoi seguaci indiani ad aiutarlo nella ricerca. Indagò anche tra i discepoli occidentali, per capire se qualcuno di loro l'avesse aiutata a fuggire. Anche lo stesso Claudio era stato interrogato dal guru, ma lui aveva escluso ogni coinvolgimento e, ritenendosi offeso, aveva lasciato il palazzo, facendo rientro in Italia. Una certa emulazione si era sparsa anche tra gli altri e qualcuno, dopo aver trovato il coraggio di riprendere il guru per aver perso la giusta serenità per condurre la pratica meditativa, aveva preferito andarsene, abbandonando il corso di yoga. Esh ne aveva sofferto, ma non aveva trovato le parole giuste per trattenerli. La sua figura di Yogi, guru d'alto lignaggio, si stava sgretolando, lasciando trasparire la sua vera natura di impostore che, dopo aver imparato i rudimenti della filosofia indiana, si era inventato una discendenza inesistente. Per ottenere ciò, aveva pagato profumatamente gli addetti ai registri anagrafici. Esh era nato a Chichli, vicino a Gadawara, proprio al centro dell'India. Lo stesso paese aveva dato i natali a Maharishi Mahesh Yogi, mistico e filosofo indiano, nonché guru, fondatore della tecnica conosciuta come meditazione trascendentale e del movimento ad essa relativo. Dopo aver frequentato il guru ed aver appreso parte della sua filosofia, Esh si era trasferito a Mathura, dove aveva fatto circolare la voce di essere un discendente diretto del famoso filosofo indiano. Prendendo parte del suo insegnamento e mescolandolo con delle palesi assurdità, il vero con il falso, aveva fatto in modo che tutto divenisse credibile. Affiliandosi al nome di un maestro prestigioso, gli aveva permesso di apparire come persona preparata ed ottenere, così, una notevole credibilità. La sua fama di guru, colui che disperde le tenebre e porta la luce della Conoscenza, *(dalle radici "gu", oscurità, e "ru", luce)* si era estesa, fino a raggiungere l'Occidente.

Secondo il Gita, uno dei testi più importanti dell'Induismo, il discepolo non doveva solo adorare il guru come dio, ma doveva consegnargli se stesso e le sue proprietà. Esh, come la maggior parte dei guru, si era arricchito notevolmente, preferendo i discepoli europei, soprattutto perché dai bianchi prendeva più denaro. L'ipocrisia dei guru era diabolica, criticando il materialismo dell'Occidente e convincendo i loro seguaci che la rinuncia ai beni materiali li avrebbe fatti salire nella scala spirituale. Tutto questo per poi ridere alle loro spalle e diventare incredibilmente ricchi, alcuni dei quali con proprietà terriere in tutto il mondo. Nell'Induismo non esistevano leggi morali assolute, in base alle quali agire e stabilire ciò che era bene o male. Si insegnava ad uccidere la voce della propria coscienza, impedendole di ribellarsi. Il peccato non esisteva e tutto si poteva compiere, dall'assassinio alla violenza, al furto, alla corruzione, purché compiuti in nome di una illusione celeste. La gente subiva così un cambiamento nel proprio sistema di valori e si ritrovava confusa riguardo a ciò che era giusto o sbagliato. Come era accaduto a Camilla, anche altri si venivano a trovare in balia di questi impostori, perdendo la capacità di prendere decisioni di qualsiasi tipo. Non dovevano usare il cervello, ne porre domande al guru, nella più totale sottomissione. Erano tante queste persone che, rinunciando alla propria autonomia, sentivano di doversi assoggettare e credere, cambiando radicalmente la propria vita. E così mentre la gente dell'India moriva letteralmente di fame, i santoni si arricchivano senza donare una parte delle loro immense ricchezze per sfamare tanti infelici. Nel misticismo orientale, lo scopo della meditazione yoga era quello di svuotare la mente, eliminando gradualmente la relazione tra la propria anima ed il mondo fisico. Ciò poteva scatenare disturbi emozionali e mentali, tanto che i seguaci dei guru si erano visti costretti a creare una rete di emergenza di medici e psichiatri per curare coloro che avevano avuto gravi problemi. Il pericolo maggiore della meditazione trascendentale era la dipendenza dalle tecniche stesse. Era come una droga. Chi la sperimentava, sentiva di non poter più vivere senza di essa. Era piacevole lasciarsi ammaliare, fino al punto di non ritorno.

Esh, sedicente salvatore e falso profeta, prometteva, con astuzia, felicità e appagamento totale, attraverso metodi e tecniche particolari, ma non a persone malate, bensì a persone sane e in grado di portargli ogni loro avere.

Dopo tanti anni a Mathura, aveva cercato nuovi discepoli trasferendosi per un breve periodo anche in Italia. Qui, si era insediato molto bene ed aveva plagiato mentalmente altre persone fragili, aumentando la sua ricchezza. Camilla, caduta nella sua tela del ragno, era divenuta la sua schiava, costretta a prostituirsi per dare a lui la possibilità di accattivarsi ulteriormente i suoi discepoli.

7

Mattia era un bambino molto bello che, sempre più, assomigliava alla madre anche nel carattere solare, che lo rendeva simpatico ai compagni. A settembre aveva iniziato il suo primo anno di scuola elementare e, contrariamente a tanti altri coetanei, era felice di andarci. Stefano lo aveva accompagnato e si era reso partecipe di quel momento cruciale e molto delicato del suo percorso evolutivo dove, per la prima volta, il bambino si allontanava dalla famiglia e da casa. Una vera e propria iniziazione, dove la collaborazione dei genitori era fondamentale. La mancanza della madre aveva rattristato Mattia, anche se il padre l'aveva motivata come un'assenza di lavoro, anche se la cosa durava ormai da troppi mesi. Stefano aveva fatto di tutto per cercare di ricoprire i due ruoli, ma con scarso risultato. L'intervento di Maria, con la sua esperienza, aveva in parte mitigato l'assenza di Camilla. La scuola aveva adottato l'intelligente iniziativa di invitare i futuri allievi alla festa conclusiva prima dell'estate, che precedeva l'inizio del prossimo anno scolastico. Questo aveva permesso ai piccoli, attraverso un primo evento gioioso, di familiarizzare con la struttura scolastica, con i locali dove avrebbero studiato e, soprattutto, con i compagni. L'inserimento era stato graduale e Stefano nei primi giorni, si era fermato ad intervalli con il figlio, lasciandolo solo, ma avvisandolo sempre quando poi sarebbe tornato. Mattia era entrato in contatto con le proprie emozioni ed aveva compiuto il suo sforzo d'adattamento ad un mondo basato su una nuova realtà. Gli insegnanti avevano svolto un ruolo primario nell'informare in modo completo gli allievi sulle novità della scuola elementare, citando gli spazi riservati al gioco e alla ricreazione. Stefano era felice del lavoro svolto, fin dalla sera precedente il primo giorno di scuola, quando aveva tranquillizzato il bambino, facendogli capire che la scuola era una cosa positiva e che tutto veniva fatto per il suo bene. Ora che si era raggiunta una certa normalità dopo quei primi giorni di scuola, riprendeva il suo cammino per il ritrovamento della moglie.

Il consolato italiano a Delhi, dopo essere stato informato in merito alla possibile località di Vrindavan, aveva iniziato le ricerche con molta discrezione, cercando di evitare un contatto con la polizia locale. La corruzione elevatissima non avrebbe giovato alla causa, anzi l'avrebbe ostacolata, favorendo il santone nel ritrovamento della donna.

«L'aspettiamo al più presto, per dare corso, con la sua presenza, ad una più mirata ricerca» erano state le parole del Console, laconiche e tese ad una rapida risoluzione del caso.

«Verrò al più presto e l'avviserò tempestivamente del mio arrivo».

Peccato che il destino, proprio in quel particolare momento, si rivelò infame, sottraendo a Stefano, almeno momentaneamente, l'illusione e la speranza di poter tornare in India. La madre Graziella era deceduta all'improvviso e ad accorgersene era stato il portiere che, quella mattina, non l'aveva vista scendere. Dopo aver citofonato senza avere una risposta, era salito da lei con il mazzo di chiavi che conservava in portineria. La donna era stesa sul letto, proprio come se stesse dormendo. La sollecitò, senza ricevere risposta, poi chiamò l'ambulanza e provvide ad avvisare il figlio.

Stefano, con la morte della madre, sperimentò nuovamente un senso di abbandono che, sotto certi aspetti, poteva assomigliare a quello percepito con il tradimento della moglie. Quel suo essere lasciato solo era vissuto come un tributo da dover pagare alla vita. Tante volte, aveva immaginato quelle due insostituibili donne come parte di un'unica persona. L'amore era il filo all'unisono che le congiungeva e lui ne ritraeva la forza per l'incedere di ogni giorno. La madre che gli aveva dedicato la sua vita, divenendo l'emblema della resilienza, per aver continuato da sola dopo la morte del marito e, poi, Camilla, con il suo amore innocente che l'aveva fatto innamorare. Dov'erano finite? Come poteva la vita cambiare repentinamente il destino di un uomo? Come opporsi? O dover accettare supinamente, senza poter fare nulla?... Dopo lungo pensare, senza approdare a nulla, si arrese senza condizioni. Era pervaso dalla sensazione che, ad un certo punto, un flusso esistenziale era intervenuto nella sua vita e che l'azione più efficace sarebbe stata quella di assecondare ciò che andava in quella direzione, senza opporsi e con lucidità, consapevole che anche elementi casuali e imperscrutabili avrebbero portato ad un risultato positivo. La voce della fede, se pur messa a dura prova, gli ripeteva costantemente di avere fiducia e di abbandonarsi tra le braccia del Padre. Lasciarsi portare, flessile, ma attento, era il modo migliore per passare dalla speranza alla fiducia che, anche gli eventi più duri, avrebbero potuto trasformarsi in esperienze favorevoli. Come gli aveva ricordato don Cesare, al termine delle esequie della madre: «Ognuno di noi ha delle doti che, entro certi limiti, possono influire e, a volte, essere determinanti anche sugli eventi più inevitabili... anche una sconfitta può trasformarsi in una vittoria... e non è detto che, anche quando la vita ti volta le spalle, non possa portarti verso un'esistenza migliore. Sii fiducioso».

Con queste parole nel cuore, Stefano partì per l'India. Settembre era un buon periodo per andarci, anche se ancora influenzato dai monsoni. Delhi, nonostante ciò, registrava generalmente temperature alte e, il minor afflusso di turisti, permetteva di muoversi più liberamente. Anche i mezzi avevano velocizzato la propria andatura e questo permise all'italiano di risparmiare la corsa del taxi. Quei viaggi, con tanto di soggiorno prolungato, lo stavano debilitando finanziariamente e questo comportava una maggior attenzione in tutto. Quando scese dall'autobus, fu accolto da una pioggia debole, che asciugava velocemente a contatto con il suolo. Pochi passi a piedi e l'Ambasciata Italiana, posta di fianco a quella Canadese, era raggiunta. All'interno, come sempre, un andirivieni di persone che si muovevano frettolosamente, come formiche in entrambe le direzioni di marcia. Stefano riuscì, a fatica, a trasmettere il suo nome al personale di sicurezza del *gate*. Poi, dovette tornare all'esterno dell'edificio, nuovamente in coda con tanto di ombrello, poiché i posti a sedere all'interno erano pochissimi. Quando fu chiamato, l'italiano spiegò le motivazioni del suo nuovo soggiorno, convincendo l'operatore che non stava tornando illegalmente, ma chiamato direttamente dal Console. La sua educazione e gentilezza nel fornire una spiegazione esauriente furono contraccambiate e, dopo pochi minuti, fu accompagnato al piano superiore per essere ricevuto dal Diplomatico. L'attesa si prolungò, divenendo snervante. Poi, una porta si aprì e fu invitato ad entrare proprio dallo stesso Ambasciatore. Lo riconobbe e gli sorrise.

«Ben arrivato, signor Barale... innanzitutto, le porgo le mie condoglianze per la perdita di sua madre... proprio adesso... purtroppo, quando succedono le cose, non vengono mai da sole... comunque tutto è pronto per una nuova ricerca e questa volta saremo più fortunati, ne sono certo».

«Ce lo auguriamo tutti... mio figlio, poi, non riusciamo più a tenerlo... chiede in continuazione della madre. Non so più cosa raccontargli...».

«Mi dispiace... da domani mattina inizieremo a setacciare Vrindavan... è l'unico posto dove una donna sola potrebbe nascondersi e trovare rifugio, in mezzo a migliaia di vedove... forse quello di essere occidentale le avrà dato un po' di problemi, ma quelle donne sono buone... si aiutano tra loro. Intanto, ho pensato di utilizzare la macchina consolare, con tanto di bandierina italiana... incute un certo rispetto nella gente e potrebbe essere di aiuto se fosse notata da sua moglie. Sull'auto, insieme con lei, ci saranno un funzionario d'Ambasciata e un Commissario della polizia di Delhi. L'autista indiano farà anche da guida. A seguire ci sarà una macchina di scorta con quattro poliziotti che, ad avvenuto ritrovamento, punteranno a catturare il guru, con l'aiuto di sua moglie. Non dobbiamo dargli il tempo di scappare a quel delinquente... tutto chiaro, signor Barale?».

«Chiarissimo, grazie».

«Allora, domattina, si trovi in Ambasciata per le otto. Dovrà solo fornire un suo documento al *gate*... al resto ci penso io».

«Grazie, signor Console».

«Mi ringrazierà ad operazione completata...».

Una stretta di mano, data con forza da ambo le parti, pose fine al dialogo. Stefano si avviò verso l'albergo, che distava un centinaio di metri dall'Ambasciata. Si ricordò di quella strada, percorsa solo poco tempo prima, dove, ad ogni passo, aveva dovuto affrontare una delusione sempre più cocente. Ora la viveva con rinnovata fiducia, innalzandosi oltre la speranza. Non erano molte le ore che lo distanziavano dal mattino, ma gli sembrarono eterne. Preferì lasciare accesa la luce della lampada sul comodino, ravvisando in essa una compagnia ed evitando, così, di sentirsi solo a migliaia di chilometri da casa. Si appisolò più volte, risvegliandosi di continuo a guardare l'ora. Poi, stanco di quella situazione, si vestì e scese nella sala dell'albergo, quando tutto era ancora avvolto nel silenzio. Sfogliò delle riviste, aspettando che venisse servita la colazione. Poi, a passo veloce, si diresse verso l'Ambasciata. Si registrò al *gate* ed attese di essere chiamato.

L'auto consolare, con tanto di autista, era già parcheggiata nel piazzale antistante l'edificio. Il funzionario d'Ambasciata e il Commissario di polizia, dopo aver parlato con il Console, si presentarono all'appuntamento. Una veloce stretta di mano con Stefano e, poi, via verso Vrindavan, transitando per Mathura, a circa duecento chilometri da Delhi. La macchina viaggiò spedita e raggiunse il paese in tre ore, per aver trovato più di un corteo funebre lungo la strada. Al primo impatto Vrindavan appariva deserta ed erano poche le donne in sari bianco che camminavano lungo i marciapiedi.

Visitando parecchie case di accoglienza, l'autista indiano raccolse informazioni sugli spostamenti e relativi raggruppamenti di quelle donne.

Il mattino, con il rituale del tè offerto dai volontari, sarebbe stato il momento migliore per incontrarne parecchie, che arrivavano da ogni angolo del paese. Nonostante tutti i luoghi visitati, comprese alcune catapecchie ai bordi delle strade, la giornata risultò infruttuosa. Ora la speranza era rivolta a quel raggruppamento mattutino, al quale non avrebbero dovuto mancare. Durante il viaggio di ritorno, il funzionario volle informare Stefano in merito alla situazione di quelle vedove. L'autista era intervenuto più volte, cercando di arricchire la descrizione di altri particolari. L'italiano ringraziò, mostrando il suo interessamento con alcuni cenni del capo. Poi, assorto nei suoi pensieri, si isolò, proiettandosi nella giornata di domani.

Tornando verso l'albergo, Stefano lasciò che la sua mente rivivesse i momenti salienti della giornata appena conclusa. L'entrata in quelle stanze fatiscenti e dall'odore nauseabondo lo avevano sbalordito, fino a bloccarlo nell'agire. E poi le teste rasate e quei volti scarni, scavati, privi di espressione, che parevano tutti uguali, erano un tutt'uno con il degrado che li circondava. Sorrisi spenti e occhi carichi di paura, quelle donne si muovevano con circospezione, quasi a non voler far sentire la propria presenza. Erano morte a tutti gli effetti, come la società voleva che fossero, private della dignità. Era incredibile come degli esseri umani potessero vivere in quelle condizioni, che rappresentavano alcune tra le più gravi violazioni dei diritti umani. E, tutto questo, nella più totale indifferenza della gente, che considerava doverosa la loro espiazione, per essere state la causa della morte del marito. Stefano rabbrividì al pensiero che anche Camilla fosse tra loro ed avesse condiviso la stessa sorte. Pregò il Buon Dio affinché il prossimo mattino arrivasse il più fretta possibile.

Allo spuntare dell'alba del nuovo giorno, le vedove era già ammassate sui marciapiedi, per arrivare in tempo a gustare un bicchiere di tè. L'auto consolare si fermò sulla strada, di fronte a loro, e Stefano scese accompagnato dai due compagni di viaggio. In quell'assembramento di donne tutti uguali, vestite di bianco, una emergeva per la sua diversità. Era alta, slanciata, indossava un sari colorato con disegni floreali e portava lunghi capelli che le scendevano lungo le spalle. L'italiano, nell'osservarla, provò una sensazione strana, che lo fece avvicinare a lei. La donna gli sorrise, mentre sorseggiava del tè in una ciotola di ferro.

«Ciao... non sai se tra voi c'è una donna italiana? Sono suo marito...».

L'indiana sorrise nuovamente e gli fece cenno di seguirlo lungo un susseguirsi di marciapiedi, ricoperti di sterco e di pozzanghere melmose dall'odore nauseante. Entrò in una vecchio padiglione dismesso, dove parecchie vedove avevano trovato casa. Camminò fino ad arrivare in un angolo di una grande stanza, dove, a terra, giaceva una donna che riposava su una stuoia. L'indiana, girandosi verso l'uomo, la indicò con la mano aperta.

«Camilla» disse «qui...». Stefano, abbassandosi, la osservò mentre dormiva. Una forte emozione lo invase, fino a sentirsi mancare. Vacillò sulle gambe, ma si sforzò di irrigidire i muscoli, rimanendo in piedi.

«Camilla, Camilla...» la chiamò, mentre il cuore gli sobbalzava nel petto.

Lei si girò e lo riconobbe. Si alzò a fatica e, senza salutarlo, prese a insultarlo mostrandogli i pugni, dalle dita trasparenti.

«Quanto ci hai messo ad arrivare, schifoso che non sei altro. Mi hai lasciato qui a morire di fame! Maledetto!».

Stefano la guardò nuovamente ed impallidì. Di Camilla di un tempo era rimasto ben poco. Magrissima, il volto scarno e scavato, faticava a reggersi in piedi. Quando la moglie ebbe rallentato la sua ira, il marito diede parecchio denaro ad Ankita affinché andasse a comprare da mangiare. L'indiana uscì con al seguito altre tre donne. Tornarono con tanto pane, alcuni spiedini di pesce e diverse ciotole di carne mista a spezie. Camilla mangiò con voracità, guardandosi intorno, affinché nessuno delle altre donne potesse rubarle il cibo. Stefano la osservava, basito, vivendo una sorta di incubo in pieno giorno. Il Commissario, che con il Funzionario aveva assistito alla scena, si accinse ad interrogare l'italiana. Ora la donna si era tranquillizzata e, rimanendo a terra, aveva appoggiato i gomiti sulle ginocchia. Il poliziotto le sorrise ed iniziò a farle delle domande.

«Siamo tanto felici di averti ritrovata, Camilla... ora, però, vorremmo riuscire ad arrestare l'uomo che ti ha fatto tanto male. Dove lo possiamo trovare?».

«A Mathura... nella città vecchia... ma io non so se riuscirei ad arrivarci...».

«Sapresti riconoscere il palazzo?».

«Sì».

«Allora andiamo... tu, da stare in macchina, dovrai solo riconoscerlo. Al resto pensiamo noi». La donna assentì con il capo.

Stefano la prese in braccio e la portò a sedersi sull'auto. Camilla, all'improvviso, iniziò a gridare, con quanto fiato aveva in gola: «Ankita! Ankita! Ankita!».

L'indiana arrivò e, dal finestrino, cercò di tranquillizzarla.

«Ora torni a casa... pensa che meraviglia... rivedere tuo figlio...».

«Vieni anche tu, Ankita! Non mi lasciare! Vieni!».

«Non posso, Camilla, il mio posto è qui con le altre compagne... devo provvedere a loro e tu lo sai...».

L'auto si mosse e la donna italiana diede sfogo al suo pianto liberatorio, sommesso e continuo. Il marito la strinse a sé, cercando di confortarla. Lei si lasciò andare tra le sue braccia, fino ad addormentarsi. Fu svegliata a Mathura dal Commissario e invitata a restare vigile per riconoscere il palazzo, mentre l'auto si addentrava nella parte vecchia della città, costeggiando il fiume Yamuna, un importante affluente del Gange che lambiva anche Delhi, Agra e Vrindavan.

«Rallenta» ordinò il poliziotto all'autista «siamo in zona...».

«Sì» confermò Camilla, mentre dal finestrino cercava di ricordare. Poi, riconoscendo l'edificio, lo indicò prontamente. Il Commissario ordinò ai suoi uomini di entrare nel palazzo, mentre il funzionario consolare era sceso dalla macchina, appoggiandosi di schiena alla portiera anteriore. Furono attimi concitati, nei quali Camilla, avvinghiata con forza al marito, riviveva il terrore di quel primo arrivo, oltre sei mesi prima. Lui le accarezzava il viso con delicatezza, senza parlare, ma facendole sentire tutto l'amore contenuto nel suo cuore. Lei, sentendosi rabbrividire dentro, sfogò la sua paura nel pianto.

In meno di mezz'ora, i poliziotti uscirono dal cancello del palazzo con il guru ammanettato, che non aveva opposto resistenza. Camilla, affacciata al finestrino, lo guardò con disprezzo e prese a urlare: «È lui che mi ha rapita, Esh Swami. Bastardo!». Il santone, proponendosi con calma e apatia, la guardò come se nulla fosse cambiato e le disse: «Tu sei la mia geisha bianca! Non ti mancava nulla! Il tuo peccato rimarrà per sempre!». La donna, ferita da quelle parole, aveva ripreso a singhiozzare con isteria, mentre Stefano, sceso di slancio dall'auto, si scagliava contro di lui. Fu fermato dal funzionario e invitato a risalire sulla berlina. L'odio si era impadronito della sua persona, tanto da accecarne la lucidità mentale. Poi, guardando la moglie, depose la sua ira, pensando che avrebbe maggiormente esasperato la già precaria condizione psicologica.

All'arrivo a Delhi, Camilla fu sottoposta ad interrogatorio da parte della polizia giudiziaria, dopo che, la stessa, aveva ricevuto una prima ricostruzione dei fatti da parte del Commissario. Furono due ore concitate nelle quali la donna rivisse, attraverso la sua testimonianza, l'intera prigionia, rabbrividendo ad ogni passaggio del proprio racconto. Faticava ad esprimersi e a tratti era costretta a fermarsi, interrotta dal pianto a singhiozzo. La gentilezza dei due magistrati riuscì nell'intento di calmarla, fino a sciogliere le sue riserve nel rivelare la propria storia con dovizia di particolari. Il suo interrogatorio e quello successivo di Esh, dichiaratosi reo confesso già al momento dell'arresto, nell'intento di usufruire di un probabile sconto di pena, furono secretati dagli inquirenti. Il guru, dopo essere stato sottoposto a una violenta inquisizione, fu portato nel carcere di Tihar, nel reparto di massima sicurezza. Il benvenuto in questa struttura consisteva in colpi inferti ai fianchi con poderose mani poste a taglio che, in un ripetuto susseguirsi, facevano stramazzare la persona. Il tutto senza lasciare segni corporei, ma con un'efficacia tremenda che avrebbe impedito al soggetto di rialzarsi per parecchie ore. Inoltre, la sporcizia nauseante dei locali contribuiva a logorare e distruggere lentamente la dignità dell'essere umano, fino a desiderare la morte. Erano stati pochi quelli, che dopo aver scontato la pena, avevano fatto ritorno a casa. Tutto questo, senza alcun intervento da parte delle autorità preposte al controllo del carcere, il cui unico interesse era di inventarsi nuove pene corporee da sperimentare sui condannati.

221

Appena uscita dalla polizia, Camilla volle telefonare a casa. A rispondere fu la madre, esterrefatta nel sentire la voce della figlia. «Sono libera! Libera!... Mamma, sono libera, finalmente! Stefano è qui con me... torniamo presto!». «Vi aspettiamo...». La voce, rotta dall'emozione, le impedì di continuare e, non sentendo più nulla, Camilla chiuse la comunicazione.

Successivamente, Camilla e Stefano furono ricevuti dal Console, che espresse la sua contentezza a Camilla e la esortò a farsi visitare in ospedale per un primo controllo. «Quando avremo la certezza che lei potrà intraprendere il viaggio in aereo, la lasceremo andare. È un controllo, che è doveroso fare...».

«Grazie di tutto... ormai avevo perso le speranze» rispose la donna.

«Se non ci avesse comunicato dov'era, sarebbe stato impossibile trovarla... l'India è immensa... ora vada... il funzionario l'aspetta per portarla in ospedale... poi ci vediamo prima che ritorniate in Italia».

«Non ho parole per ringraziare lei e tutti i suoi uomini... sono stati molto bravi e tanto professionali» commentò Stefano.

«Bene, mi fa piacere» concluse il Console, mentre li riaccompagnava alla porta.

In ospedale i controlli della sintomatologia da malnutrizione iniziarono subito, rivelando in generale una forte debolezza corporea. Dagli esami del sangue vennero rivelati vari deficit, secondo il tipo di vitamina assente nella nutrizione del soggetto. Per quando riguardava la cute, furono riscontrate alcune ecchimosi, capelli fragili e una componente desquamativa alle estremità inferiori del corpo. Un sanguinamento gengivale e una riduzione del senso del gusto. A livello neurologico, la perdita del senso di posizione e un leggero disorientamento. L'obiettivo era di intervenire, almeno in parte, con le cure necessarie per darle la possibilità di affrontare il lungo viaggio di ritorno in Italia. Dopo cinque giorni, i medici la ritennero idonea a partire. Prima di imbarcarsi, la coppia ritornò a ringraziare e salutare il Console. Come sempre, lui non mancò di sfoggiare la sua professionalità e diplomazia che, proprio come un vestito di alta fattura, lo rendeva unico nella sua eleganza. Una forte emozione unì i due uomini che, dialogando con gli sguardi, lasciarono trapelare tutta la loro contentezza per la buona riuscita dell'operazione. L'incubo era finito ed ora la vita riprendeva il suo corso, come un fiume che, dopo essere tracimato devastando case e campagne dopo un violento uragano, ritornava a beneficiare della tranquillità dei suoi argini.

Il viaggio in aereo era stato tranquillo, con pochi vuoti d'aria e coadiuvato dalla notte, che infondeva maggior serenità. Camilla era riuscita ad appisolarsi, mentre Stefano cercava inutilmente di trovare una via d'uscita dal labirinto dei suoi pensieri. Ripensava a quell'uomo che, per lunghi mesi, aveva rovinato la loro vita e, contemporaneamente, rivolgeva a se stesso alcune domande, alle quali non avrebbe saputo dare una risposta. "Come poteva un uomo avere tanta cattiveria dentro di sé, fino a ritenere normale di poter disporre della propria vita e, cosa peggiore, di quella degli altri? Come era possibile concepire la violenza e la forza come simboli ed espressioni di lotta per la vera giustizia umana? Ecco... i falsi profeti e moralisti nascevano da qui... proprio perché la violenza distruggeva la vita, la dignità e la libertà, che, invece, fingeva di difendere". Si convinse della veridicità dei suoi pensieri e, finalmente, ebbe un po' di pace. Sorrise alla graziosa hostess che gli porgeva del tè caldo e lo sorseggiò con gusto. Poi, aiutato dal buio circostante, si appisolò. Fu svegliato dalla luce che filtrava da un oblò, la cui tendina era stata alzata per fotografare l'alba.

Nel rientrare a casa, la gioia di Camilla era stata grande. Quanto aveva atteso quel momento! La sua dimora, caldo rifugio e accogliente nido, era lì per concederle il meritato riposo dopo un lungo peregrinare, per rincuorarla e rifocillarla, per donarle la meravigliosa semplicità della famiglia. Qui, le più svariate emozioni potevano fondersi senza la paura di essere scoperte, di essere controllate, di essere colte nell'intimità ma, soprattutto, di non essere punite. La voce di Mattia, carica di gioia per il suo ritorno, riecheggiava festosa, allontanando lo spettro della temuta solitudine. Le voci all'unisono di tutti i componenti della famiglia, avevano recitato la preghiera di ringraziamento all'Artefice della vita: era la fine di un incubo, che aveva segnato tutti. Dagli occhi trapelava la gioia del ritrovarsi, dello stare insieme, del parlare e capirsi anche con sottili sguardi d'intesa. Ognuno rivelava il proprio stato d'animo e le sensazioni sperimentate per quell'avvenuto miracolo. Era la testimonianza che dai momenti difficili ci si poteva risollevare con l'aiuto vicendevole, facendo sì che il torpore grigio che vagheggiava nell'aria, cedesse il passo a un arcobaleno di luci e colori. In nessun altro luogo, l'amore aveva più forma di qui. Era concreto, lo si poteva quasi toccare e stupiva il suo espandersi. Camilla aveva riscoperto l'importanza della famiglia, dove trovare riparo dalle avversità della vita e dalle paure di ogni giorno, che si smorzavano nella solidità di quel robusto nido. Nelle sere, che precedevano la festa, tutti potevano toccare con mano l'euforia: anche domani si sarebbero ritrovati per gioire insieme, affrontando uniti l'avventura della vita. In quei giorni, ognuno si adoperava per cercare di aiutare Camilla a migliorare il suo stato fisico, gracile e debilitato dalla denutrizione, dopo che lei aveva manifestato l'intenzione di non farsi curare in ospedale.

«Poi, Camilla, un giorno... quando ti sentirai... ci racconterai cosa ti è capitato...» chiese Maria.

«Sì, mamma, un pomeriggio, quando ci siete tutti, lo farò... ma sarà solo quella volta perché, poi, cercherò di metterci una pietra sopra».

Dopo qualche giorno, Camilla, facendosi forza, parlò a ruota libera della sua storia, facendo trasalire tutti. Ognuno dei presenti si complimentò con lei per la resilienza avuta in quei mesi di segregazione.

Il sequestro di persona era stato un evento traumatico, che l'aveva spogliata di qualsiasi gesto legato alle proprie abitudini e quotidianità. Poi, con il trascorrere del tempo, i vissuti di paura, sconcerto, rabbia e disperazione furono sostituiti dalla rassegnazione e dall'adattamento alla condizione di prigioniera. Era subentrata una sorta di serenità di comodo, nella speranza che non le avrebbero fatto del male e che sarebbe finito tutto presto.

Dopo i primi giorni di pianto, era subentrata la rassegnazione e, dopo il primo mese, non le importava più come sarebbe andata a finire. Era spenta dentro e cercava solo di sopravvivere e di resistere ai continui attacchi del guru. A volte Camilla palesava i suoi sintomi dissociativi. Si allontanava con la mente, concentrandosi a tal punto da sentire e vedere le cose come fossero reali. Percepiva gli odori della sua cucina, il profumo di sua madre e la voce di Mattia che la chiamava. In quegli istanti, la speranza faceva capolino, risollevando il suo spirito, per poi essere soverchiata dalla disillusione, con ulteriore disperazione e scoraggiamento. Dopo quattro mesi, Camilla aveva cominciato a fare affidamento sulle persone che la circondavano e questo le serviva per vivere più tranquilla e non perdere il contatto con la realtà. Lo stesso Esh non era più visto come un malvagio, ma come persona. Per sopravvivere, lei non riusciva a creare una rottura totale con lui, ma aveva la necessità di fidarsi per avere un trattamento più umano. Ora che era ritornata libera e l'incubo era finito, Camilla soffriva di disturbo depressivo maggiore, post-traumatico da stress. Spesso gli oggetti, gli odori, i rumori la riportavano con la memoria al sequestro e al luogo di detenzione, fino a sentire i passi delle sue guardie carcerarie indiane e quelli del guru che veniva a soddisfare le sue pulsioni fameliche. E, poi, l'odore intenso di quel capannone fatiscente, dove aveva trovato rifugio dopo essere fuggita dal santone. L'odore caratteristico della terra bruciata, quando le donne accendevano il fuoco per scaldarsi da mangiare. Chi poteva dimenticarli... era come se si fossero fermati nelle narici e fossero poco disposti ad andarsene. Inoltre, soffriva di disturbi del sonno, tanto che riusciva dormire solo se stava distesa su un tappeto sul pavimento. Ci volle del tempo prima che potesse rinunciare alla sua stuoia e dormire in un letto normale. Per parecchi mesi non era stata in grado di lavorare, sperimentando poca capacità di concentrazione. Provava un senso di nullità, che le impediva di fare qualsiasi cosa. Aveva difficoltà a relazionarsi con le altre persone per paura, sfiducia e sospetto di inganno, fino a divenire aggressiva, impulsiva e, nonostante il cercare di controllarsi, arrivare al litigio. Queste manifestazioni la rincorsero per parecchi mesi, fino ad affievolirsi con il passare del tempo. Anche il rapporto con il marito era migliorato, anche se persisteva ancora il blocco sessuale. La figura di un uomo era ancora percepita come prevaricatore, come padrone indiscusso della donna che, proprio come accadeva per le vedove di Vrindavan, doveva solo subire. In quel tempo vissuto con loro, aveva assorbito i loro stati d'animo e quel vegetare in assenza di una scintilla che avrebbe ridonato loro una speranza, se pur lontana. La sua spiccata sensibilità l'aveva fatta immedesimare a tal punto da percepirne i pensieri, attraverso quegli occhi spenti, privi di vita. "Se mai ne uscirò viva, farò il possibile per aiutare queste donne, prostrate da una condizione disumana e private della dignità". Tante volte, Camilla, aveva ripetuto a se stessa questa frase, augurandosi, un giorno, di poterla concretare.

Ora era più positiva verso gli altri. Essere stata isolata per tanto tempo le aveva fatto capire i veri valori della vita, tra cui l'amicizia. L'ultima fatica psicologica era rappresentata dal processo a Esh Swami che, dopo un periodo di detenzione in India, era stato estradato in Italia. Il procedimento penale si sarebbe svolto nel Tribunale di Milano alla fine di novembre. Si sarebbe concluso così quel millenovecentottantaquattro, che Camilla e la sua famiglia non avrebbero mai dimenticato.

La prima fase riguardante il procedimento penale, nella quale si era presa visione degli elementi per verificare la fondatezza e la sostenibilità dell'accusa, si era conclusa velocemente. Il pubblico ministero, ritenuti che erano stati raccolti elementi sufficienti a sostenere l'accusa nel processo, aveva fatto la sua richiesta di rinvio a giudizio. In pratica, chiedeva al giudice per le indagini preliminari di sottoporre a processo penale la persona che lui, come P.M. aveva indagato. La richiesta era stata presentata dal pubblico ministero nella cancelleria del giudice competente che, poi, aveva fissato la data dell'udienza preliminare. Il corso di questa udienza si svolse in camera di consiglio, solo alla presenza del pubblico ministero e del difensore dell'imputato, al quale Esh, per avere la riduzione di pena di un terzo, aveva richiesto di essere giudicato con rito abbreviato. Ognuna delle parti aveva esposto le proprie ragioni al giudice che, terminata la discussione, aveva esposto il decreto che disponeva il giudizio. Era iniziato, da quel momento, il processo penale di merito, finalizzato ad accertare se era stato commesso un reato e da chi. Camilla cercava di trovare la forza per affrontarlo, pensando che quello sarebbe stato l'epilogo di quella storia maledetta e delle paure ad essa connesse. L'aiuto di Stefano, in un susseguirsi di iniezioni di speranza, fino a divenire fiducia, si era rivelato di grande validità, fino a fortificarla interiormente. Ora era pronta a rivedere il suo aguzzino con occhi diversi, auspicando giustizia. Nella fase del dibattimento si formava la prova in contraddittorio tra le parti. Si ascoltavano i testimoni, si procedeva all'esame dell'imputato, si producevano documenti. All'esito del processo penale si procedeva alla discussione del pubblico ministero, del difensore della parte civile e, infine, dell'imputato.

I reati ascritti all'imputato erano molteplici: plagio e manipolazione mentale, riduzione in schiavitù, violenza, stupro, sequestro di persona e, infine, induzione alla prostituzione. Camilla, nell'entrare in aula, vide il guru dietro le sbarre. Era dimagrito tantissimo, faticando a reggersi in piedi. Era un'altra persona da quella che aveva conosciuto, tanto da stentare a riconoscerlo. I loro sguardi si incrociarono, ma lei distolse prontamente il suo, tornando a visionare l'aula.

Chiamata dal pubblico ministero, Camilla si avviò verso il giudice per dare la sua testimonianza. Dopo il giuramento, iniziò il suo racconto, cercando di non tralasciare nulla. Era pervasa da una strana calma, che la faceva riflettere molto prima di parlare. Nei tratti salienti, quelli che ricordava di maggior violenza, si sentì gelare dentro e fuori, con continui brividi a pelle. Riuscì a non demordere, ricevendo, alla fine, il plauso dal P.M. che, per tutta la durata della testimonianza, non l'aveva mai interrotta. Quel torrente in piena non andava fermato, per raccogliere più indizi possibili. A lei si rivolse poi l'avvocato dell'imputato, deciso a dimostrare che la vittima era stata consenziente nei vari passaggi di quella vicenda. Così facendo, avrebbe fatto decadere le principali accuse rivolte al suo assistito.

L'avvocato adottò un ritmo incalzante, facendo in modo che la donna entrasse in uno stato confusionale, fino a ritrattare alcuni passaggi della propria deposizione. Camilla cominciò a sudare, messa alle strette da quell'assillo costante. Poi, scoppiò a piangere, vistosamente.

«Non è il modo di interrogare la teste... non è lei l'imputata!» disse il P.M.

«Obiezione accolta» intervenne il giudice.

Camilla si riprese e rispose con molta lentezza alle domande dell'avvocato, cercando di sedare la sua foga, divenuta insopportabile. Poi, ritornando al suo posto, vide Claudio tra i presenti, la persona che l'aveva aiutata a fuggire dal palazzo del guru. Le sorrise e lei contraccambiò, con visibile contentezza. Poi, prima di sedersi, vide altri "discepoli" del guru. Alcuni avevano presenziato la scuola di yoga in Italia e altri erano stati con lei in India. Per un attimo fu terrorizzata al pensiero che quelle persone potessero testimoniare a favore di Esh. Tutte furono ascoltate e verbalizzata la loro deposizione nella quale, dopo aver palesato la truffa subita dal guru, chiedevano un equo risarcimento. Claudio attestò le violenze subite da Camilla e la possibilità che i "discepoli" potessero unirsi sessualmente a lei, che era stata presentata da Esh come "la dea bianca del Tantra". Rivelò, inoltre, di averla aiutata nella fuga dall'edificio di Mathura. La sua testimonianza fu di estrema importanza, a conferma delle rivelazioni della vittima. A fronte di queste affermazioni l'accusa fortificò la sua arringa nei confronti dell'imputato, chiedendo al giudice il massimo della pena per i reati da lui commessi. Esh venne chiamato a testimoniare. Pur nella sua magrezza, non aveva perso la grinta e quello spirito ammaliatore, che era alla base del suo vivere truffaldino. Facendo leva sulla sua loquacità, prese a raccontare la sua versione dei fatti, attribuendosi pochi dei reati ascrittigli.

«La donna, definita vittima in questo processo, è una persona perversa, che non ha mai saputo dare un senso alla sua vita. Quando è arrivata da me era allo sfascio totale, dopo aver tradito il marito per lungo tempo. Ho cercato di aiutarla e lei non ha mai posto resistenza, trovando beneficio dai miei insegnamenti. Fu lei a concedersi a me, in una sorta di ringraziamento per l'aiuto ricevuto. Insieme abbiamo deciso di rinnovare la nostra vita in India, senza alcun plagio mentale da parte mia. Tutto alla luce del sole, senza alcun tipo di coercizione... come l'eleggersi a dea bianca dello yoga tantrico per dare un nuovo assetto alla sua vita, sgretolata dalla perversione. Donna ammalata di sesso e del godimento che ne ritraeva... era sempre alla ricerca di un nuovo "discepolo" occidentale, che volesse unirsi a lei nell'amplesso. Quindi, alla luce di tutto questo, ricuso i reati a me ascritti e sono disposto a pagare solo per la violenza che, a volte, dovevo usare su di lei per calmare le sue impennate ormonali. Tutte le altre accuse sono inesistenti, in quanto la donna è sempre stata consenziente in tutto... abbia il coraggio di dire la verità e confessi la sua depravazione! Ho finito!». Camilla era distrutta. Ogni singola parola era riecheggiata dentro di lei, portando scompiglio e disorientamento. Ancora una volta quell'uomo era riuscito ad affascinare la platea con le sue menzogne, rese credibili dal modo in cui erano state esposte. L'intervento del P.M., distolse i suoi pensieri. «La signora Giraudo ha ribadito di essere stata drogata, caricata in macchina e portata nell'aeroporto di Roma. Qui, con l'aiuto di un suo complice, fatta salire sull'aereo per Delhi... questa persona è stata rintracciata ed ha confessato con tanto di documentazione di viaggio... è presente in quest'aula ed è pronta a ridare la propria testimonianza, per altro già verbalizzata, per pendenze a suo carico... quindi le sue sono solo menzogne! Come quelle smascherate da più testimoni, suoi allievi o, meglio dire, vittime anch'essi dei suoi raggiri e... in particolare la deposizione del signor Grassi Claudio che ha parlato delle violenze da lei inflitte alla donna e dell'imposizione a prostituirsi... qui le sue belle parole non incantano nessuno, anzi sono la riprova della sua falsità e del suo eleggersi all'onnipotenza. Alla corte chiedo il massimo della pena per l'imputato, il congelamento dei suoi beni, con il relativo rimborso pecuniario alle persone truffate. Per la signora Giraudo Camilla chiedo che, attraverso la perizia extragiudiziale redatta dallo psicoterapeuta del Tribunale, venga quantificato l'importo dei danni morali e biologici da lei subiti».

«La Corte si aggiorna per deliberare» sentenziò il giudice, interrompendo il processo. Qualcuno uscì dall'aula per fumare, mentre, all'interno, si erano formati dei raggruppamenti di persone, intente a chiacchierare. Altri avevano preferito rimanere al proprio posto, spe-

231

rando in una veloce delibera. Camilla approfittò per ringraziare Claudio della sua deposizione. Lo abbracciò e cercò di trasmettergli tutta la gratitudine per averla liberata dall'incubo in cui era caduta. Stefano si era avvicinato a loro e la donna provvide a fare le presentazioni del caso. «Lui è Claudio, la persona che mi ha permesso di fuggire da quell'inferno».

«Non saprò mai ringraziarla abbastanza per il suo gesto» disse Stefano, rivolgendogli un caldo sorriso «abbiamo vissuto mesi di grande apprensione...».

«Posso solo immaginare... ed io... che per anni ho creduto alle parole di quel verme... faticherei a crederlo, se non l'avessi vissuto sulla mia pelle... in ogni caso sua moglie è una donna eccezionale... un'altra, al suo posto, sarebbe impazzita nelle mani di quel bastardo».

«No, ma quasi...» disse Camilla, lasciando che la tensione accumulata, prima e durante il processo, si stemperasse in un sorriso. Vedendola parlare con il Grassi, qualcuno degli altri implicati nella vicenda, venne da lei per stringerle la mano. Lei ricambiò con slancio, ma senza proferire parola. Non c'era più nulla da aggiungere. Ora, ognuno aspettava che la giustizia facesse il suo corso. Dopo circa tre ore, la Corte fece il suo ingresso in aula. La tensione era palpabile, mentre Camilla cercava di reprimere l'ansia che faceva accelerare i battiti del suo cuore. Il giudice lesse la sentenza.

«In nome del popolo italiano, visti gli articoli 603, 600, 572, 609 bis e 531 del codice penale, concernenti i reati di plagio e manipolazione mentale, riduzione in schiavitù, violenza, stupro, sequestro di persona e istigazione alla prostituzione, la Corte, non ritenendo attendibili le prove contrarie per gli stessi reati, condanna, con rito abbreviato, l'imputato Swami Esh ad anni venticinque di reclusione da scontare in sito di detenzione, di cui i primi tre in regime di carcere duro, determinato dall'articolo 41-bis. Condanna, altresì, l'imputato, al risarcimento nei confronti di Camilla Giraudo per danno morale e biologico e ai restanti risarcimenti chiesti singolarmente dai testimoni ascoltati. La valutazione degli indennizzi sarà decisa con udienza separata, a porte chiuse. Condanna, altresì, l'imputato al pagamento delle relative spese processuali. L'udienza è terminata!».

Stefano e Camilla si abbracciarono, coinvolgendo anche l'avvocato che li aveva supportati per tutto il tempo del processo. Anche il P.M. volle stringere loro la mano, esprimendo la sua contentezza per la risoluzione del processo. «Giustizia è fatta, signora Giraudo. Le auguro una rapida ripresa della sua vita, cercando di dimenticare al più presto questo increscioso episodio. Ora non dovrà temere più nulla...».

«Grazie di tutto... la sua arringa è stata preziosa» rispose la donna.

«Anche la sua determinazione ha contribuito... brava» concluse il pubblico ministero, congedandosi da lei. In quei momenti, la leggerezza l'aveva avvicinata agli altri, sentendosi comunità e tessendo il filo dell'empatia e della solidarietà. Attraverso la condivisione, la luce era filtrata nell'abisso della paura e del pessimismo, rimuovendo il macigno che le pesava sul cuore. La leggerezza diveniva, così, anche la più solida alleata dell'ottimismo, oltre che energia preziosa contro la durezza della vita. E, chissà, in proiezione futura, avrebbe potuto essere una naturale prevenzione contro il rancore, l'odio e quella voglia di voler sempre regolare i conti, anche con cattiveria. Mai avrebbe dimenticato quella sorgente di positività, sperimentata in quei momenti, dove il grigiore non aveva impedito al sole di tornare e donare i suoi raggi. Nel fare ritorno a casa, Camilla provò una piacevole sensazione di liberazione che, ben presto, si tramutò in rinnovata pace interiore. Si sentiva pronta a spiccare il volo, elevandosi da ciò che appesantiva la sua anima, e imparando a guardare le cose nella giusta prospettiva. La fantasia che, per troppo tempo era stata soffocata dagli eventi, ora era nuovamente pronta a farla sognare.

Camilla era decisa a reinventarsi la sua vita, coltivando le relazioni sane che l'avrebbero arricchita. Avrebbe isolato chi cercava di mettere zizzania nella sua vita e nella relazione di coppia. Di certo, non avrebbe potuto recuperare il tempo perso, ma cercare di vivere al meglio il presente. Era necessario che si liberasse dall'ossessione di quel voler tenere tutto sotto controllo, poiché aveva sperimentato essere causa di ansia e frustrazione. Gli eventi che non si potevano modificare, doveva imparare a vederli con un'altra ottica. L'impotenza davanti a certe cose trovava conforto nell'umano, che diveniva il denominatore comune dell'esistenza. Era importante, in quel dopo incubo, dare il giusto peso ai giudizi degli altri, estraendone solo ciò che sarebbe servito per migliorarsi. Ogni giorno si sarebbe ritagliata dei piccoli momenti di piacere, per ricaricarsi di energia positiva, necessaria a ritrovare la calma e la serenità. Piccoli gesti come leggere, ascoltare musica o passeggiare in giardino ammirando i fiori. Nelle buone intenzioni di ridare un senso alla sua vita, la gentilezza occupava un posto di prim'ordine, in quanto faceva bene a chi la offriva e a chi la riceveva. Era un potente antidoto allo stress e l'avrebbe aiutata a controllare l'ansia e il risentimento. L'attenzione data agli altri deviava quella su se stessa, sdrammatizzando i problemi personali e foraggiando l'autostima. Ciò che, invece, le risultava più difficile in quella rinascita interiore era il deporre quel severo giudizio che aveva di se stessa. Era il sapersi perdonare, cercando di portare in superficie quelle emozioni che ancora la facevano sentire in colpa. Tra queste, una in particolare le pulsava dentro: quella di essere stata consenziente, almeno in parte, di quel plagio mentale, attribuito solo a Esh. La sua stupidità, accompagnata dall'incoscienza, l'avevano permesso. Il riconoscerlo, senza paventarlo, era di buon auspicio per liberarla dalle catene e fare pace con se stessa. Infine, avrebbe dovuto sciogliere il blocco che le impediva di donarsi a suo marito. Al momento, però, era come un nodo bagnato, difficile da sciogliere. Avrebbe richiesto un aiuto esterno, nonostante la sua buona volontà. E, quello, era stato anche il parere del giudice, che ne aveva tenuto debito conto nel quantificare l'indennizzo per danno morale e biologico. Fu decretato in trecento milioni di lire, in considerazione che ci sarebbero voluti parecchi anni per la stabilizzazione della persona, sottratta alla sua vita quotidiana e non più in grado di riprenderla appieno.

In quell'udienza separata, il giudice aveva emesso sentenza anche per altri rimborsi, tra cui quello di Claudio, che aveva esternato la propria soddisfazione. L'India, fin dopo l'arresto del guru, aveva provveduto a congelare i suoi beni che, tra case, terreni e conti bancari posseduti in varie zone del Paese, ammontavano a parecchi miliardi di lire.

Ora tutto si era concluso, nei migliore dei modi, con un lento ma sicuro ritorno alla normalità. Unico neo era rappresentato dal proseguire del processo mediatico, attraverso giornali, radio e televisione. Da questo, Camilla ne era devastata, ricevendo continue richieste di interviste per giornali e riviste. Si oppose con tutte le sue forze, scomparendo dalla scena ed andando a vivere da una zia a Torino. Vi rimase fino al concludersi di quel ribollimento mediatico che, non trovando adesione, finì molto presto. Intanto, in quel forzato periodo di stasi, Camilla cercò di trovare un modo per aiutare le vedove di Vrindavan, promuovendo una campagna di sensibilizzazione verso quelle donne, private della dignità personale. Contattò la *Sulabh International*, un'organizzazione indiana che forniva servizi di sostegno e versava piccoli stipendi mensili alle vedove dei ricoveri di Vrindavan e Varanasi. Destinò parte del suo indennizzo morale a questa ONLUS e si fece portavoce per far conoscere a più persone possibili la condizione di vita di quelle donne, raccogliendo fondi per loro.

«Finalmente l'incubo è finito» aveva sbottato Camilla, al suo rientro da Torino.

«Sapessi... ogni giorno c'era gente in cascina, un andirivieni di persone che volevano intervistarti... avrebbero voluto farlo anche con me... hanno persino fotografato Mattia che giocava sull'aia».

«Che gente, fanno soldi sulle disgrazie degli altri... maledetti!».

«Sì, ma, poi, d'accordo con tutti quelli che lavorano in cascina, l'abbiamo chiusa e la storia è finita... qualche telefonata, ma niente più».

«E tu, tutto bene dalla zia?».

«Benissimo, è stata la soluzione migliore... ed ho trovato il tempo per pensare a come aiutare quelle povere donne indiane... ho deciso di fare loro un'importante donazione... cinquanta milioni dell'indennizzo che mi hanno concesso... cosa ne dici?».

«Dico che è molto giusto... ti hanno accolto e salvato la vita... ciò che hanno fatto per te è impagabile, brava».

«In questi giorni sentirò la banca, affinché possa mettersi in comunicazione con la ONLUS che gestisce il volontariato da loro».

Camilla riprese l'impiego dopo un lungo periodo di aspettativa ed iniziò a frequentare, con due sedute la settimana, un rinomato centro di psicoterapia di Milano. Il dottore che l'accolse, volle farle una panoramica sull'attività professionale svolta che, con l'uso della parola, si prefiggeva di aiutare la persona, senza l'utilizzo di psicofarmaci. Guardandola negli occhi, iniziò a parlare: «La psicoterapia, orientata dalla psicanalisi, considera la sofferenza il segno di una verità che il soggetto non riesce a cogliere con i pensieri ed è costretto ad esprimersi con il corpo e nei sintomi. Quindi, non si tratta di correggere il sintomo, ma di liberarne il senso, affinché esso possa dissolversi. In tempi moderni... si preferisce una soluzione rapida ed indolore, come l'uso degli psicofarmaci, considerando la psicoterapia una soluzione antiquata, faticosa e dispendiosa di tempi e risorse. In realtà... è vero il contrario, in quanto diversi studi hanno dimostrato che la psicoterapia è un intervento elettivo, risolutivo nel tempo e più efficace per la gran parte dei problemi di natura psicologica. A lei, signora Giraudo, chiedo la massima collaborazione e fiducia... anche la più piccola cosa può avere la sua importanza, soprattutto nella fase conoscitiva. Descriva le sue emozioni di getto, senza che necessariamente abbiano un filo logico...».

«Lo farò e ce la metterò tutta per collaborare... voglio migliorare la mia vita» rispose Camilla che, attraverso quelle parole, aveva visto filtrare una nuova luce di speranza. Era consapevole del cammino a ritroso che avrebbe dovuto compiere per affrontare temi importanti, divenuti problemi per un susseguirsi di eventi traumatici.

Difficoltà relazionali affettive e di coppia, disturbi sessuali e di personalità e, non di meno, problemi legati al passaggio da una fase della vita ad un'altra. Affrontarli significava rivivere i momenti salienti di una prigionia, che aveva scardinato il suo già precario equilibrio psicologico, e dove era arrivata a pensare che, per considerarsi ancora persona, doveva amare il proprio aguzzino. Era stato l'unico modo per sentirsi viva, dopo l'avvenuta morte interiore. La psicoterapia avrebbe cercato di estrarre da quel vissuto più emozioni possibili, trasmutandole da negative in positive. La crisi diveniva, così, un'opportunità di rilancio della propria persona. Il lavoro su se stessa non consisteva in un cambiamento radicale, ma quello di sfruttare le doti preesistenti, azzerate da una situazione coercitiva, dove era stato vietato alla mente di pensare.

Stefano, intanto, all'insaputa della moglie, sciolse il contratto che lo legava alla Galleria del Gran Sasso e cercò un lavoro che gli permettesse di tornare a casa ogni sera. Era l'unico modo di migliorare il rapporto di coppia ed aiutare Camilla nella ricostruzione di se stessa che, attraverso la psicoterapia, stava cercando di attuare. I datori di lavoro più comuni per gli ingegneri Minerari erano aziende di estrazione mineraria, che vendevano i materiali estratti da terra a raffinerie e altri produttori. Il lavoro poteva essere svolto in ufficio, in loco o in entrambi i luoghi. Stefano scelse un'azienda di Torino, che operava in miniere di tunnel e cave. La sera, dopo aver ricevuto conferma della sua assunzione, Stefano avvisò la moglie dell'avvenuto cambiamento.

«Sono sconvolta... non mi hai detto niente... dove hai trovato la forza per rinunciare a ciò che ti piaceva fare?... Potevamo riparlarne e... adesso come farai?».

«Era l'unico modo per salvare la famiglia... mi abituerò, anche se non sarà facile...».

«Grazie, amore mio... è il regalo più bello che tu potessi farmi... poterti riabbracciare la sera ed essere una vera famiglia... meraviglioso... non avrei mai creduto che tu lo facessi, ma ci speravo tanto».

«Lo so...» rispose Stefano, abbracciando la moglie e baciandola con passione.

L'impatto iniziale con un lavoro sedentario, lo prostrò psicologicamente, fino ad intaccarlo nel profondo. Gli mancava da morire la correlazione con gli altri, operai e non. Superò quei giorni difficili, pensando costantemente allo scopo da raggiungere. Era un cambio di vita radicale, che il suo arrivismo gli aveva sempre impedito di attuare, nonostante le ripetute richieste e suppliche della moglie. Era stato una delle cause di naufragio del loro matrimonio e lui ne era perfettamente consapevole. In certi momenti, era arrivato a vergognarsene. Lentamente cambiò il suo stile di vita, fino a gioire di questa scelta, che gli permetteva di riabbracciare i suoi cari ogni sera. Per troppo tempo, in quella famiglia, erano stati latitanti i due adulti, sposo e sposa, incapaci di una relazione coniugale matura, responsabile. Era venuto meno il patto, l'alleanza originaria che aveva svilito il rapporto coniugale. Ognuno vedeva solo i suoi diritti, era allergico ai legami, dai quali poter entrare e uscire a suo piacimento. Il figlio Mattia era ciò che dava ancora consistenza alla loro unione, contrariamente alla promessa iniziale, dove era stato l'amore a dare solidità e resistenza al rapporto di coppia. Era venuta a mancare la gioia dell'amore tra di loro e la tristezza di Mattia che, a volte, traspariva dal suo volto, ben la rappresentava. Il bambino aveva bisogno del loro amore coniugale e, disperatamente, lo cercava, con scarsi risultati. Stefano appariva professionalmente affermato, ma interiormente smarrito su cosa significava l'avventura di un amore duraturo tra un uomo e una donna. Camilla mancava di coraggio ed evitava la responsabilità di educare, demandando alla madre l'onere di assumersi il peso delle regole con il figlio. Mattia aveva bisogno di sentire le voci all'unisono dei genitori, in un'atmosfera di calda ed accogliente serenità, e non pareri discordanti che frantumassero il suo equilibrio interiore. L'impegno di Camilla e Stefano, dopo un lungo e costruttivo dialogo serale, fu quello di rimediare agli errori educativi fatti in precedenza e riprendere una via comune, ben sapendo che ciò sarebbe stato possibile solo rinsaldando e mettendo al primo posto il rapporto di coppia. Il loro amore coniugale era la chiave che avrebbe ridato un senso alla loro vita e a quella del figlio. Con l'impegno di entrambi, iniziò a delinearsi una famiglia vera, con solide fondamenta, che avrebbero potuto resistere alle inevitabili avversità della vita. La serenità, come vento primaverile, tornò a impregnare l'aria di casa, rendendola quasi palpabile. Mattia, spesso, si poneva in mezzo ai genitori e li abbracciava, lasciando trasparire tutta la gioia contenuta nel suo cuore. Il tempo serale e di festa era una ricchezza da gustare insieme lentamente, mentre il piacere del ritrovarsi rendeva i giorni sempre diversi, esenti da monotonia. Rallentare il passo concedeva a tutti di godere appieno delle piccole bellezze di ogni giorno e trovare un aspetto positivo che giocasse a loro favore. Con questo cambiamento di vita, l'ottimismo diveniva la miglior ricetta per gustare la vita insieme. I suoi ingredienti erano la positività in abbondanza, una dose di speranza e un pizzico d'euforia. Stefano e Camilla erano divenuti la testimonianza che dai momenti difficili era possibile risollevarsi con l'aiuto vicendevole. Il loro amore stupiva per il suo espandersi, divenendo concreto, fino a poterlo toccare. Quando, all'inizio del cammino si era affievolito, entrambi si erano sentiti schiacciati tra mura strette e senza via d'uscita. Tutto era divenuto insopportabile, con un gran bisogno di evasione. Entrambi, però, in quel momento, avevano capito che non serviva fuggire lontano: c'era solo la necessità di chiarirsi con l'altro, di sentirsi ancora importante per lui, dando sfoggio di tutta la creatività per riconquistarlo. Ora, l'atmosfera si era rasserenata, mentre Camilla profondeva tutto il suo impegno nella ricostruzione di se stessa. La buona volontà avrebbe potuto accorciare le tappe di un cammino difficile, ma necessario. Intanto un nuovo Natale era alle porte e sarebbe stato festeggiato alla grande, come emblema di una nuova rinascita. Lo spirito natalizio era arrivato, quasi improvvisamente, la famiglia si era riunita e le persone si sentivano particolarmente coese. Stefano e Camilla avevano evitato di ricordare la loro trascorsa odissea, proiettandosi sui progetti per il nuovo anno.

«Buon Natale, amore mio... il mio desiderio più grande è quello di ricominciare insieme a ricostruire il nostro amore... che dici? Ci stai?» chiese Camilla, con tanta dolcezza.

«Assolutamente sì, è quello che voglio anch'io, cucciola... buon Natale anche a te e alla rinascita del nostro amore... ce la metteremo tutta».

La moglie lo guardò tra il serio e il faceto, dando sfogo a tutta la sua civetteria femminile. Lui partecipò divertito all'espressione del suo volto, aspettando che lei si esprimesse. La sollecitò: «Dai, dimmi cosa ti passa per la testa...».

«Mi piacerebbe... pensavo... perché in primavera non ci facciamo un bel viaggetto?» chiese la donna.

«Sarebbe meraviglioso... e dove ti piacerebbe andare?».

«Stavo facendo un pensierino per tornare alle Vigne... magari per Pasqua... così... solo qualche giorno... c'era piaciuto tanto».

«Grande idea...».

«Ho già dato un'occhiata al calendario... Pasqua è domenica sette aprile... potremmo partire il sei, che è sabato... e ritornare mercoledì che è il dieci... dai... qualche giorno con Maria Teresa e Leonardo... quei due sono una forza e noi ne abbiamo bisogno...».

«Sei da raccogliere... per caso non è che gli hai già anche telefonato?... No, perché da te c'è da aspettarsi di tutto...».

«No, ma... visto che sei d'accordo lo faccio subito e prenoto».

La donna non perse tempo e chiamò immediatamente.

«Buongiorno Maria Teresa... sono Camilla, si ricorda di me?».

«Ma che fai, scherzi? Certamente... ma non ci si dava del tu? E come state?

«Noi bene... volevamo farvi gli auguri per Natale... e Leonardo sta bene?».

«Sì, tutto bene... abbiamo la salute, sicché non manca nulla, via... buon Natale anche a voi».

«Volevamo venirvi a trovare... avete posto alle Vigne per Pasqua?».

«Certamente, vi si dà la camera dell'altra volta, che vi era piaciuta...».

«Favoloso... noi arriviamo il sei di aprile che è sabato e ripartiamo mercoledì che è il dieci... devo mandarti qualcosa di caparra?»

«No, ci si arrangia quando venite... buone feste».

«Anche a voi, salutami Leonardo...».

«E tu il tuo... martirio... ah ah ah... ci si vede» concluse Maria Teresa.

Camilla riattaccò visibilmente compiaciuta.

Durante le feste natalizie, marito e moglie si erano riavvicinati maggiormente e si erano dimenticati anche i piccoli risentimenti. Ognuno di loro aveva espresso il desiderio che quel tipo di comportamento, favorito anche dalla magia del Natale, continuasse per tutto il resto del prossimo anno. Erano persone migliori, più altruiste, ma soprattutto più unite, offrendo il proprio tempo e tutto l'affetto alla famiglia. Era quello il regalo migliore che ognuno di loro potesse offrire all'altro. L'amore li aveva aiutati a conoscere se stessi, a superare i propri difetti, ma richiedeva anche di accettare il proprio coniuge com'era in realtà. Convincersi che l'altro aveva diritto alle sue opinioni, ai suoi gusti, alle sue preferenze, anche se differenti dalle proprie. Il dialogo era da sempre il principio base per una buona relazione di coppia e non c'era una ricetta per l'armonia e il vivere insieme felici. Sarebbe stato troppo facile...

8

L'inverno era stato uno dei pochi senza neve, con una
temperatura mite, che pareva cedere il passo ad una
precoce primavera. Ben presto la stagione più amata
arrivò portando in grembo la vita con la sua rinascita, i
colori, la luce. La natura si risvegliava in tutta la sua
bellezza e tutto si rinnovava, dopo tanti mesi di cieli
grigi e lattiginosi, dove la speranza sembrava aver smarrito la via che la portava sulla Terra. L'equinozio aveva
segnato un perfetto equilibrio tra il giorno e la notte ed
era il primo segno della stagione della rinascita. Questo
evento era legato, in tutto il mondo, a miti che carpiva-
no la fantasia e travolgevano con la loro magia. La primavera era la meravigliosa stagione delle leggende, alcune molto antiche. In questo momento di risveglio si
incontravano mitologia, folclore, filosofia, simbolismo
e riti antichi. Una miscellanea di colori e profumi colpiva i sensi, fino a farli identificare in uno solo che,
solleticato da mille impulsi, si beava di quello stato
confusionale. La speranza lanciava i suoi strali all'umano, identificandosi nel cambiamento, nell'auspicabile
vittoria del bene e in una rinnovata fiducia in se stessi.
La natura dava sfoggio di sé, pulsando nel cuore dell'uomo con la sua eterna bellezza, mai uguale e sempre

dedita al rinnovamento. Anche all'interno di una piccola crisalide si completavano tutti i processi di trasformazione per divenire farfalla. Nel momento dello sfarfallamento, la cuticola della crisalide diventava trasparente, lasciando intravedere i colori delle ali. Ben presto, da una fenditura sarebbe uscita la farfalla, pronta a librarsi, mostrando la bellezza delle sue ali colorate. Crisalide e farfalla erano l'esatta simbologia in natura dell'adolescente che, lentamente, trovava la sua strada per diventare adulto. I fiori e gli insetti erano legati da un patto indissolubile di amicizia, che aveva legato le loro vite, in una sorta di simbiosi. Con la fioritura delle ombrellifere e della ruta, appariva il macaone, considerata la farfalla per antonomasia e una delle prime a uscire. Si lasciava ammirare per la sua livrea gialla con i bordi neri e la fascia blu ornata di nero sulle ali posteriori, prolungate a forma di coda, che la rendevano inconfondibile. Inoltre, sulle ali posteriori spiccavano due macchie rosse, che comparivano e scomparivano quando la farfalla apriva e chiudeva le ali: servivano all'insetto per distrarre i suoi nemici. Più in là, una delle più belle e conosciute farfalle si lasciava ammirare per la sua livrea. Era la Vanessa, una sorta di regina nella sua specie. Sul fondo rosso delle sue ali apparivano ben distinte quattro macchie rotonde, in cui le squame nere, gialle, azzurre, indaco e bianche erano composte in modo tale da comporre un disegno a forma di occhio, utile alla farfalla per spaventare i predatori.

La Vanessa aleggiava leggera ed elegante tra gli amenti di nocciolo e di salice, in attesa di accoppiarsi e dare inizio ad un nuovo ciclo vitale.

Camilla la vide e si chinò affinché si posasse sulle sue mani, ma la regina volteggiò, dirigendosi più in là.

«Hai visto Stefano che meraviglia...»

«Sì… è uno spettacolo… come te oggi… sei bellissima con quell'abito floreale… fai invidia alla primavera».

«Grazie, amore mio, era tanto che non mi facevi un complimento così bello…». Stefano non rispose, limitandosi a inondarla di un caldo sorriso.

Poi, guardandola negli occhi, riprese: «Ti ricordi quando ci siamo conosciuti… era primavera…».

«Certo che mi ricordo… mi hai detto che venivi a trovarmi in cascina per cambiare aria dalla città, che ti piaceva tanto, e poi… appena siamo stati soli nei campi non hai perso tempo…».

«Ma cosa dici?».

«Sì, la prima volta che mi sono lasciata andare nell'erba, dopo una bella corsa, ti sei avvicinato… e mi hai baciata… e io che non volevo…».

«Ma se aspettavi solo quello…».

«No, io non avrei voluto, ma tu non mi hai dato il tempo… dì la verità che avevi calcolato tutto… tu sei un furbazzone».

«Pentita?».

«No, ma avrei voluto un minimo di corteggiamento…».

«Ma, dopo, mi pare che l'hai avuto».

«Sì… dai… perché volevi fare l'amore».

«Tu, però, mi hai sempre detto di no».

«Certamente… avevo le mie idee in proposito e le ho ancora».

Stefano la guardò e, avvicinatosi, la baciò sul collo. «E… adesso che potremmo farlo…» le disse sottovoce.

«Ho bisogno di tempo… tu non puoi capire come mi sento io… ho un blocco dentro… sono stata usata… voi uomini siete tutti uguali! Volete solo quello!».

«Scusami Camilla» rispose Stefano, stringendosi a lei e reprimendo la passione che aveva inondato la mente, facendo vibrare il suo corpo.

I pensieri di Camilla erano rivolti alla brutalità degli uomini, ricordando il suo senso di ripulsa ogni volta che vedeva il guru entrare nella sua stanza. Non riusciva a dimenticare quel suo prenderla con forza, sfogando il suo istinto animalesco. Subiva passivamente, per poi sfogarsi nel pianto. Ora, aveva un estremo bisogno di sentirsi amata per se stessa, non per il piacere egoistico del proprio partner. Avrebbe ricercato la sessualità soltanto nella tenerezza, com'era nella psicologia femminile, disconosciuta da tanti uomini.

Al momento, però, le riusciva difficile credere ancora all'amore e ritrovare nel suo cuore la fiducia per ricostruirlo. Solo il dialogo profondo con Stefano, come le aveva consigliato lo psicoterapeuta, le avrebbe rivelato nuovamente le meraviglie della vita che, come la primavera, si sarebbe schiusa alla speranza, fondata sul loro stesso amore.

«In questo vecchio libro, ho trovato una frase che fa al caso nostro... posso leggertela?» aveva esordito una sera Stefano, avvicinandosi alla moglie.

Lei aveva annuito, sorridendo.

«L'amore è una pianta di primavera che profuma ogni cosa con la sua speranza, persino le rovine dove si aggrappa...»

«Che bella... è perfetta per noi... di chi è?».

«È di Gustave Flaubert, uno scrittore francese... trovo che sia un grande insegnamento per noi, che stiamo cercando di ricostruire il nostro amore sugli errori che abbiamo commesso... possiamo farcela, cosa ne pensi?».

«Sì, anzi... secondo me ci stiamo già riuscendo e vedrai... ci ameremo più di prima... bisogna solo avere un po' di pazienza e lasciar fare al tempo... non si possono bruciare le tappe... c'è ancora molto lavoro da fare, soprattutto su di me».

«Concordo pienamente, cucciola, quando ti ci metti...
sei forte».

La primavera era la stagione della nascita di nuovi amori e del rinnovamento di quelli già preesistenti che,
emulando il risvegliarsi della natura, sentivano la necessità di rigenerarsi, pittandosi di nuovi colori, per
ridare slancio e smalto al legame di coppia. Tutto questo
si tramutava nella rinascita della gioia, della speranza,
nella fiducia in un domani migliore. Era la stagione
dell'amore, dove ridare freschezza ai propri sentimenti,
assuefatti all'abitudinario quotidiano. Una rinnovata
fiducia in se stessi e nel bene, attraverso la perseveranza,
era la strada per riuscire a dare un nuovo senso alla vita,
mettendo al bando la monotonia. Era la prova che parte
del nostro destino era gestito da noi e poteva tradursi in
benevolo o malevolo attraverso le nostre azioni. Il ridente sole primaverile permetteva di immergersi nel suo
mare di luce, fino a caricarsi di una crescente spirirua-
lità, sentendosi appagati e riappacificati con se stessi.
Quell'energia vitale avrebbe aiutato a contrastare la
negatività che, a tratti, sarebbe riemersa nel lungo percorso annuale.

Stefano e Camilla intrapresero il viaggio verso la Toscana. Era sabato mattina e, il poco traffico per le strade,
aveva favorito il tratto per arrivare all'autostrada per
Bologna. Si alternarono alla guida, fino all'uscita di
Firenze Impruneta, dove Stefano si rimise al volante. La
guida sulle strade del Chianti non era facile e assomigliava molto a quella di montagna, con saliscendi e
curve a gomito, spesso non segnalate. Imboccarono la
superstrada per Siena, con uscita a San Donato in Pog-
gio. Le campane dei paesi si erano rincorse, suonando
per il mezzogiorno, mentre un certo appetito si faceva
sentire con continui brontolii dello stomaco. Decisero

di fermarsi a pranzare all'osteria "Alla Piazza", a Castellina in Chianti, che avevano già avuto modo di apprezzare due anni prima. Cercarono di ricordarsi ciò che gli era piaciuto di più del menù e ordinarono: filetto di cervo con purè di castagne per Stefano e pappardelle al cinghiale per Camilla. Il tutto innaffiato da una bottiglia di Chianti della cantina "Castello di Ama". Molto soddisfatti del pranzo, la coppia, dopo aver conversato sull'andamento del tempo con il proprietario, riprese l'itinerario verso Radda in Chianti. Il panorama offriva vigneti a perdita d'occhio e vecchi cascinali adornati di cipressi che, posti ai lati della strada sterrata che conduceva all'ingresso, fungevano da sentinelle. Prima di entrare in paese, riconobbero la cantina "Vignavecchia" sulla destra e, subito, svoltarono a sinistra lungo la strada bianca che portava alle "Vigne". Il vecchio casolare era là, immerso nel verde dei vigneti. Girando lo sguardo, si poteva apprezzare lo splendido panorama delle Colline del Chianti.

Leonardo, sentendo il rumore della macchina sulla ghiaia, uscì dal portone. Andò loro incontro e li abbracciò calorosamente.

«Come state? E... il viaggio com'è andato?».

«Sì, abbiamo incontrato poca gente... tranquillo... e voi, tutto bene?».

«Abbastanza, dai, quando c'è la salute... peccato lamentarsi, via...».

«E Maria Teresa?» chiese Camilla.

«Lei ha sempre da sbrigare una montagna di carte... la burocrazia in Italia, si sa... stamane è andata a Firenze... ma, poi, ci si vede stasera a cena... intanto, sistematevi in camera, è la stessa che vi si diede l'altro anno...».

Leonardo li aiutò a scaricare le valigie e poi li lasciò, dopo averli salutati.

«Ci si vede stasera con Teresa, intanto riposatevi... il viaggio è stato lungo... ora, qui, ragazzi, siete a casa...». «Grazie, Leonardo» rispose Stefano, sorridendo. Entrando in stanza, ebbero l'impressione che il tempo si fosse fermato. Tutto era rimasto come l'avevano lasciato due anni prima. Ripresero familiarità con i vecchi mobili e con la cassettiera che, particolarmente, ricordava i tempi passati della vita contadina. Sulla testata del letto, in ferro battuto, Camilla ritrovò ancora appesa la sua coroncina del Rosario. La sfiorò, percependo un brivido a pelle. Gli anni passati erano svaniti come per incanto, mentre la testimonianza dei giorni felici vissuti alle Vigne era più che mai presente. Marito e moglie, vivendo la stessa sensazione, si avvicinarono, unendosi in un lungo bacio. Stefano, accarezzando il volto della moglie, le sussurrò: «Qui siamo stati felici e... lo saremo ancora».

«Certo, amore mio» rispose Camilla, stringendosi a lui. Dopo aver disfatto le valigie, entrambi furono presi dalla stanchezza, che fu subito superata dalla bramosia di vedere e camminare in mezzo alla natura. Attraverso i campi, si diressero a piedi a Radda in Chianti, il cuore delle colline del Chianti. L'antico castellare del paese racchiudeva, entro la cerchia delle sue mura, il vecchio borgo medioevale rimasto intatto. Poterono ammirare il Palazzo del Podestà, al centro del paese, con i preziosi stemmi affissi alla facciata. Di fronte al Palazzo Comunale, si soffermarono a visitare la Chiesa di San Niccolò, nella quale ricordavano la presenza di un crocifisso ligneo, molto venerato dalla gente del posto. Proseguirono in quell'unica via che attraversava il paese, ammirando i negozietti che facevano bella mostra della loro merce. Uno, in particolare, attirò la loro attenzione per aver disseminato, nello spazio antistante

250

al negozio, tanti galli colorati realizzati interamente a mano, utilizzando il ferro. Erano un'esplosione di colori che donava gioia. Stefano sorrise e, avvicinandosi, prese a rimirarli. Più avanti, si soffermarono nella piazzetta del castello, addentrandosi, ma solo in parte, nel Camminamento Medioevale. Infine, tornarono lungo la via centrale, lasciando a un altro giorno la passeggiata sulle mura. Ancora una volta, calpestando l'acciottolato della strada, assaporarono il profumo di antico, dove un tempo era il rumore degli zoccoli dei cavalli a saturare l'aria.

Ritornando verso le Vigne, osservarono il sole calare dietro le colline, pittando il cielo di tanti colori, con mille sfumature.

Quando arrivarono in albergo, la sera era già intenta a chiudere il suo nero sipario su ogni cosa.

«Ehi, ragazzi, che bello vedervi... come vi va?» disse Maria Teresa, con l'entusiasmo che le era congeniale, mentre li abbracciava singolarmente.

«Benissimo... ora che siamo qui... abbiamo avuto un po' di avventure... poi vi diremo...».

«Ovvia... nulla di grave, spero?».

«Insomma... è un po' una sorta di giallo... quasi un thriller» disse Camilla, in tono ilare, cercando di sdrammatizzare quello che per lei era stato un vero incubo.

Lo psicoterapeuta si era raccomandato di affrontare l'argomento con leggerezza, cercando di non riviverlo ogni volta, lavorando in terza persona.

«Ma... che mi stai a dire Camilla?... Ora mi sono incuriosita...»

«Dopo cena vi racconto... ma, intanto, ti volevo chiedere... lo scrittore è venuto ancora a trovarvi?»

«Certamente... lo si vide l'anno scorso a giugno e ci portò il suo ultimo libro... se tu lo sentissi... capirai...

è un vero poeta. Che ti sto a dire... quell'uomo ha pure una risata contagiosa, è un piacere averlo tra noi».

«Ci piacerebbe tanto conoscerlo...».

«Sarebbe bello... ma chissà che una volta ci riusciate...».

Appena Leonardo fece rientro alle Vigne, i quattro cenarono insieme nella sala più bella, con tanto di camino scoppiettante. La gioia del ritrovarsi impregnava l'aria di sana allegria, fino a renderla quasi palpabile. Nell'assaporarla, Camilla e Stefano lasciarono trapelare tutta la loro euforia, vivendo momenti di rara emozione. Quell'intimità, quasi familiare, faceva un gran bene al cuore. Era stata apprezzata fin dalla prima volta ed, entrambi, ne conservavano un ricordo meraviglioso e indelebile.

La cena fu squisita, come sempre, con piatti tipici toscani di tradizione contadina, accompagnati da un buon vino della zona. Una serata a tutta festa dove il dialogo dominava la scena. Un sano umorismo, rafforzato dalla dialettica toscana di Leonardo, riecheggiava nella sala per il piacere di tutti.

Camilla non avrebbe voluto adombrare quei momenti di ilarità raccontando di se stessa, ma fu invitata a farlo da Maria Teresa.

«E tu, Camilla, che ci stavi a dire prima di cena?».

Lentamente la donna prese a descrivere a grandi linee l'accaduto, ma, poi, su loro richiesta, con dovizia di particolari, lasciando basiti i due amici. Una lunga pausa di silenzio solcò l'aria, sfregiando la gradevole atmosfera che si era creata nel corso della serata. Ognuno, immerso nei propri pensieri, si era come bloccato, indeciso sul tipo di reazione da adottare.

Esordì Maria Teresa: «Non ci si può credere!... Sono cose dell'altro mondo!... Mi chiedo come tu abbia fatto a resistere a tutto questo... sei stata grande, figlia mia... non ci sono parole».

«Si fatica a pensare come possono succedere certe cose... non ci si crede... eppure esistono» commentò Leonardo. «Ora sapete... non era mia intenzione rovinare la festa... ora, però, ci mettiamo una bella pietra sopra e cambiamo argomento... e la vostra cagnolina come sta?» chiese Camilla. Fu Maria Teresa a rispondere. «Ora Cloe sta abbastanza bene, dopo che, lo scorso anno, un cinghiale l'ha sventrata mezza... si è salvata per miracolo, ma ha dovuto subire due interventi. Dove si abita noi, animali ce ne sono tanti... cinghiali, caprioli, tassi... i daini, poi, si mangiano tutte le mie giunchiglie... non posso seminare nulla intorno a casa, non ho più un fiore... si mangiano tutto».

«E... si vede che hanno fame... non ci si può fare nulla... ce ne sono di bischeri che mangiano e non lavorano» commento Leonardo, accompagnando la sua battuta con una risata. La serata si rasserenò e l'allegria tornò a saturare l'aria fino a tarda notte.

«Che sì fa... si va a dormire?» chiese Leonardo, sbadigliando vistosamente.

«È una buona idea e... grazie per la bella serata» rispose Stefano.

«Ci si vede domattina, ma che sto a dire... oggi per la colazione» disse Leonardo, guardando l'orologio della sala.

Dopo aver fatto colazione ed essersi scambiati gli auguri per la festività di Pasqua con gli amici toscani, Stefano e Camilla cercarono di programmare la loro giornata, avendo la mezza pensione.

«Che si fa oggi, ragazzi?» chiese Leonardo, mentre sparecchiava.

«Pensavamo di andare a Messa a Radda e poi di farci due ravioloni verdi dalla Carla, alla Volpaia... che dici?».

«Da lei, alla "Bottega", il risultato è garantito. Garbano pure a me e, a volte, ci vò solo, così posso mangiare quanto mi pare». Una sonora risata aveva fatto seguito alle sue parole, mentre lui di sottecchi guardava la moglie. «O che te tu fai? Lo smargiasso?...» ribatté Maria Teresa «Questo di qui non si sgancia... magari... non gli credete, ragazzi... buona giornata e... ci si vede a cena questa sera».

In paese si respirava aria di festa e la chiesa era gremita. Le campane si rincorrevano festose a mezzogiorno e le prime rondini solcavano l'aria limpida a gran velocità, facendo sentire i loro squittii di gioia. I cuori si beavano di tanta armonia, assaporando la felicità che, ben presto, diveniva euforia.

Lasciando il paese, la strada si inerpicava lentamente verso il colle che portava a Volpaia, offrendo un panorama di rara bellezza. In quel cuore di Toscana i monti del Chianti regalavano declivi improvvisi e dolci carezze del paesaggio con la morbidezza dei colli. Erano presenti sconfinati boschi di leccio, di castagno e di quercia e, ovunque, vigne ordinate a pettine che si perdevano all'orizzonte. La vista si appagava di tanta bellezza, regalando un piacevole godimento interiore. Camilla mostrava la sua contentezza attraverso il sorriso che abbelliva il suo volto, fino a renderlo raggiante. Stefano la osservava, notando in lei l'avvenuto cambiamento. Dopo tanta sofferenza, finalmente un raggio di sole, capace di cancellare milioni di ombre.

La Volpaia era un borgo fortificato, un vero gioiello. Ciò che maggiormente colpiva di questo luogo era l'atmosfera di antico, che avvolgeva in un caldo abbraccio, e la semplicità contadina di un tempo. Curiosando tra le vie acciottolate che si addentravano nel piccolo castello, pareva di sentire ancora gli zoccoli dei cavalli e il rumore di ferraglia delle armature, indossate dai soldati di un tempo. Erano spaccati di vita vera, vissuta nella semplicità di atmosfere antiche, esperienze da ricordare che il tempo non avrebbe cancellato. Nella piazzetta principale, da un lato c'era il ristorante "La Bottega" e dall'altro il "Bar-Ucci" gestiti entrambi dalle sorelle Carla e Paola della famiglia Barucci. Carla, la figlia maggiore, gestiva la locanda, proponendo piatti della migliore tradizione chiantigiana, con sapori autentici, tramandata da generazioni. La grande passione per la cultura culinaria del Chianti, aveva portato Carla a condurre ricerche su metodi di cucina usati secoli addietro, che riproponeva con autentico sentimento.

Stefano fece il bis dei ravioli verdi e Camilla si sfogò ad assaporare il piatto che più le piaceva: crostini alla toscana. La giornata trascorse tra le vie del castello, a vivere appieno consapevolezze di semplici momenti, rendendoli memorabili nei pensieri futuri. Al bar di Paola, fecero merenda con un dolce locale, prima di ripartire alla volta di Radda. Era stata una giornata indimenticabile, fatta di semplicità e dal grande potenziale interiore.

La cena con gli amici fu piacevole, anche se più veloce rispetto alla precedente. Leonardo e Maria Teresa era stanchi della pesante giornata lavorativa e Camilla aveva manifestato al marito il desiderio di ritirarsi in camera. Qui, manifestò l'intenzione di farsi corteggiare, baciando ripetutamente Stefano che, con molta tenerezza, iniziò a sfiorarle il corpo. Dopo una serie di delicati preliminari, che avevano fatto accrescere la bramosia d'amore di entrambi, Stefano si congiunse a lei, nel massimo godimento. La donna manifestò il suo piacere attraverso piccoli versi e gemiti di gioia. Poi, distanziandosi dal marito, gli tese la mano. Si voltò a guardarlo e, con molta dolcezza, gli sussurrò: «Grazie, amore mio, sono stata felice».

«Anch'io... era tanto che lo desideravo». La donna gli sorrise e si girò su un fianco. Si addormentarono così, tra le fresche e profumate lenzuola. Il canto del gallo, che emanava i suoi gorgheggi da lontano, li svegliò. Rimasero a lungo abbracciati, scambiandosi le più dolci delle coccole. Un ridente arcobaleno li aveva uniti nuovamente, divenendo un luminoso ponte tra di loro. La luce aveva soppiantato le tenebre, decisa a pulsare per lungo tempo.

Il giorno seguente, il cielo era ancora azzurro, solcato da innumerevoli nuvole bianche, che il sole rendeva accecanti. La coppia decise di dedicare la giornata alla visita di Monteriggioni, uno dei borghi più belli della Toscana. All'ingresso, Stefano lesse a voce alta la storia del castello, riportata su un volantino. "Il borgo era stato costruito all'inizio del duecento dalla Repubblica di Siena, come difesa del proprio confine settentrionale contro Firenze. La cinta muraria, con le sue possenti quattordici torri, rievocava il Medioevo, dove Monteriggioni era stata posta sotto assedio per lungo tempo. I senesi dentro le mura, i fiorentini fuori. Il borgo perse la sua leggendaria inespugnabilità per il tradimento di un abitante infido di Monteriggioni. I senesi furono stremati e ridotti alla fame, ma non per colpa delle mura che avevano resistito e ancora resistevano. Il traditore fu dilaniato dal rimorso e la leggenda vuole che la sua anima abbia continuato a vagare su quelle mura, divenendo il fantasma del borgo".

«Che storia...» esclamò Camilla, sempre più entusiasta da ciò che vedeva. Erano bastati pochi minuti per girare tutta Monteriggioni. Il borgo era piccolo e con poche strade, ma l'impressione che restava nella memoria durava per sempre. Era la scoperta di un castello incantato, raccontato nelle fiabe ai più piccini. La cerchia muraria e le sue torri cingevano il borgo, quasi a voler ancora difendere e proteggere i propri abitanti, a dimostrazione di non essere mai state espugnate. All'interno del piccolo villaggio visitarono la chiesa di Santa Maria Assunta, i camminamenti sulla cinta muraria e il piccolo museo "Monteriggioni in Arme" che, attraverso modelli, pannelli e armature a grandezza naturale anche da indossare, ripercorreva in maniera divertente il glorioso passato militare del Borgo. Stefano si divertì a vestire qualche armatura e a farsi fotografare dalla moglie. Come ricordo di quel luogo affascinante, volle acquistare il modellino di un cavaliere che, con una possente armatura, montava un bellissimo baio, abbellito con drappi raffiguranti lo stemma di Siena.

Qualche nuvola nera aveva fatto la sua comparsa nel cielo, ma la coppia decise che avrebbe raccolto altre testimonianze del passato. Non molto lontano visitarono l'ex Abbazia di Abbadia Isola, con la chiesa del XII secolo e il duecentesco eremo di San Leonardo al Lago. Non poterono spingersi oltre. Infatti, la pioggia aveva iniziato a scendere, prima leggera, poi copiosa.

Le altre notizie sul luogo le reperirono, rincasando alle Vigne, da Leonardo, sempre propenso a soddisfare le curiosità del turista.

«Sicché... il borgo vi è piaciuto...».

«Veramente bello... peccato la pioggia» affermò Camilla.

«Motivo in più per tornare l'anno venturo, via... ci sono tante cose da vedere ancora... pensate che lì, a Monteriggioni, il territorio comunale occupa il versante orientale della Montagnola Senese, dove la natura è incontaminata... quello è un Sito di Interesse Comunitario. E poi... ci sono tanti sentieri da fare a piedi, in bici e anche a cavallo... c'è la Via Francigena, l'antica via di pellegrinaggio dal Nord Europa a Roma... passa anche dal castello di Monteriggioni, sapevate?».

«Grazie... staremmo delle ore ad ascoltarti... è tanto bello» intervenne Stefano, visibilmente compiaciuto.

«Ora dimenticavo una cosa... se si viene a luglio a Monteriggioni, si può vedere la Festa Medioevale... l'atmosfera è magica, proprio quella di un tempo... con costumi e sfilate e i mestieri di una volta. È una sciccheria». La serata si concluse con un'ottima cena e tanta allegria. Leonardo e Stefano divisero una robusta fiorentina, adornata di tante patate al forno. Camilla e Maria Teresa optarono per il pollo alla Gaiolese, cucinato divinamente da Simonetta, la cuoca delle Vigne.

A fine cena, Leonardo propose alla coppia, in quell'ultimo giorno di permanenza, di visitare l'Abbazia di Monte Oliveto Maggiore, tra architettura e spiritualità.

«Il rettore, don Vito, era il mio professore di liceo... ora è tanto che non ci si vede, ma voi cercatelo e ditegli che mi conoscete... fatevi dare il numero di telefono... io me lo sono perso... vedrete che persona».

Stefano e Camilla si convinsero a seguire il consiglio dell'amico.

La strada si snodava tra le Crete Senesi, fino ad arrivare, dopo novanta minuti di viaggio, in un angolo caratterizzato da imponenti e scenografici calanchi, dove, da sempre, pace e tranquillità regnavano sovrane. Visitarono la meravigliosa chiesa e poi si decisero a chiedere di don Vito a un monaco straniero di passaggio. Lui sorrise e gli fece capire un po' in inglese e, parte in italiano, che avrebbe cercato di rintracciarlo. Li pregò di attendere su una panchina all'esterno della chiesa e se ne andò. Quando fece ritorno, don Vito era con lui. Piccolo di statura, tarchiato, capelli grigi, li accolse con un sorriso, dopo aver sentito Stefano enunciare Leonardo. La sua grande levatura si palesò fin dalle prime parole dove, dopo essersi offerto di fare loro da guida, prese a descrivere l'abbazia con grande dovizia di particolari.

«L'abbazia fu fondata nel 1319 da tre nobili senesi, che decisero di abbandonare lussi e ricchezze per ritirarsi in solitudine e vivere secondo la regola benedettina. Scelsero come luogo un'area denominata "Acona" tra le Crete Senesi, ma isolato da imponenti calanchi, che avete trovato arrivando dalla strada... l'abbazia è ancora abitata dai monaci olivetani che, durante alcune liturgie, come la Messa conventuale, i Vespri, la Compieta e in parte nelle Lodi, intonano gli antichi canti gregoriani... tutto bene, ragazzi?».

«Altroché... non capita tutti i giorni di avere una guida come lei... non sappiamo come ringraziarla» disse Stefano, sorridendo al monaco.

«Di nulla... fa bene anche a me non fare sempre il rettore... è una boccata d'ossigeno... qui abbiamo anche parecchi fratelli stranieri... ma l'ambito monastico è uguale per tutti. Infatti, la struttura del monastero si basa su tre elementi... stabilità, simbolo e utilità... se la stabilità invita alla costruzione solida e possente, che rimane, è tuttavia il simbolo che definisce l'architettura dello spazio monastico, in cui lo sfondo, però, assicura una certa utilità che rende vivibile il luogo...».

Passeggiando, arrivarono al chiostro.

«Questo è il centro del monastero... è il luogo che indica simbolicamente la vita monastica come comunione con Dio e con i fratelli... qui, la mancanza del tetto, permette di collegarsi a Lui... in diretta. Da qui, poi, si accede a tutti i locali del monastero...».

«Mi scusi, padre, ma lei è qui da tanti anni?» chiese Camilla.

«Quando sono arrivato dal Meridione avevo solo quattordici anni... sono venuto qua a studiare e... a cercare di non essere un'altra bocca da sfamare per i miei... quelli erano tempi duri» rispose, corrugando la fronte. Camminando e dialogando, arrivarono alla chiesa. «Questa chiesa... imponente, come vedete, è il simbolo dell'attività principale del monaco... la preghiera corale, chiamata *opus Dei* che, in latino, significa opera di Dio». Don Vito continuò, poi, con una descrizione dettagliata della chiesa che lasciò basita la coppia. Sentire parlare quel monaco era qualcosa di straordinario, che non avrebbero dimenticato. La visita proseguì con il refettorio, che richiese un'ulteriore precisazione. «La chiesa posta al nord e il refettorio al sud sono state ideate per la massima utilità... infatti la chiesa a settentrione ripara dal freddo e il refettorio a mezzogiorno garantisce un pasto caldo, anche nel periodo invernale...». La visita alla biblioteca, di notevole bellezza, contenente parecchi capolavori d'arte, concluse la visita all'abbazia. Il monaco si offerse di accompagnarli al posteggio, situato all'esterno del convento, con la vecchia auto di servizio. Stefano e Camilla ringraziarono don Vito e si riproposero per una visita l'anno successivo. Lui li abbracciò calorosamente e li pregò di chiamarlo telefonicamente prima di ritornare al monastero. Poi, guardando Camilla le disse: «Sei molto bella, Camilla... sei una madonna fiorentina... mi sa che presto diventerai nuovamente mamma... il tuo bel viso non mente...». Lei lo guardò stupita, ma felice di quelle parole. Gli sorrise e lo abbracciò nuovamente.

«Buon Viaggio per domani e mi raccomando... andate adagio che si arriva prima... e salutatemi Leonardo» concluse il monaco, mentre si accingeva a risalire in macchina. Il silenzio fu il vero protagonista del viaggio di ritorno di Stefano e Camilla. Ognuno rivisse nella mente i momenti meravigliosi di quella giornata e, poi, durante la cena, si prodigò per trasmetterli agli amici.

Al mattino successivo, il distacco da loro fu particolarmente carico di emozione, con un filo di malinconia.

«Suvvia, ragazzi... ci si vede presto» tuonò Leonardo, con il sorriso che gli era congeniale, mentre anche Maria Teresa sfoderava tutta la sua solarità con caldi abbracci.

La vacanza in Chianti era scivolata via come sabbia tra le dita, impalpabile, ma densa di significato. Erano bastati pochi giorni per rigenerare la coppia, ricucendo il tessuto logoro della loro unione. Il contatto con persone positive era stato il vero rammendo. L'amicizia, divenuta presenza, si era rivelata preziosa per trasmettere il conforto necessario ad intraprendere una nuova svolta nella vita di Camilla e, indirettamente, a quella di Stefano.

Ad un mese dal rientro, Camilla sperimentò alcune particolari avvisaglie nel corpo: un'accresciuta sonnolenza, disturbi e voglie nell'appetito, nausea e una maggiore sensibilità ai seni. Il medico di fiducia le consigliò di sottoporsi al test di gravidanza, che risultò positivo. Sarebbe diventata nuovamente mamma e, forse, di quella figlia che aveva tanto desiderato. Si sorprese ripensando alle parole del monaco: «Sei molto bella, Camilla... il tuo bel viso non mente...». Si precipitò dal marito con l'esito del test.

«Aspettiamo un bambino!» gli disse, traboccante di felicità.

«Wow che meraviglia... don Vito aveva ragione» rispose Stefano, stringendola a sé, e lasciando che la gioia comune divenisse euforia.

I piccoli atti del vivere insieme avevano rinsaldato la loro unione. Il dialogo si era concretizzato nelle necessità di ogni giorno, nelle preoccupazioni materiali, nel condividere la vita insieme. Ora potevano dirsi, guardandosi negli occhi: «Noi due per la vita!».

Esh Swami, dopo aver scontato tre anni di carcere duro e altri due in regime di detenzione normale nel carcere di Opera, fu nuovamente riportato in India per scontare la restante pena nel carcere di Tihar, dove era stato recluso al momento dell'arresto. Erano state riscontrate nuove pendenze a suo carico.

Morì sette anni dopo di stenti e percosse, dopo essersi trasformato in una bestia feroce in conseguenza di una grave patologia psichiatrica.

Fine

Le vedove nel mondo hanno raggiunto i 259 milioni e, a tutt'oggi, la loro situazione è devastante. Sono secoli che queste donne soffrono in silenzio, ciononostante nessun governo e, neppure le Nazioni Unite, si è mai occupato di questo enorme problema. La speranza di un lento miglioramento che, attraverso nuove leggi dei singoli Paesi, garantisca una maggior tutela, è una fiamma che arde nel cuore di ognuna di loro. Le condizioni di vita delle vedove di Vrindavan, descritte in questo libro, corrispondono, purtroppo, alla dura realtà. Non solo in India, ma in molti Paesi in via di sviluppo, molte vedove cadono nell'indigenza per essere state cacciate dalla famiglia acquisita, diseredate, espropriate dei loro possedimenti e, spesso, private dei propri figli. Le restanti, che non vengono abbandonate agli angoli delle strade, sono trattate come schiave, subendo maltrattamenti fisici, psicologici e sessuali. L'azzeramento della loro dignità umana e le condizioni di vita alle quali sono sottoposte, sono gravi violazioni dei diritti umani. La stigmatizzazione sociale che colpisce queste donne, fino alla più totale emarginazione, non viene dai *Veda*, i testi sacri dell'induismo, ma da secoli di tradizione repressiva e da leggi tribali ancora esistenti. È tempo che tutti sappiano, secondo il rapporto mondiale, come le vedove vengono maltrattate e, spesso, considerate colpevoli, dalle superstizioni locali, di essere la causa della morte dei loro mariti e accusate di stregoneria. Il non parlarne è l'ammissione più totale della disparità tra i sessi, alla quale non si vuole porre rimedio. L'uomo, anche nei paesi occidentali, accetta a fatica il ruolo paritetico della donna. I continui femminicidi sono la riprova che la parità tra i sessi rimane un traguardo ancora lontano. È tempo di portare in superficie ciò che si preferisce nascondere, permettendo ogni sorta di oscenità nei confronti della donna. Il silenzio dell'indifferenza non aiuta colei che ha dato la vita anche a noi.

L'Autore

Le vedove e la legge

Stando ai dati dell'ONU, nel mondo ci sono circa 259 milioni di vedove, quasi metà delle quali vive in povertà, maltrattate anche nei paesi in cui i loro diritti sono tutelati dalla legge. In alcune zone dell'Africa, del Medio Oriente e dell'Asia le vedove vengono discriminate, subiscono aggressioni sessuali e sottrazione di figli e terre.

▓ I diritti ereditari e di proprietà sono tutelati per legge e sono estesi ai vedovi e alle vedove.

▓ I diritti di successione sono garantiti dalla legge, ma spesso vengono ignorati per ragioni culturali e religiose.

▓ I diritti non sono garantiti per legge in maniera paritaria, o le vedove non hanno alcun diritto di successione.

Nessun dato

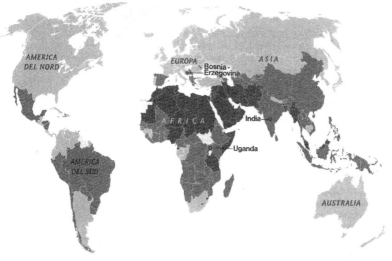

La cartina, realizzata dalla National Geographic, evidenzia con chiarezza la situazione mondiale delle leggi, finora attuate, a garanzia di una maggior tutela delle vedove.

BIBLIOGRAFIA

RIVISTE

National Geographic Italia mensile febbraio 2017
Articolo " Lutto per la vita".

SITI E COLLEGAMENTI INTERNET

siviaggia.it

nutrizione.com

www.psicologo-milano.it

www.laleggepertutti.it

beauty.vogue.it

angolopsicologia.com

www.ogliosud.it

www.visitcretesenesi.com

www.gettyimages.it

www.msdmanuals.com Manuale MSD, versione per pazienti.

www.studiopiccolin.it

Informazioniindianenepal.blogspot.com

RINGRAZIAMENTI

All'amica Erika Novali per l'impegno e la professionalità dedicate alla lettura e alla relativa correzione della prima stesura del testo. La meticolosità di lavoro è il suo fiore all'occhiello, che fa di lei una preziosa collaboratrice da diversi anni.

A mia moglie Marina per il sostegno morale. L'amore che ci unisce è la mia Musa ispiratrice.

Indice

AMARE SENZA CONFINI
Romanzo
1ª Edizione Novembre 2010
1^ Edizione per libreria anno 2012
2^ Edizione per libreria anno 2013
Italia Press Edizioni - collana Narrativa
www.italiapressedizioni.it

FIGLIO DI NESSUNO
Romanzo
1^ Edizione Febbraio 2012

FIGLIA DEL VENTO
Romanzo
1^ Edizione Maggio 2014

UN'IMPRONTA D'AMORE
Romanzo
1^ Edizione Maggio 2019

e-mail: massimo.tonani@virgilio.it

Printed in Great Britain
by Amazon

73366747R00156